COLLECTION JULES VERNE

COLLECTION JULES VERNE
BAND 42

Die Schule der Robinsons

Pawlak Taschenbuch Verlag, Berlin, Herrsching

Nachdruck mit freundlicher Genehmigung des
Verlages A. Hartleben, Inh. Dr. Walter Rob, Wien I.
Die Vorlagen für die Umschlagillustrationen der
Collection Jules Verne sind Jules Verne Bänden,
erschienen im A. Hartleben's Verlag, Wien, entnommen.
Umschlaggestaltung: Bine Cordes, Weyarn
Die Orthographie wurde der heutigen Schreibweise angeglichen.

© 1984 Pawlak Taschenbuch Verlag, Berlin, Herrsching
Gesamtherstellung: Elsnerdruck GmbH, Berlin
Printed in Germany
ISBN: 3-8224-1042-X

Inhalt

Erstes Kapitel

*In dem der Leser Gelegenheit haben wird, wenn es ihm
beliebt, eine Insel zu erstehen.*

»Eine Insel zu verkaufen! Gegen Barzahlung mit Zuschlag der Unkosten an den Meistbietenden abzugeben!« So wiederholte, ohne Atem zu schöpfen, Dean
Felporg, der Kommissär der »Auktion«, welche zum
Zwecke dieses eigenartigen Verkaufs veranstaltet war.

»Insel zu verkaufen! Insel zu verkaufen!« erklang die
noch schärfer durchdringende Stimme des Ausrufers
Eingraß, der sich inmitten einer erregten Menge hier
und dort hindrängte.

Wirklich erschien der geräumige Saal des »Auktions-
hotels«, Sacramentostraße Nr. 10, vollgestopft mit
Menschen. Hier bewegte sich nicht allein eine gewisse
Anzahl Amerikaner aus den Staaten Kalifornien, Oregon und Utah, sondern auch verschiedene Franzosen,
die einen nicht unbedeutenden Teil der dortigen Ein-
wohnerschaft bilden, neben Mexikanern in ihrer male-
rischen Sarape, Chinesen in weitärmeligem Überkleide,
spitzen Schuhen und konischen Mützen, Canaquen aus
Ozeanien und einzelnen Schwarzfüßen, Dickbäuchen
und Plattköpfen, d. h. Vertretern noch vorhandener In-
dianerstämme, die von den Ufern des Trinityflusses
hierher gekommen waren.

Wir beeilen uns hinzuzufügen, daß obiger Vorgang in
der Hauptstadt von Kalifornien, in San Francisco,
spielte, jedoch nicht zu jener Zeit, wo die lohnende Ausbeutung neuer Fundstätten – wie 1849 bis 1852 – Gold-
sucher aus der ganzen Welt hier zusammenführte. San
Francisco war schon nicht mehr, was es früher gewesen,
eine Karawanserei, ein Landungsplatz, eine Herberge,
wo die geschäftigen Leute, welche nach den Goldlände-
reien des westlichen Abhangs der Siera Nevada ström-
ten, für eine Nacht schliefen – nein, seit einigen zwanzig Jahren hatte das alte und bekannte »Gerba Buena«

Platz gemacht einer in ihrer Art einzigen, schon von 100 000 Seelen bevölkerten Stadt, die sich, wegen Mangels an Raum auf dem flachen Vorlande, an der Lehne zweier Hügel ausgebreitet hatte, welche ihr noch Raum zu weiterer Ausdehnung gewährten – einer Stadt, welche Lima, Santiago, Valparaiso und alle Rivalen an der Westküste der Neuen Welt raschen Schrittes überflügelte und welche die Amerikaner zur Königin des Stillen Ozeans, zur »Perle der Westküste« zu erheben wußten.

Heute – man schrieb den 15. Mai – war es noch recht kalt. In diesem, den Einwirkungen der Polarströmungen ausgesetzten Lande erinnern die ersten Wochen dieses Monats mehr an die letzten Wochen des März im mittleren Europa. In dem genannten Auktionslokale hätte man davon übrigens blutwenig verspürt. Die unaufhörlich ertönende Glocke desselben hatte eine übergroße Menge Publikum hierhergezogen und eine wirkliche Sommertemperatur ließ auf jedermanns Stirn große Schweißtropfen hervortreten, welche die Kälte draußen schnell ausgetrocknet hätte.

Nun möge aber niemand glauben, daß diese Personen alle in genanntem Saale erschienen wären mit der Absicht, das Verkaufsobjekt zu erstehen; im Gegenteil, es waren meist nur Neugierige. Wer, wenn er auch reich genug dazu war, hätte so töricht sein können, eine Insel im Stillen Ozean zu kaufen, welche die Regierung ausgeboten hatte? Man sagte sich vielmehr, daß aus dem Verkauf nichts werden und daß sich kein Liebhaber würde hinreißen lassen, den geforderten Preis gar zu überbieten. Daran wäre freilich der öffentliche Ausrufer nicht schuld gewesen, denn dieser bemühte sich redlich, durch seine Redefertigkeit, seine Gesten und die mit den verlockendsten Metaphern geschmückten Lobpreisungen die Anwesenden zu animieren.

Man lachte – aber es bot keiner.

»Eine Insel! Eine Insel zu verkaufen!« wiederholte Eingraß.

»Aber es kauft sie kein Mensch«, antwortete ein Irländer, dessen Tasche nicht soviel enthielt, um einen Strandkiesel damit zu bezahlen.

»Eine Insel, welche nach Taxpreis kaum auf 6 Dollar per Acre zu stehen käme! rief der Kommissär Dean Felporg dazwischen.

»Und bringt nicht ein Viertel-Prozent ein!« bemerkte ein dicker Farmer und gewiegter Kenner des Landbaues.

»Eine Insel, welche nicht weniger als 64 Meilen (120 Kilometer) im Umfang und 225 000 Acres (90 000 Hektar) an Oberfläche mißt.«

»Ruht sie wengistens auf solidem Grunde?« fragte ein Mexikaner, ein alter professioneller Besucher des Saales, dessen persönliche Solidität in diesem Augenblick mehr als zweifelhaft erschien.

»Eine Insel mit jungfräulichen Wäldern«, posaunte der Ausrufer, »mit Hügeln, Wiesen, Wasserläufen . . .«

»Die auch garantiert sind?« schrie ein Franzose dazwischen, der etwas geneigt schien, auf den Köder anzubeißen.

»Die Wiesen garantiert!« versicherte der Kommissär Felporg, der viel zu lange Erfahrung in seinem Metier besaß, um sich von den kleinen Scherzen des Publikums aus der Rolle bringen zu lassen.

»Auf zwei Jahre?«

»Bis zum Ende der Welt!

»Und noch ein bißchen darüber!«

»Eine Insel zum vollen Eigentum!« ließ sich der Ausrufer wieder vernehmen. Eine Insel ohne jedes schädliche Tier, ohne Raubzeug, ohne Reptilien! . . .«

»Auch ohne Vögel?« fügte ein Bruder Lustig hinzu.

»Und ohne Insekten?« setzte ein anderer die Fragen fort.

»Eine Insel an den Meistbietenden!« rief Dean Felporg in ruhigstem Tone. Nun vorwärts, Bürger, die Taschen aufgeknöpft! Wer wünscht sich eine Insel in tadellosem Zustande, kaum noch gebraucht, eine Insel des Stillen Ozeans, dieses Ozeans der Ozeane? Ihre Taxe beträgt fast gar nichts? Elfhunderttausend Dollar (= 4 400 000 Mark)! Nun, findet sich kein Käufer zu 1 100 000 Dollar?... Wer spricht da?... Sie, mein Herr? Waren Sie's da unten?... Sie, der den Kopf wie ein Porzellanmandarin bewegt?... Ich habe eine Insel!... Hier ist eine Insel!... Wer wünscht sich eine Insel?«

»Zurücklegen – ein ander Bild?« rief eine Stimme, als hätte sich's um ein Bild oder eine alte Teemaschine gehandelt.

Der ganze Saal brach in helles Gelächter aus, doch ohne daß jemand auf die Taxe nur einen halben Dollar geboten hätte.

Wenn das Verkaufsobjekt inzwischen unmöglich von Hand zu Hand gehen konnte, so hatte man doch den Plan der Insel in vielen Exemplaren verbreitet. Die Liebhaber sollten vorher beurteilen können, was sie von diesem Stückchen des Globus zu erwarten hatten. Hier war keine Überraschung, keine Enttäuschung zu befürchten. Lage, Orientation, Verteilung und Höhenverhältnisse des Bodens, hydrographisches Netz, Klimatologie, Verkehrswege – über alles konnte man sich aufs genaueste unterrichten. Man brauchte also nicht die Katze im Sack zu kaufen, und der geneigte Leser darf glauben, daß von irgendeiner Betrügerei bezüglich des angebotenen Verkaufsobjekts gewiß nicht die Rede sein konnte. Übrigens hatten die unzähligen Journale der Vereinigten Staaten, ebenso die von Kalifornien, wie die Tagesblätter, die Halb-Wochen- und Wochenblätter, die Halb-Monats- und Ganz-Monats-Zeitungen, die verschiedenen Revuen, Magazine, Bulletins usw. schon seit mehreren Monaten nicht aufgehört, die öffentliche Aufmerksamkeit auf diese Insel zu lenken, deren Licitation durch Kongreßbeschluß gutgeheißen worden war.

Es handelte sich dabei um die Insel Spencer, gelegen in Westsüdwest der Bai von San Francisco, gegen 460 amerikanische Meilen (= 862 Kilometer) von der Küste, unter 32° 15′ nördlicher Breite und 142° 18′ westlicher Länge von Greenwich.

Eine isoliertere Lage hätte man sich freilich kaum vorstellen können, außerhalb aller Seeverkehrswege und Handelsstraßen, obgleich die Insel Spencer nur in verhältnismäßig geringer Entfernung und sozusagen noch in amerikanischen Gewässern lag. Hier umschließen aber die schräg nach Norden und nach Süden verlaufenden regelmäßigen Strömungen einen See mit ruhigem Wasser, den man zuweilen als das »Fleurieusche Becken« bezeichnen hört.

Fast im Mittelpunkte dieser enormen Wasserfläche ohne deutlich erkennbare Strombewegung liegt die Insel Spencer. In Sicht derselben kommen auch nur wenige Schiffe vorüber. Die großen Straßen des Stillen Ozeans, welche die Neue Welt mit der Alten Welt verbinden, und zwar die nach China ebenso wie die nach Japan, durchschneiden eine weit südlichere Zone. Segelfahrzeuge würden auf diesem Fleurieuschen Becken endlose Windstillen antreffen, und die Dampfer, welche den geradesten Weg einschlagen, könnten keinen Vorteil davon haben, wenn sie dasselbe passierten.

Infolgedessen nahmen weder die einen, noch die anderen Kenntnis von der Insel Spencer, welche sich gleich dem isolierten Gipfel eines unterseeischen Berges des Großen Ozeans erhebt. Für denjenigen, der sich dem Geräusch der Welt entziehen will, der die Ruhe in der Einsamkeit sucht, hätte es in der Tat nichts Besseres geben können als dieses mehrere hundert Meilen von der Küste verlorene Land. Für einen freiwilligen Robinson wäre es ein Ideal in seiner Art gewesen! Freilich hätte er den verlangten Preis erlegen müssen.

Warum suchten die Vereinigten Staaten aber sich überhaupt dieser Insel zu entledigen? Folgten sie dabei nur einer Laune? Nein. Eine große Nation kann nicht nach augenblicklicher Laune handeln wie der einzelne Mensch. Die wirkliche Ursache war folgende: Bei der

Lage, welche sie innehatte, war die Insel Spencer seit langer Zeit eine vollkommen unnütze Station gewesen. Sie zu kolonisieren hätte keine praktischen Erfolge haben können. Von militärischem Gesichtspunkte bot sie kein Interesse, weil sie nur einen durchweg verlassenen Teil des Stillen Ozeans beherrscht hätte. Für den Handel erschien sie ebenso belanglos, weil ihre Produkte weder für Hin- noch für Rückfahrt die Kosten gedeckt hätten. Um darauf eine Strafkolonie zu etablieren, lag sie der Küste immer noch zu nahe. Sie aus irgendwelchen Rücksichten zu okkupieren, wäre also allemal eine nicht lohnende Mühe gewesen. So lag sie denn auch seit über Menschengedenken völlig öde, und der aus »eminent praktischen Männern« zusammengesetzte Kongreß hatte deshalb beschlossen, die Insel Spencer zur öffentlichen Versteigerung zu bringen – freilich unter einer daran geknüpften Bedingung: daß der etwaige Ersteher ein Bürger des freien Amerikas sei.

Für nichts und wieder nichts wollte man die Insel indes nicht weggeben; so war der Taxwert derselben auf elfhunderttausend Dollar festgesetzt worden. Für eine Aktiengesellschaft, welche die Urbarmachung und Ausbeutung derselben hätte betreiben können, wäre das ja eine Bagatelle gewesen, wenn das Geschäft nur einigermaßen günstige Chancen geboten hätte; doch man vermag gar nicht oft genug zu wiederholen, daß davon gar keine Rede sein konnte. Alle Sachverständigen legten auf dieses von dem Landkomplex der Vereinigten Staaten losgerissene Stückchen Erde nicht mehr Wert als auf ein im ewigen Eise des Pols verlorenes Felsen-Eiland. Für den einzelnen Partikulier war die Summe immerhin eine bedeutende. Man mußte schon reich sein, um sich eine Laune zu gestatten, welche in jedem Falle kaum 1/100 Prozent von dem darauf verwandten Kapital einbringen konnte. Man mußte sogar ungeheuer reich sein, denn der Verkauf wurde nur gegen Barzahlung – »casch«, wie die Amerikaner sagen – abgeschlossen, und sicher sind auch in den Vereinigten Staaten diejenigen Leute selten, welche 1100000 Dollar wie ein Taschengeld ins Wasser werfen können, ohne die Aussicht, etwas davon wiederzusehen.

Und doch war der Kongreß fest entschlossen, die Insel auch keinen Deut unter dem Taxpreis zu veräußern. 1100000 Dollar! Keinen Cent weniger, sonst blieb die Insel Spencer Eigentum der Union.

Man durfte also voraussehen, daß kein Liebhaber so toll sein werde, einen derartigen Preis daran zu wagen.

Übrigens galt auch noch als Bedingung, daß der Eigentümer, wenn je ein solcher gefunden wurde, nicht etwa als König der Insel, sondern nur als Präsident der Republik daselbst auftreten dürfte. Er hätte also niemals die Berechtigung erworben, Untertanen zu haben, sondern nur Mitbürger, die ihn für einen bestimmten Zeitraum zu jenem Amte ernannten und dessen fortwährender Wiederwahl kein Hindernis im Wege stand. Auf jeden Fall blieb ihm verwehrt, einen Stammbaum von Monarchen zu begründen. Niemals würde die Union die Entstehung eines, wenn auch noch so kleinen Königreichs innerhalb der amerikanischen Gewässer geduldet haben.

Diese Beschränkung war vielleicht geeignet, manche ehrgeizige Millionäre abzuschrecken, welche gern mit den wilden Königen der Sandwichsinseln, der Marquisen, Pomotus oder anderer Archipele des Großen Ozeans rivalisiert hätten.

Kurz, ob aus diesem oder einem beliebigen anderen Grunde – es meldete sich niemand. Die Zeit verrann; der Ausrufer überbot sich, die Anwesenden zum Bieten zu bewegen, der Kommissär strengte sein Organ aufs höchste an, ohne doch irgendwo eines jener leisen Zeichen mit dem Kopfe zu erhalten, welches diesen ehrenwerten Agenten doch niemals entgeht, und von dem Kaufpreise sprach überhaupt fast keiner.

Es soll hierbei nicht verschwiegen bleiben, daß der Hammer sich immer und immer wieder über das Pult erhob, die summende Menge ließ das jedoch unberührt.

13

Wie vorher flogen Scherzworte herüber und hinüber, und boshafte Witze gingen von Mund zu Mund. Die einen boten zwei Dollar für die Insel, alle Unkosten inbegriffen; andere wollten gar noch Geld heraus haben, um dieselbe zu übernehmen.

Und immer rief, schrie und brüllte der Ausrufer weiter:

»Eine Insel zu verkaufen! Eine Insel zu verkaufen!«

Keiner Seele fiel es ein, zu klaufen.

»Garantieren Sie dafür, daß sich dort ›Flats‹ – das ist goldhaltiger Alluvialboden – vorfinden?« fragte der Spezereihändler Nunpy aus der Merchant Street.

»Nein«, erklärte der Kommissär, »aber es ist nicht unmöglich, daß sich dergleichen dort finden, und der Staat überläßt dem Erwerber alle seine Ansprüche auf diese goldführenden Ländereien.«

»Ist denn nicht wenigstens ein Vulkan da?« erkundigte sich Deckhurst, der Schänkwirt aus der Montgomerystraße.

»Nein, ein Vulkan nicht«, erwiderte Dean Felporg; »da würde sie auch teurer sein!« Allgemeines Gelächter begleitete diese Antwort.

»Insel zu verkaufen! Insel zu verkaufen!« heulte Eingraß, dessen Lungen sich vergeblich abquälten.

»Nicht einen Dollar, nicht einen halben Dollar, nicht einen Cent unter der Taxe«, sagte zum letzten Male der Auktionator; »ich beginne also: Zum ersten! . . . Zum zweiten! . . .«

Totenstille ringsherum.

»Wenn niemand bietet, wird die Auktion aufgehoben! Zum ersten! . . . Zum zweiten! . . .«

»Zwölfhunderttausend Dollar!«

Diese vier Worte erschallten aus der Mitte des Saales wie vier Revolverschüsse.

Die ganze, einen Augenblick betäubte Versammlung drehte sich nach dem Tollkühnen um, der es gewagt hatte, diese Zahl hinauszurufen . . .

Es war William W. Kolderup aus San Francisco.

Zweites Kapitel

Wie William W. Kolderup mit J. R. Taskinar aus Stockton in Kollision kommt.

Es war einmal ein ungewöhnlich reicher Mann, der ebenso nach Millionen zählte wie andere nach Tausenden. Das war William W. Kolderup.

Man erklärte ihn für reicher als den Herzog von Westminster, dessen Revennen sich auf 800 000 Pfund belaufen und der über 40 000 Mark den Tag, über 28–29 Mark in der Minute verfügen kann – für reicher als den Senator Jones von Nevada, welcher 35 Millionen Renten besitzt – selbst für reicher als Mackay, dem seine 2 750 000 Pfund Renten 6220 in der Minute, also fast 2 Mark in der Sekunde abwerfen.

Wir wprechen gar nicht von den kleinen Millionären, den Rothschilds, Van der Bilts, den Herzogen von Northumberland, den Stewarts; auch nicht von den Direktoren der mächtigen Bank von Kalifornien und anderen in der Alten und Neuen Welt wohl akkreditierten Persönlichkeiten, denen William W. Kolderup noch bequem hätte Almosen reichen können. Dieser hätte ohne sich zu bedenken eine Million weggegeben wie unsereins eine Mark.

Den soliden Grundstein zu seinem sich jeder Berechnung entziehenden Vermögen hatte dieser ehrenwerte Spekulant bei der ersten Ausbeutung der Golddistrikte Kaliforniens gelegt. Er war der Hauptgesellschafter des schweizerischen Kapitän Sutter, auf dessen Terrain 1848 die erste Goldader entdeckt wurde. Seit dieser Zeit findet man ihn mit ebensoviel Glück wie Intelligenz beteiligt bei allen großen Unternehmungen beider Welten. Er warf sich kühn in allerlei Spekulationen des Handels und der Industrie. Seine unerschöpflichen Mittel ernährten Hunderte von Fabriken; seine Schiffe exportierten deren Erzeugnisse nach dem ganzen Erdball. So wuchs sein Reichtum nicht allein in arithmetischer, sondern gleich in geometrischer Proportion. Man sagte von ihm, wie man gewöhnlich von jenen Milliardären zu sagen pflegt: daß er sein Vermögen gar nicht kenne. In Wirklichkeit kannte er es auf den Dollar, aber er machte kein Aufhebens davon.

In dem Augenblick, wo wir den Leser mit all der Ehrerbietung, welche ein Mann »von so großer Oberfläche« verdient, vorstellen, besaß William W. Kolderup zweitausend Comptoirs, verteilt an allen Enden der Erde; vierundachtzigtausend Angestellte in den verschiedenen Bureaus Amerikas, Europas und Australiens; dreihunderttausend Korrespondenten; eine Flotte von fünfhundert Seeschiffen, welche unausgesetzt für ihn unterwegs waren, und er gab jährlich nicht weniger als 1 000 000 für Stempelmarken und Briefporto aus. Er war mit einem Worte die Perle in der Krone des so reichen Frisco, ein Schmeichelname, den die Amerikaner im vertrauten Gespräch der Hauptstadt von Kalifornien beilegen.

Ein von William W. Kolderup getanes Gebot hatte man also unzweifelhaft das Recht für ernst gemeint zu halten; und als die Zuschauer der Auktion denjenigen erkannt, der den Taxpreis der Insel Spencer mit hunderttausend Dollar überboten hatte, entstand eine unwillkürliche Bewegung; die Witzeleien verstummten einen Augenblick, die Scherzworte wurden von Ausrufen der Bewunderung abgelöst und donnernde Hurras dröhnten durch den Saal.

Dann folge dem Höllenlärmen das tiefste Schweigen; aller Augen erweiterten sich, aller Ohren richteten sich in die Höhe. Wären wir selbst gegenwärtig gewesen, wir hätten natürlich den Atem angehalten, um nichts von der aufregenden Szene einzubüßen, welche doch entstehen mußte, wenn irgendein anderer Liebhaber gewagt hätte, mit William W. Kolderup konkurrieren zu wollen.

Doch war das zu erwarten oder überhaupt möglich? Nein! Man brauchte nur William W. Kolderup anzusehen, um zu der Überzeugung zu gelangen, daß er bei eienr Gelegenheit, welche seine finanzielle Bedeutung berührte, niemals einem anderen weichen würde.

Er war ein großer, kräftiger Mann mit mächtigem Kopfe, breiten Schultern, wohlproportionierten Gliedern und mit solid verbundenem Knochengerüst von Eisen. Sein gutmütiger, aber entschlossener Blick senkte sich nicht gerne zu Boden. Das ins Graue spielende, noch jugendlich volle Haar bildete einen wahren Busch um seinen Schädel, die geraden Linien seiner Nase ein geometrisch gezeichnetes, rechtwinkeliges Dreieck. Einen Schnurrbart trug er nicht. Der nach amerikanischer Mode geschnittene Bart ließ die Mitte des Kinnes frei, schloß sich mit zwei Spitzen an die Lippenenden an und endigte mit »Pfeffer- und Salzfarbe« an den Schläfen. Dazu hatte er weiße, symmetrisch am Rande eines feinen, geschlossenen Mundes verteilte Zähne, ein richtiger Commodorekopf, der sich beim Sturm erhebt und dem Orkan das Gesicht zukehrt. Kein Unwetter hätte ihn beugen können, so sicher war derselbe auf dem ihm als Stütze dienenden Halse eingelenkt. Bei einem solchen Kampfe bedeutete jede Bewegung dieses Kopfes von oben nach unten nicht weniger als hunderttausend Dollar.

Aber hier war an keinen Kampf zu denken.

»Zwölfhunderttausend Dollar! Zwölfhunderttausend Dollar!« rief der Kommissär mit dem eigenartigen Akzente eines Agenten, der endlich einen Lohn für seine Bemühungen winken sieht.

»Zu zwölfhunderttausend Dollar hat sich ein Käufer gemeldet!« wiederholte der Ausrufer Eingraß.

»Oh, man könnte getrost mehr bieten«, murmelte der Schänkwirt Deckhurst, William W. Kolderup würde doch nicht nachgeben.

»Er weiß wohl, daß sich's niemand erdreisten wird!« antwortete der Krämer aus der Merchant Street.

Vielfache »St!« geboten den beiden ehrenwerten Genossen Stillschweigen. Man wollte jetzt hören. Alle

Herzen klopften lauter. Würde eine Stimme sich zu erheben wagen, auf die William W. Kolderups zu antworten? Er – ein prächtiger Anblick – rührte sich nicht; er stand da, ebenso ruhig, als interessierte ihn die Sache gar nicht. Seine Nachbarn konnten jedoch beobachten, daß seine beiden Augen zwei mit Dollar geladenen Pistolen mit gespanntem Hahne glichen.

»Niemand bietet mehr?« fragte Dean Felporg.

Kein Laut.

»Zum ersten! . . . Zum zweiten! . . .«

»Zum ersten! . . . Zum zweiten! . . .« wiederholte Eingraß, der an diesen kleinen Dialog mit dem Auktionskommissär schon gewöhnt war.

»So schlage ich zu!«

»Wir schlagen zu!«

»Für zwölfhunderttausend Dollar die Insel Spencer, wie sie geht und steht!«

»Für zwölfhunderttausend Dollar!«

»Haben alle recht gehört – recht verstanden?«

»Wird es niemand später gereuen?«

»Für zwölfhunderttausend Dollar die Insel Spencer!« . . .

Die beklemmte Brust der Zuhörer arbeitete krampfhaft. Sollte in der letzten Sekunde noch ein höheres Gebot erfolgen?

Die rechte Hand über sein Pult ausgestreckt, bewegte der Kommissär Felporg den elfenbeinernen Hammer. Ein Schlag, ein einziger Schlag, und die Zuteilung war vollendet.

Gegenüber einer summarischen Ausübung des Lynchgesetzes hätte das Publikum kaum erregter aufpassen können.

Der Hammer senkte sich langsam, berührte fast das Pult, erhob sich wieder, zitterte ein wenig auf und nieder, wie ein Degen, den der Kämpfer vorher schwingt, ehe er zustößt – dann senkte er sich schneller nach abwärts . . .

Doch noch bevor der trockene Schlag erfolgte, erklangen von einer Stimme die vier Worte:

»Dreizehnhunderttausend Dollar!«

Zuerst ein allgemeines »Ah!« der Verwunderung, dann ein zweites, nicht weniger allgemeines »Ah« der Befriedigung. Es hatte sich noch ein Mehrbieter gefunden. Ein Wettkampf stand bevor.

Wer war jedoch der Unverfrorene, der es wagte, mit William W. Kolderup aus San Francisco auf Dollar-Breitlagen zu kämpfen?

Das war J. R. Taskinar aus Stockton.

J. R. Taskinar war reich, aber er war noch dicker. Er wog vierhundertneunzig Pfund. Wenn er beim letzten Kongreß der dicken Männer in Chicago nur den zweiten Preis erhalten hatte, so lag das daran, daß man ihm nicht Zeit ließ, sein Diner zu vollenden, wodurch er zehn Pfund einbüßte.

Dieser Koloß, welcher eigens für ihn gebaute Stühle und Sessel benützte, um seine enorme Persönlichkeit mit Zuversicht darauf plazieren zu können, wohnte in Stockton am St. Joachim. Jene gehört zu den bedeutendsten Städten Kaliforniens, bildet eine der Hauptmetropolen für die Bergwerkserzeugnisse des Südens und rivalisiert mit Sacramento, wo die Minenprodukte des Nordens zusammenströmen. Von hier aus gelangt auch sehr viel kalifornisches Getreide zur Verladung.

Nicht allein die Ausbeutung von Bergwerken und der Handel mit Getreide hatten J. R. Taskinar zu einem ungeheuren Vermögen verholfen, nein, auch das Petroleum strömte gleich einem zweiten Paktolos durch seine Kassenschränke. Übrigens war er ein Gewohnheitsspieler, ein glücklicher Spieler, und der »Poker«, das Roulette des westlichen Amerikas, hatte sich den von ihm besetzten Nummern stets besonders günstig erwiesen. So reich er auch sein mochte, war er doch ein niederer Charakter, dem niemand so leicht das Eigenschaftswort »ehrenwert« beilegte, trotz dessen gewöhnlichen Gebrauchs in jenen Ländern. Alles in allem war es, wie man zu sagen pflegt, ein gutes Schlachtpferd, und vielleicht wälzte man ihm noch mehr auf den Rücken, als er wirklich verdiente. Gewiß ist jedoch, daß er sich bei mancher Gelegenheit nicht gescheut hatte, von dem »Derringer«, das ist der kalifornische Revolver, Gebrauch zu machen.

Wie dem auch sei, J. R. Taskinar hegte einen speziellen Haß gegen William W. Kolderup, er beneidete denselben wegen seines Vermögens, seiner gesellschaftlichen Stellung und wegen seiner Ehrenhaftigkeit. Er verachtet ihn, wie ein sehr dicker Mensch einen anderen verachtet, den er das Recht hat, mager zu nennen. Es war nicht zum ersten Male, daß der Geschäftsmann aus Stockton dem Kapitalisten aus San Francisco irgendein Geschäft – ob dasselbe gute oder schlechte Aussichten bot – aus reiner Rivalität aus den Händen zu winden versuchte. William W. Kolderup kannte ihn durch und durch und behandelte ihn bei jeder Gelegenheit so verächtlich, daß es jenen nur noch mehr reizen mußte.

Einen Erfolg aus der jüngsten Zeit konnte J. R. Taskinar seinem Gegner nie vergeben, den, daß der letztere ihn bei den vorhergegangenen Senatswahlen aus dem Felde geschlagen hatte. Trotz seiner Anstrengungen, seiner Drohungen und Verleumdungen – die an seine Helfershelfer verschwendeten Tausende von Dollar gar nicht zu erwähnen – saß doch William W. Kolderup an seiner Stelle im gesetzgebenden Rate von Sacramento.

J. R. Taskinar hatte in Erfahrung gebracht – wie, vermögen wir nicht zu sagen –, daß es William W. Kolderups Absicht sei, die Insel Spencer zu erwerben. Diese Insel mußte für ihn übrigens ebenso unnütz sein wie für seinen Rivalen. Gleichviel; es bot sich damit eine neue Gelegenheit, einen Streit anzufangen, zu kämpfen, vielleicht einmal zu siegen; J. R. Taskinar konnte sich dieselbe nicht entziehen lassen.

Aus diesem Grunde war J. R. Taskinar in der Auktion erschienen, mitten unter der Menge Neugieriger, welche seine Absichten natürlich nicht ahnen konnten, so wenig, wie daß er alle seine Batterien in Gefechtszustand gesetzt, oder warum er abgewartet, bis sein Gegner den Taxpreis, so hoch dieser auch erschien, überboten hatte.

Endlich hatte William W. Kolderup gerufen gehabt:

»Zwölfhunderttausend Dollar!«

Und als William W. Kolderup schon annehmen durfte, daß er den Zuschlag erhalten werde, hatte er sich erst bemerkbar gemacht durch die mit Stentorstimme hinausgeschleuderten Worte:

»Dreizehnhunderttausend Dollar!«

Alle Welt kehrte sich, wie wir wissen, dabei um.

»Der dicke Taskinar!«

Dieser Name lief von Mund zu Mund. Ja, der dicke Taskinar! Er war jedermann bekannt. Seine Korpulenz hatte zu mehr als einem Artikel in den Journalen der Union Veranlassung gegeben. Wir wissen eben nicht, welcher Mathematiker durch Transzendentalrechnung nachgewiesen habe, daß seine Körpermasse hinreichend sei, auf unseren Satelliten einen bemerkbaren Einfluß auszuüben und in noch abzuschätzender Weise die Elemente des Mondumlaufs zu stören.

Die physischen Eigenschaften J. R. Taskinars interessierten in diesem Augenblicke jedoch die im Saale Anwesenden gewiß weniger; weit mehr Aufsehen erregte der Umstand, daß er in öffentlichen und direkten Wettbewerb mit William W. Kolderup eingetreten war. Damit drohte ein gewaltiger, durch Dollarexplosionen geführter Kampf auszubrechen, und wir vermögen nicht zu entscheiden, auf welchen der beiden Geldschränke die Liebhaber von unsinnigen Wetten ihren Einsatz gewagt hätten. Enorm reich waren beide und Todfeinde obendrein! Das Ganze mußte demnach auf eine Frage der Eigenliebe hinauslaufen.

Nach der schnell unterdrückten ersten Erregung herrschte in der ganzen Versammlung wieder eine Totenstille. Man hätte eine Spinne können ihr Netz weben hören.

Da unterbricht die Stimme des Kommissärs Dean

Felporg das allgemeine Schweigen.

»Für dreizehnhunderttausend Dollar die Insel Spencer!« rief er sich erhebend, um die Bietenden besser im Auge haben zu können.

William W. Kolderup hatte sich ein wenig nach der Seite J. R. Taskinars gewendet. Die Nebenstehenden machten unwillkürlich Platz, um die beiden Feinde einander gegenübertreten zu lassen. Der Mann von Stockton und der von San Francisco konnten sich in die Augen sehen und mit Bequemlichkeit beobachten. Die Wahrheitsliebe verpflichtet uns zu der Bemerkung, daß sie es daran nicht fehlen ließen. Niemals hätte der eine es über sich gebracht, den Blick vor dem des anderen zu senken.

»Vierzehnhunderttausend Dollar!« sagte William W. Kolderup.

»Fünfzehnhunderttausend Dollar!« antwortete J. R. Taskinar.

»Sechszehnhunderttausend!«

»Siebzehnhunderttausend!«

Erinnert das nicht an die beiden Industriellen von Glasgow, wer von ihnen auf die Gefahr einer Katastrophe hin einen Fabrikschornstein am höchsten bauen würde? In unserem Falle bestanden die Schornsteine freilich aus Goldbarren.

Bei jedem Gebote des anderen bedachte sich übrigens William W. Kolderup, bevor auf aufs neue noch mehr bot, während Taskinar immer wie eine Bombe herausplatzte und sich nicht eine Sekunde Zeit zur Überlegung nehmen zu wollen schien.

»Siebzehnhunderttausend Dollar!« wiederholte der Kommissär. »Nur munter, meine Herren, das ist nicht zu viel!«

Man wäre versucht gewesen, zu glauben, daß er aus Geschäftsgewohnheit hinzugesetzt hätte: »Der Rahmen allein ist mehr wert!«

»Siebzehnhunderttausend Dollar!« heulte der Ausrufer Eingraß.

»Achtzehnhunderttausend Dollar«, antwortete William W. Kolderup.

»Neunzehnhunderttausend Dollar«, meldete sich J. R. Taskinar.

»Zwei Millionen!« rief William W. Kolderup, dieses Mal ohne zu zögern, hinterdrein.

Sein Gesicht war etwas bleicher geworden, als er die letzten Worte sprach, aber seine Haltung blieb die eines Mannes, welcher entschlossen ist, einen Kampf nicht aufzugeben.

J. R. Taskinar kam allmählich in die Hitze. Sein Gesicht ähnelte schon einigermaßen jenen farbigen Scheiben an den Eisenbahnen, deren roter Schein einem Zug das Zeichen gibt, anzuhalten. Höchstwahrscheinlich bekümmerte sich sein Gegner aber nicht im geringsten um derartige Signale und hätte nur die Dämpfe im Kessel noch weiter angespannt.

J. R. Taskinar fühlte das. Das Blut stieg ihm ins Gesicht, welches eine apoplektische Röte zeigte. Zwischen den fleischigen, mit kostbaren Brillantringen überladenen Fingern drehte er an der ungeheuren goldenen Panzerkette, an welcher seine Uhr hing. Er fixierte seinen Gegner und schloß dann für einen Moment die Augen, um sie haßerfüllter als je wieder zu öffnen.

»Zwei Millionen fünfhunderttausend Dollar!« rief er endlich in der Hoffnung, durch diesen kühnen Sprung jedes Mehrgebot auszuschließen.

»Zwei Millionen siebenmalhunderttausend Dollar!« antwortete William W. Kolderup ganz gelassen.

»Zwei Millionen neunmalhunderttausend!«

»Drei Millionen!«

Ja, William W. Kolderup aus San Francisco hatte drei Millionen Dollar gesagt!

Schon wollte man ihm zujubeln; der Auktions-Kommissär vereitelte das jedoch dadurch, daß er das Gebot wiederholte, während der erhobene Hammer durch eine unwillkürliche Bewegung der Muskeln sich zu senken drohte. Man hätte behaupten können, daß Dean

Felporg, der sich sonst gegen Überraschungen bei einer öffentlichen Versteigerung so trefflich gerüstet zeigte, jetzt kaum noch imstande war, sich aufrecht zu erhalten.

Alle Blicke hingen an J. R. Taskinar; seine voluminöse Persönlichkeit empfand das Gewicht derselben, noch mehr freilich die Last jener drei Millionen Dollar, welche ihn zu zermalmen schien. Er wollte offenbar den Mund auftun, um noch mehr zu bieten, er konnte es nicht. Er wollte ein Zeichen mit dem Kopfe geben – er konnte es ebensowenig.

Endlich ließ sich seine Stimme vernehmen, zwar nur schwach, aber doch hörbar genug für den Kommissär.

»Drei Millionen fünfmalhunderttausend!« murmelte er.

»Vier Millionen!« schallte das Echo seitens William W. Kolderups.

Das war der letzte Keulenschlag, J. R. Taskinar sank zu Boden, der Hammer traf mit trockenem Schlage den Marmor des Pultes.

Die Insel Spencer war William W. Kolderup aus San Francisco für vier Millionen Dollar gerichtlich zuerteilt worden.

»Ich werde mich rächen!« murmelte J. R. Taskinar.

Und nachdem er noch einen Blick voll glühenden Hasses seinem Überwinder zugeschleudert, kehrte er nach dem Occidental-Hotel zurück.

Inzwischen donnerten die Hurras, die »Hips« dreimal vor den Ohren William W. Kolderups; sie begleiteten ihn nach der Montgomery Street; ja der Enthusiasmus dieser Amerikaner ließ sie so weit gehen, daß sie sogar den Yankee-doodle zu singen vergaßen.

Drittes Kapitel

Worin ein Gespräch zwischen Phina Hollauey und Godfrey Morgan auf dem Pianino begleitet wird.

William W. Kolderup war nach seinem Hotel in der Montgomery Street zurückgekehrt. Diese Straße ist die Regent Street, der Broadway, die Ringstraße oder die Unter den Linden von San Francisco. In der ganzen Ausdehnung dieser langen Pulsader, welche die Stadt parallel ihrer Quais durchschneidet, herrscht Bewegung, Geschäftigkeit und Leben: zahlreiche Pferdebahnwagen, andere mit Pferde oder Mauleseln bespannte Geschirre, geschäftseifrige Leute, welche sich auf den Trottoirs an den Seiten drängen; Flaneurs, die vor den verlockend ausgestatteten Schaufenstern stehen, und noch zahlreichere Liebhaber an den Türen der »Bars«, in denen ganz speziell kalifornische Getränke verabfolgt werden. Es wäre wohl unnütz, den Palast des Nabob von San Francisco zu beschreiben. Im Besitz so vieler Millionen, hatte er eben zuviel Luxus um sich; mehr Komfort als Geschmack; weniger künstlerischen als praktischen Sinn – man kann eben nicht alles gleichzeitig haben.

Der Leser begnüge sich zu erfahren, daß sich hier ein prachtvoller Empfangssalon vorfand und in diesem Salon ein Pianino, dessen Akkorde durch die laue Atmosphäre des Hotels zitterten, als der steinreiche William W. Kolderup dahin zurückkam.

»Gut«, sagte er für sich, »sie und er sind beisammen. Erst ein Wort an meinen Kassierer, dann werden wir von etwas anderem plaudern!«

Er begab sich nach seinem Kabinett, um das kleine Geschäft bezüglich der Insel Spencer vollends zu ordnen und nachher nicht weiter daran zu denken. Zu ordnen bedeutete ja weiter nichts, als aus dem Portefeuille einige Hände voll Wertpapiere zu nehmen und die neue Erwerbung zu bezahlen. Vier Linien an seinen Wechselagenten, mehr bedurfte es dazu nicht. Nachher wollte William W. Kolderup sich mit einer anderen »Kombination« beschäftigen, die ihm ganz anders am Herzen lag.

Richtig! Er und sie befinden sich im Salon; sie vor ihrem Piano, er halb ausgestreckt auf einem Sofa. Nur halb auf die Notenperlen lauschend, die unter den Fingern des reizenden Mägdleins hervorgingen.

»Hörst du mich?« sagte sie.

»Gewiß!«

»Ja, aber auch mit Verständnis?«

»Das wollt' ich meinen, Phina! Noch nie hast du die Variationen Auld Robin Grays so entzückend gespielt.«

»Ich spielte nur nicht Auld Robin Gray, Godfrey... es war der Happy moment...«

»Ach, so täuschte ich mich also«, antwortete Gedfrey mit so gleichgültigem Tone, daß dieser niemand entgehen konnte.

Das junge Mädchen erhob die Hände und hielt die Finger einen Augenblick gespreizt über dem Klavier, als sollten sie wieder herabsinken, um einen Akkord zu greifen. Dann aber drehte sie sich auf dem Klavierschemel und sah kurze Zeit den gar zu schweigsamen Godfrey an, dessen Blicke den ihrigen aus dem Wege zu gehen suchten. Phina Hollauey war das Patenkind William W. Kolderups. Eine Waise, erzogen auf seine Kosten, hatte er ihr das Recht zugestanden, sich als seine Tochter zu betrachten, und die Pflicht, ihn wie einen Vater zu lieben. Sie ließ sich in dieser Hinsicht nichts zu Schulden kommen.

Sie war ein noch sehr junges Mädchen, »hübsch in ihrer Art«, wie man oft sagt, auf jeden Fall reizend, eine Blondine von sechzehn Jahren, mit dem Gedankengang einer Brünette, was man aus dem Kristalle ihrer dunkelblauen Augen leicht herauslas. Wir können nicht umhin, sie mit einer Lilie zu vergleichen, obwohl dieses Bild unabänderlich in der besseren Gesellschaft gebraucht wird, um amerikanische Schönheiten zu bezeichnen. Es war also eine Lilie, da es doch nicht anders geht, aber eine Lilie, die auf solidem, nicht leicht schwankendem Stengel prangte. Unzweifelhaft besaß sie warmes Gefühl, diese junge Miß, daneben aber auch viel praktischen Verstand, ein gewisses Selbstbewußtsein, und endlich ließ sie sich nicht mehr als nötig von den Illusionen und Träumereien bezaubern, welche ihrem Geschlechte und Lebensalter sonst eigen sind.

Träume – wie schön, wenn man schläft, nicht wenn man wach ist. Und sie – sie schlief weder in dieser Minute, noch dachte sie überhaupt daran, zu schlafen.

»Godfrey?« nahm sie wieder das Wort.

»Phina?« erwiderte der junge Mann.

»Wo bist du jetzt?«

»Bei dir . . . in diesem Salon . . .«

»Nein, nicht bei mir, Godfrey, nicht in diesem Salon! . . . Aber weit, weit von hier . . . jenseits der Meere, nicht wahr?«

Ganz mechanisch verirrte sich Phinas Hand, die Tasten suchend, in eine Reihe verminderter Septimen, deren trauriger Klang laut genug sprach, den aber der Neffe William W. Kolderups doch am Ende nicht verstand.

Denn das war dieser junge Mann, derart das Band der Verwandtschaft, welches ihn mit dem reichen Herrn des Hauses verknüpfte. Der Sohn einer Schwester dieses Inselkäufers und seit vielen Jahren elternlos, war Godfrey Morgan wie Phina auferzogen in dem Hause seines Onkels, dem das nie aussetzende Geschäftsfieber keine Zeit gelassen hatte, ans Heiraten zu denken.

Godfrey zählte jetzt zweiundzwanzig Jahre. Nach Vollendung seiner Erziehung war er eigentlich völlig müßig gegangen. Das Leben bot ihm nach allen Seiten Wege, sein Glück zu machen; ob er einen solchen nach rechts oder links wählte – ihm kam es darauf wenig an, denn der Erfolg konnte ihm in keinem Falle fehlen.

Übrigens war Godfrey eine hübsche Persönlichkeit von vornehmer Eleganz, der niemals seine Krawatte durch einen Ring gezwängt und weder seine Finger, noch die Manschetten, oder den Brustlatz mit jenen Juwelenfantasien bepflastert hatte, welche seine Landsleute so besonders lieben.

Es wird niemand darob erstaunen, wenn wir es aussprechen, daß Godfrey Morgan Phina Hollaney heiraten sollte. Hatte es überhaupt anders sein können? Alle Verhältnisse wiesen ja darauf hin. Übrigens wollte William W. Kolderup diese Verbindung; er sicherte damit das Glück zweier Wesen, die er über alles liebte, ohne zu rechnen, daß Phina dem Godfrey gefiel und daß Godfrey auch Phina nicht mißfiel. Die gute finanzielle Stellung des Hauses unterstützte ebenfalls diese Heirat. Seit ihrer Kindheit war ein Konto dem jungen Mann, ein anderes dem jungen Mädchen eröffnet worden; es bedurfte also nur einer Übertragung, um das neue Konto für beide Gatten in schönster Ordnung zu haben. Der würdige Spekulant hoffte, daß sich die Sache so am leichtesten abwickeln ließ und – von etwaigen Irrtümern und Fehlern abgesehen – alles bestens stimmen müsse.

Aber einen Irrtum, ein Versehen hatte er, wie wir sofort sehen werden, doch außer Rechnung gelassen.

Einen Irrtum, weil sich Godfrey selbst zum Heiraten noch gar nicht reif genug fühlte; ein Versehen, weil man unterlassen hatte, ihn rechtzeitig auf diese Eventualität vorzubereiten.

In der Tat empfand Godfrey nach Beendigung seiner Studien einen vorzeitigen Überdruß an der Welt und dem Leben, wo es ihm an nichts fehlen, wo er nichts zu wünschen, nichts zu tun haben würde. Da packte ihn der Gedanke, die Erde zu durchmessen, er hatte seiner Meinung nach alles gelernt, nur das Reisen noch nicht. Von der Alten und von der Neuen Welt kannte er wirklich nur einen Punkt, San Francisco, wo er geboren war und das er, außer im Traume, noch niemals verlassen hatte. Was ist aber ein junger Mann wert, der nicht zwei- oder dreimal um die Erde gekommen – vorzüglich, wenn er Amerikaner ist? Wozu kann er sich in der Folge eignen? Weiß er im voraus, ob er imstande sein möchte, jeder schwierigen Lage gerecht zu werden, in welche ihn eine weit ausgedehnte Reise versetzen könnte? Wenn er nicht ein Leben voller Abenteuer gekostet, wie wird er solchen die Spitze bieten lernen? Gehören denn nicht so ein paar tausend Meilen Fahrt über die Erde, um zu sehen, zu beobachten und zu lernen, zur Vollendung der Ausbildung eines jungen Mannes?

Das Unabwendbare war auch hier eingetroffen: Godfrey hatte sich in die Lektüre der in unseren Tagen überreichen Reisewerke versenkt und davon begeistern lassen; er hatte mit Marco Polo das Himmlische Reich, mit Columbus Amerika, mit Cook den Stillen Ozean, mit Dumont d'Urville die Umgebung des Südpols entdeckt, hatte die Idee genährt, dahin zu gehen, wo jene berühmten Reisenden ohne ihn gewesen waren. Wahrlich, er hätte eine Forschungsreise von einigen Jahren mit verschiedenen Überfällen malaiischer Piraten, mit einigen Zusammenstößen auf See, einem Schiffbruche an öder Küste, und hätte er dort das Leben eines Selkirk oder eines Robinson Crusoe führen müssen, nicht für zu teuer erkauft gehalten. Ein Robinson! Ein Robinson zu werden! Welche kindliche Phantasie hat davon nicht einmal geträumt, ganz wie Godfrey, der gar oft, viel zu oft die Abenteuer der erdichteten Helden von Daniel Defoe und von Wiß gelesen hatte?

Auf diesem Standpunkte war der Neffe William W. Kolderups angelangt, eben als sein Onkel damit umging, ihn in die Fesseln des Ehestandes zu schmieden. Mit Phina zu reisen, wenn sie schon Mistreß Godfrey Morgan geworden war, davon konnte keine Rede sein! Er mußte das allein oder gar nicht unternehmen. Mußte Godfrey, wenn er seine Phantasie befriedigt, nicht weit besser vorbereitet sein, einen Ehekontrakt zu unterzeichnen? Kann man überhaupt das Glück eines weiblichen Wesens gewährleisten, wenn man vorher nicht wenigstens in China und Japan, ja nicht einmal in Europa gewesen ist? Nein, ganz gewiß nicht!

Ein derartiger Gedankengang war die Ursache, daß Godfrey jetzt in Gesellschaft der Miß Phina so zerstreut erschien, so teilnahmslos, wie sie sprach, so stumm, wenn sie Lieder spielte, die ihn früher zu entzücken pflegten!

Phina, ein ernstes und überlegendes Mädchen, hatte das recht wohl bemerkt. Wollten wir behaupten, daß sie darüber nicht etwas Verdruß, gemischt mit ein wenig Kummer, empfunden hätte, so würden wir sie freilich verleumden. Bei der Gewohnheit aber, die Sachen von ihrer positiven Seite anzusehen, war sie zu dem Raisonnement gelangt:

»Wenn er denn unbedingt reisen muß, so ist es weit besser, das geschieht vor der Verheiratung als erst nach derselben.«

Eben deshalb richtete sie auch an Godfrey die einfachen, sehr treffenden Worte:

»Nein, du bist augenblicklich nicht bei mir . . . sondern jenseits der Meere!«

Godfrey hatte sich erhoben. Er tat einige Schritte durch den Salon, ohne Phina selbst anzusehen, und unwillkürlich hatte sich sein Zeigefinger auf eine Taste des Pianos hinabgesenkt.

Da erklang ein großes »D«, ein kläglicher Ton, der für ihn antwortete.

Phina verstand genug, und ohne weitschweifige Verhandlungen ging sie schon daran, ihren Verlobten sozusagen an die Wand zu drücken und ihm selbst zur Öffnung einer Bresche zu verhelfen, damit er entfliehen konnte, wohin seine Phantasie ihn zog, als die Tür des Salons sich auftat.

William W. Kolderup erschien etwas geschäftig wie immer. Er war der Kaufmann, der eben eine Handelsoperation beendet und sich nun anschickt, eine neue zu beginnen.

»Nun, handelt es sich um nichts weiter, als das Datum endgültig festzustellen«, sagte er.

»Das Datum?« fragte Godfrey, den Kopf aufrichtend. »Von welchem Datum sprichst du, lieber Onkel?«

»Natürlich von dem eurer Hochzeit«, erklärte William W. Kolderup. Ihr werdet dazu doch nicht etwa das Datum der meinigen wählen wollen?«

»Das wäre vielleicht weit dringlicher«, meinte Phina.

»He ... Was?« rief der Onkel. »Was soll das heißen? ... Wir wählen doch den kürzesten Termin, nicht wahr?«

»Pate Will«, antwortete das junge Mädchen, »heute kann es sich nicht handeln um Festsetzung des Tages für eine Hochzeit, sondern für eine Abreise.«

»Für eine Abreise?«

»Ja, der Abreise Godfreys«, fuhr Miß Phina fort, »Godfreys, der, ehe er heiratet, das Bedürfnis fühlt, sich ein wenig in der Welt umzusehen.«

»Du willst reisen ... Du?« rief William W. Kolderup, auf den jungen Mann zuspringend, dessen Arm er ergriff, als fürchte er, daß dieser Schlingel von Neffe ihm durchgehen könne.

»Ja, Onkel Will«, gestand Godfrey mutig zu.

»Und wie lange Zeit?«

»Oh, anderthalb, höchstens zwei Jahre, wenn ...«

»Wenn? ...«

»Wenn du nichts dagegen hast und Phina zustimmt, so lange auf mich zu warten.«

»Auf dich warten? Seh mir einer einen solchen Verlobten, der sich nur beeilt, davonzukommen«, rief William W. Kolderup.

»Wir müssen Godfrey gewähren lassen«, fiel das junge Mädchen ein. Ich habe mir alles wohl überlegt, Pate Will. Ich bin jung, aber richtig betrachtet, ist Godfrey eigentlich noch jünger. Durch eine Reise wird er etwas altern, und ich meine, man sollte seinem Geschmack keinen Zwang antun. Er will reisen – gut, so geh er in die Welt. Das Verlangen nach Ruhe wird bald genug in ihm erwachen und er wird mich finden, wenn er heimkehrt.«

»Wie?« rief William W. Kolderup, du stimmst gar zu, diesem Stare den Käfig zu öffnen?«

»Ja, für die zwei Jahre, welche er verlangt.«

»Und du willst warten?«

»Onkel Will, wenn ich nicht fähig wäre zu warten, so würde ich ihn nicht liebhaben!«

Mit diesen Worten war Phina nach ihrem Piano zurückgegangen und ihre Finger spielten, absichtlich oder nicht, gedämpft ein sehr beliebtes Stück, »Die Abreise des Verlobten«, das in diesem Augenblick sehr zeitgemäß erschien. Phina spielte dasselbe, jedoch wahrscheinlich ohne es selbst zu bemerken, aus dem kleinen »A«, während dasselbe im großen »A« geschrieben ist. Dadurch veränderte sich natürlich der ganze Charakter der Melodie, und die klagende Weise verdolmetschte vortrefflich die Herzensempfindungen des jungen Mädchens.

Einigermaßen verlegen, ließ Godfrey kein Wort fallen. Sein Onkel hatte ihn am Kopfe genommen, drehte denselben dem vollen Tageslichte zu und sah ihn scharf an. Auf diese Weise fragte er ihn, ohne reden zu müssen, und der junge Mann antwortete, ohne mit dem Munde antworten zu müssen.

Noch immer tönten die traurigen Akkorde jener »Abreise des Verlobten«. Nachdem William W. Kolderup den ganzen Salon durchmessen, trat er wieder auf Godfrey zu, der wie ein Angeklagter vor seinem Richter stand.

»Ist das alles Ernst?« fragte er mit erhobener Stimme.

»Voller Ernst«, versicherte Phina, ohne sich unterbrechen zu lassen, während Godfrey sich begnügte, ein zustimmendes Zeichen mit dem Kopfe zu machen.

»All right!« stieß William W. Kolderup hervor, der seinen Neffen mit einem eigentümlichen Blicke fixierte.

Darauf hätte man ihn können zwischen den Zähnen murmeln hören:

»Du willst versuchen zu reisen, ehe du Phina heiratest! Wohlan, du sollst den Versuch machen, Herr Neffe!«

Er tat noch zwei bis drei Schritte und blieb dann mit gekreuzten Armen vor Godfrey stehen.

»Wohin willst du gehen?« fragte er.

»Wohin es immer ist.«

»Und wann gedenkst du abzureisen?«

»Wann du es wünschest, Onkel Will.«

»Gut, also so schnell als möglich!«

Bei den letzten Worten hatte sich Phina plötzlich unterbrochen. Der kleine Finger ihrer linken Hand ruhte noch auf einem »Gis« und der vierte Finger war nicht dazugekommen, die Tonica jenes Tones anzuschlagen. Sie war auf einem halben Tone stehengeblieben, wie Raoul in den Hugenotten, wenn er am Ende seines Duetts mit Valentine davoneilt.

Vielleicht klopfte Phina das Herz jetzt etwas heftiger, aber sie war einmal entschlossen, nichts dreinzureden.

Da näherte sich William W. Kolderup, ohne einen Blick auf Godfrey, dem Piano.

»Phina«, sagte er ernsthaft, »man darf nicht auf einem halben Ton stehenbleiben!«

Und mit kräftigem Finger, der lotrecht auf die Tasten hinabfiel, schlug er ein voll klingendes »A« an.

Viertes Kapitel

In welchem T. Artelett, genannt Tartelett, dem Leser ordnungsgemäß vorgestellt wird.

Wenn T. Artelett Franzose gewesen wäre, würden seine Landsleute nicht verfehlt haben, ihn Tartelett (Törtchen) zu nennen, und da der Name auf ihn paßt, zögern wir auch nicht, ihn so zu bezeichnen. Wenn Tartelett übrigens nicht Franzose war, so hätte er doch verdient, einer zu sein.

In seiner »Reise von Paris nach Jerusalem« erwähnt Chateaubriand eines kleinen Männchens, »gepudert und frisiert wie in alter Zeit«, mit apfelgrünem Rocke, halbwollener Weste, Jabot und Manschetten aus Mousseline, der auf einer kleinen Geige kratzte und den Irokesen Madelon Friquet tanzen lehrte.

Die Kalifornier sind zwar keine Irokesen, aber Tartelett war deshalb nicht minder Lehrer des Tanz- und Anstandsunterrichts in der Hauptstadt Kaliforniens. Wenn man ihm seine Stunden nicht wie jenem Vorgänger mit Biberfellen und Bärenschinken bezahlte, so honorierte man dieselben doch mit Dollars; und wenn er seine Schüler und Schülerinnen nicht mit: »Meine Herren Wilden« und »meine geehrten wilden Damen« anredete, so war daran nur Schuld, daß seine Eleven viel zu zivilisiert waren, wozu er gewiß nicht gar so wenig selbst beigetragen hatte.

Tartelett, ein Junggeselle, zählte zur Zeit, wo wir ihn dem freundlichen Leser vorführen, fünfundvierzig Jahre; vor mehreren Jahrzehnten aber hätte er sich bei einem Haar mit einer ehrsamen Jungfrau in reiferem Alter verheiratet.

Jener Zeit und aus eben dieser Veranlassung hatte man ihn um einen kurzen Aufschluß über sein Alter, seine Persönlichkeit und seine sonstigen Umstände ersucht. Wir lassen hier folgen, was er niederschreiben zu müssen glaubte, zumal da es der Verpflichtung enthebt, vom physischen und moralischen Gesichtspunkte ein Bild von ihm zu skizzieren.

Er wurde geboren am 17. Juli 1835, ¼4 Uhr des Morgens.

Seine Größe beträgt 5 Fuß, 2 Zoll, 3 Linien.

Sein Umfang, gemessen dicht über den Hüften, erreicht 2 Fuß 3 Zoll.

Sein Gewicht, das im letzten Jahre um 6 Pfund zunahm, beträgt 151 Pfund und 2 Unzen.

Er hat einen länglichen Kopf.

Seine über der Stirn etwas dünn gesäten Haare sind

bräunlich; seine Stirn ist hoch, das Gesicht oval, der Teint blühend.

Seine Augen, von unübertrefflicher Sehschärfe, sind grau, die Wimpern und Augenbrauen hellbraun; die Lider liegen etwas tief eingebettet unter dem Augenbrauenbogen.

Die Nase von mittlerer Größe ist nahe dem Ende des linken Nasenloches durch einen Riß etwas gespalten.

Seine Schläfe und Wangen sind platt und bartlos.

Seine Ohren groß und platt anliegend.

Sein Mund von Mittelgröße entbehrt jeder Spur von schlechten Zähnen.

Seine feinen und etwas fest geschlossenen Lippen sind vom Schnurrbart überdeckt, sein Kinn ist rund und ebenfalls von einem mehrfarbigen Barte beschattet.

Ein kleines Schönheitsfleckchen ziert seinen fleischigen Hals – im Nacken.

Endlich kann man, wenn er sich im Bade befindet, bemerken, daß seine Haut weiß und wenig mit Wollhaaren besetzt ist.

Seine Existenz ist ruhig und geregelt. Ohne von besonders robuster Konstitution zu sein, hat er, Dank seiner strengen Nüchternheit, seine Gesundheit doch von der Geburt an zu bewahren gewußt. Er hat leicht reizbare Bronchien, was die Ursache ist, daß er die schlechte Gewohnheit des Tabaks nicht kennt. Er genießt keine Spirituosen, keinen Kaffee, Likör oder unvermischten Wein. Mit einem Worte, alles was auf sein Nervensystem von Einfluß sein könnte, ist von seiner Hygiene streng ausgeschlossen. Leichtes Bier und Wasser mit Himbeersaft sind die einzigen Getränke, welche er sich gefahrlos gestatten darf. Er verdankt es seinen klugen Maßnahmen, daß er, so lange er auf der Erde wandelt, noch niemals nötig gehabt hat, einen Arzt zu konsultieren.

Sein Benehmen ist sicher, sein Gang lebhaft, sein Charakter frei und offen. Er treibt übrigens die Delikatesse bis zum Äußersten, und bisher ist nur die Furcht, eine Frau unglücklich zu machen, der Grund gewesen, der ihn zurückgehalten hat, einen Ehebund einzugehen.

So lautete die Selbstschilderung Tarteletts. So verlokkend auch dieselbe für eine Jungfrau in gewissem Alter klingen mochte, zerschlug sich doch die geplante Verbindung. Der Professor blieb also unbeweibt und fuhr fort, seine Tanz- und Anstandsstunden zu erteilen.

Jener Zeit war es, wo er als Privatlehrer in denselben Fächern in das Palais William W. Kolderups kam; später, als sich die Zahl seiner Schüler allmählich verminderte, wurde er unbemerkt zu einem Rädchen in dem Getriebe des reichen Hauses.

Trotz kleiner Lächerlichkeiten war er im Grunde ein kreuzbraver Mann. Man gewöhnte sich an ihn. Er liebte Godfrey, er liebte Phina, und diese vergalten ihm seine Zuneigung. Er besaß auf der Welt auch nur einen einzigen Ehrgeiz, jenen alle Finessen seiner Kunst einzuimpfen und aus ihnen, was das äußere Auftreten betrifft, zwei wirklich vollkommene Wesen zu bilden.

Wird man es glauben, daß er, der Professor Tartelett, es war, den Kolderup als Begleiter seines Neffen auf der bevorstehenden Reise erwählte? Und doch! Er hatte einige Ursache anzunehmen, daß Tartelett, wenn auch gegen eigenen Willen, dazu beigetragen haben mochte, in Godfrey jene Manie nach einer Ortsveränderung zu erwecken, um ihm durch eine Reise um die Welt den höchsten Schliff zu geben. Kolderup beschloß also, die beiden zusammen reisen zu lassen. Schon am folgenden Tage, den 16. Mai, ließ er den Professor ersuchen, sich in seinem Kabinett einzufinden.

Eine Bitte des Nabob war ein Befehl für Tartelett. Der Professor verließ sein Zimmer, ausgerüstet wie immer, mit der kleinen Kindergeige, um für jede Möglichkeit vorbereitet zu sein. Mit akademisch gesetzten Füßen, wie es einem Meister der Tanzkunst zukommt, stieg er die breite Treppe des Hotels hinan, klopfte an der Tür des Kabinetts, trat mit halbvorgebeugtem Rumpfe, wohlgerundeten Ellenbogen und lächelndem

Munde ein und wartete in dritter Position, nachdem er in der Hälfte ihrer Länge die Füße voreinander gekreuzt hatte, so daß die Fersen sich berührten und die Spitzen vorschriftsmäßig nach außen gerichtet standen.

Jeder andere als der Professor Tartelett hätte bei dieser Stellung in labilem Gleichgewicht auf seiner Basis geschwankt, er aber wußte unabänderlich eine kerzengerade Haltung zu bewahren.

»Herr Tartelett«, begann Kolderup, »ich habe Sie rufen lassen, um Ihnen eine Neuigkeit mitzuteilen, die, wie ich voraussetze, Sie nicht besonders Wunder nehmen wird.«

»Ganz zu Ihren Diensten«, antwortete Tartelett mit einem noch tieferen Bückling.

»Die Hochzeit meines Neffen ist um ein Jahr oder achtzehn Monate verschoben worden«, fuhr der Onkel fort, und Godfrey wird auf seinen Wunsch reisen, um die verschiedenen Staaten der Alten und Neuen Welt zu besuchen.«

»Herr Kolderup«, erwiderte Tartelett, »mein Schüler Godfrey wird dem Lande, das ihn geboren, überall Ehre machen, und . . .«

»Und seinem Lehrer des Anstandes nicht minder, der ihm seine guten Manieren beigebracht hat«, fiel ihm der Kaufmann ins Wort, ohne daß der naive Tartelett die leise Ironie in seinem Tone heraushörte.

Und als wenn er vor einer Versammlung von Schülern stände, glitt er mit beiden Füßen abwechselnd ein Stück zur Seite, beugte dann leicht und geschmeidig das Knie und begrüßte Kolderup.

»Ich habe geglaubt«, nahm dieser wieder das Wort, »daß es Ihnen einigermaßen schmerzlich sein könnte, sich von Ihrem Schüler zu trennen?«

»Ganz unzweifelhaft schmerzlich«, versicherte Tartelett, »indes, wenn es sein muß . . .«

»Oh, es muß nicht sein«, antwortete Kolderup, dessen buschige Augenbrauen sich etwas zusammenzogen.

»Ah!« machte Tartelett.

Etwas erregt, balancierte er ein wenig nach rückwärts, um aus der dritten in die vierte Position überzugehen, dann ließ er zwischen beiden Füßen eine geringe Breite – ohne vielleicht genau selbst zu wissen, was er angab.

»Ja«, fügte der Kaufmann mit entschiedener Stimme und in einem Tone hinzu, der keinen Schatten von Widerspruch aufkommen ließ, »es schien mir sehr grausam zu sein, einen Schüler von seinem Lehrer trennen zu wollen, die beide einander so gut zu verstehen scheinen.«

»Gewiß . . . die Reisen«! . . . stotterte Tartelett, der jetzt nicht verstehen zu wollen schien.

»Ja gewiß«, nahm Kolderup sein Wort wieder auf, »eine Reise wird nicht nur die Talente meines Neffen, sondern auch die des Lehrers, dem er eine so tadellose Haltung verdankt, ins rechte Licht stellen.«

Niemals war diesem großen Kinde der Gedanke gekommen, San Francisco, Kalifornien und Amerika verlassen zu wollen, um übers Meer zu gehen. Solche Ideen hätten keinen Eingang gefunden in das Gehirn eines Mannes, der sich weit mehr mit Choreographie als mit Geographie beschäftigt und der bisher kaum die Umgebungen der Hauptstadt im zehnmeiligen Umkreise kennengelernt hatte. Und jetzt bot man ihm an – nein, man ließ ihn verstehen, daß er wohl oder übel dem Vaterlande den Rücken kehren und persönlich, mit allen Wechselfällen und Unannehmlichkeiten, die davon unzertrennbar sind, die Ortsveränderungen ausführen solle, die er seinem Schüler so warm angeraten hatte! Ein so wenig solides Gehirn wie das seine mußte dadurch wohl in einigen Aufruhr kommen, und zum ersten Male in seinem Leben empfand der unglückliche Tartelett ein gewisses Zittern in den Muskeln seiner Beine, welche doch durch dreißigjährige Übung gestählt waren.

»Vielleicht . . .«, sagte er zögernd und versuchte auf seinen Lippen das stereotype Tänzerlächeln, welches

ihm augenblicklich entsprungen war, wieder hervorzu-
rufen, »vielleicht . . . bin ich nicht geeignet, um . . .«

»Oh, das wird sich allein finden«, antwortete Kolderup, wie einer, der nicht mit sich streiten läßt.

Abschlagen – unmöglich! Tartelett dachte daran gar
nicht. Was war er denn in dem Hause? Eine Sache, ein
Ballen, ein Colli, das durch jeden Winkel der Erde
transportiert werden konnte. Die hier vorliegende Ex-
pedition beunruhigte ihn aber doch ein wenig.

»Und wann soll die Reise vor sich gehen?« fragte er
gleichzeitig mit dem Versuche, wieder eine schulge-
rechte Stellung einzunehmen.

»In einem Monat.«

»Und auf welches sturmbewegte Meer hat Herr Kolderup beschlossen, meinen Schüler und mich hinauszusenden?«

»Zuerst auf den Stillen Ozean.«

»Auf welchen Punkt der Erdkugel werd' ich dann
zum ersten Male wieder den Fuß setzen dürfen?«

»Auf den Boden von Neuseeland«, antwortete Kolderup. »Ich habe beobachtet, daß die Neuseeländer die
Ellenbogen sehr steif und eckig halten – Sie werden dieselben darin eines Besseren belehren.«

So wurde also Professor Tartelett erwählt, der Reise-
begleiter Godfrey Morgans zu sein.

Ein Zeichen des Großhändlers deutete ihm an, daß
die Audienz beendet sei. Er zog sich also, aber in einer
Seelenerregung zurück, daß sein Abgang und die spe-
zielle Grazie, die er bei einem solchen schwierigen Akte
sonst an den Tag legte, ein wenig zu wünschen übrig ließen.

Wirklich vergaß Professor Tartelett zum ersten Male
die elementarsten Vorschriften seiner Kunst und ging
mit den Füßen vornweg davon.

Fünftes Kapitel

In welchem man sich zur Abreise vorbereitet und gegen Ende auch wirklich unter günstigsten Aussichten abfährt.

Es war also ausgemacht. Vor der langen Reise zu zweien durch das Leben, welches man Ehe nennt, sollte Godfrey eine Reise um die Erde machen, was zuweilen noch gefährlicher ist. Doch er zählte darauf, von derselben mit reicher Erfahrung zurückzukommen und, wenn er als junger Mann abreiste, als gereifter Mann heimzukehren. Er würde gesehen, beobachtet, verglichen, würde seine Wißbegierde gestillt haben. Dann war die Zeit, sich häuslich niederzulassen, glücklich am eigenen Herde zu wohnen, von dem ihn keine Versuchung wieder hinwegzubringen vermochte. Hatte er recht oder unrecht? Stand ihm eine gute, lehrreiche Unterrichtsstunde bevor, von der er dauernden Nutzen ziehen würde? Wir überlassen die Sorge, hierauf zu antworten, der Zukunft.

Kurz, Godfrey war begeistert.

Phina, obgleich etwas ängstlich, ließ sich doch nichts davon merken und freute sich mit ihm.

Professor Tartelett, der gewöhnlich sehr fest auf den Füßen stand und bei jedem Tanze das schönste Gleichgewicht zu erhalten wußte, hatte allen gewöhnlichen Applomb verloren und bemühte sich vergeblich, ihn wiederzugewinnen. Er wankte auf dem Parquet seines Zimmers, als befände er sich schon auf dem Boden einer Kabine, der durch das Rollen und Schlingern des Schiffes nur einen unsicheren Halt bot.

Was Kolderup betrifft, so war er, seitdem jener Entschluß feststand, sehr wenig mitteilsam, vorzüglich seinem Neffen gegenüber, geworden. Seine immer geschlossenen Lippen, die halb unter den Lidern versteckten Augen verrieten, daß sich eine fixe Idee gebildet hatte in diesem Kopfe, in dem sonst nur große Handelsspekulationen geboren wurden.

»Ah, du willst reisen«, murmelte er zuweilen, »reisen, statt dich zu verheiraten, statt hier zu bleiben und wie andere glücklich zu sein! . . . Gut, gut, du sollst reisen!«

Die nötigen Vorbereitungen wurden unverweilt begonnen. Zunächst mußte die Frage wegen der Reisetour aufgestellt, besprochen und endgültig festgestellt werden.

Sollte Godfrey nach Süden, nach dem Osten oder Westen ziehen? Das war an erster Stelle zu entscheiden.

Wenn er einen Weg nach Süden einschlug, so würde es der »Panama to California and British Columbia« oder der »Packet Southampton Rio Janeiro« Gesellschaft zufallen, ihn nach Europa zu befördern.

Wandte er sich nach Osten, so konnte die große Pazifische Eisenbahn ihn binnen weniger Tage nach New York führen, wo es mittelst der »Cunard-, Inman-, Withe-Star-Linie«, der »Hamburg-Amerikanischen-Packetfahrt-Actiengesellschaft«, dem »Norddeutschen Lloyd« oder der »Transatlantique française« nicht an Gelegenheit fehlen konnte, die Küsten der Alten Welt zu erreichen.

In der Richtung nach Westen war es leicht, durch die »Steam Transoceanic Golden Age« nach Melbourne und von da mit einem der Schiffe der »Peninsular Oriental Steam Co.« nach dem Isthmus von Suez und weiter zu gelangen.

An Transportmitteln fehlte es also keineswegs, und Dank ihrer mathematischen Übereinstimmung bezüglich der Fahrpläne gestaltet sich eine Reise um die Erde allgemach zur einfachen Spaziertour eines Lustfahrers.

In dieser Weise sollte aber der Neffe und Erbe des Nabobs von San Francisco nicht durch die Welt jagen.

Nein! Kolderup besaß im Dienste seiner großartigen Handelsgeschäfte selbst eine große Flotte von Dampf- und Segelschiffen. Es wurde also beschlossen, eines dieser Fahrzeuge »zur Verfügung des jungen Godfrey Morgan zu stellen«, als beträfe es einen Prinzen von

41

Geblüt, der zu einem Vergnügen auf Kosten seines Vaters reist.

Auf erhaltene Ordre wurde der »Dream«, ein solider Dampfer von sechshundert Tonnen mit zweihundert Pferdekraft, sofort ausgerüstet. Das Kommando desselben sollte Kapitän Turcotte führen, ein erprobter Seebär, der schon alle Ozeane unter allen Breiten befahren hatte. Ein tüchtiger und mutiger Seemann, zählte dieser Habitué der Tornados, der Typhons und Zyklone schon vierzig Jahre zur See auf fünfzig Lebensjahre. Draußen beizulegen und dem Orkan direkt die Stirne zu bieten, war nur ein Spiel für diesen »Matrosen«, der niemals von etwas gelitten hatte, außer von der »Landkrankheit«, das heißt von dem Stilliegen im Hafen. Von dem ewigen Hin- und Herschaukeln auf der Kommandobrücke eines Schiffes hatte er auch die Gewohnheit beibehalten, immer nach rechts und links, nach vor- und rückwärts zu balancieren; er hielt den Takt des Rollens und Schlingerns eben unausgesetzt ein.

Ein zweiter Befehlshaber, ein Maschinist, vier Heizer und zwölf Matrosen, im ganzen achtzehn Personen, sollten die Besatzung des »Dream« bilden, der, wenn er sich auch damit begnügte, in der Stunde nur acht Seemeilen zu machen, dafür andere, nicht weniger schätzbare nautische Eigenschaften besaß. Fehlte ihm auch die Schnelligkeit, um bei schwerem Wetter die Wellen zu überholen, so liefen doch auch die Wogen nicht über denselben hinweg, ein Vorteil, der die Mittelmäßigkeit seiner Fortbewegung gewiß aufwiegt, vorzüglich, wenn man nicht besondere Eile hat. Übrigens war der »Dream« als Goëlette getakelt und konnte bei günstigem Winde mit seinen fünfhundert Quadratyards Segelzeug der Dampfkraft noch immer zu Hilfe kommen.

Man darf endlich nicht glauben, daß die Reise des »Dream« als reine Vergnügungsfahrt verlaufen sollte. Kolderup war ein viel zu praktischer Mann, um nicht bei einer Fahrt von fünfzehn- bis sechzehnhundert Meilen über alle Meere der Erde einen Gewinn in Aussicht zu nehmen. Sein Schiff sollte ohne Ladung abgehen, aber es machte ihm keine Schwierigkeit, sich in richtigem Tiefgang zu erhalten, indem es seinen »Waterballast«* mit Wasser anfüllte, wodurch es, wenn nötig, bis zum Bordrand versenkt werden konnte. Übrigens sollte der »Dream« auch unterwegs Ladung nehmen und die verschiedenen Comptoirs des reichen Großhändlers besuchen, wobei er also nur von einem Handelsplatz zum anderen dampfte. Keine Angst, der Kapitän Turcotte konnte nicht in Verlegenheit kommen, die Kosten der Fahrt zu decken. Godfrey Morgans Phantasie zapfte der Kasse des Onkels keinen einzigen Dollar ab.

Alles das wurde bei den langdauernden, sehr geheimen Verhandlungen festgestellt, welche William W. Kolderup mit dem Kapitän Turcotte hatte. Es gewann indes den Anschein, als ob die Ordnung dieser im Grunde so einfachen Angelegenheit doch manche unvorhergesehene Schwierigkeit fand, denn der Kapitän mußte gar so zahlreiche Besuche im Kabinett seines Reeders abstatten. Wenn er von einem solchen zurückkam, hätten scharfsichtigere Leute als die Insassen des vornehmen Hauses unzweifelhaft bemerkt, daß sein Gesicht einen eigentümlichen Ausdruck zeigte, daß seine Haare wie vom Winde emporgesträubt waren, so als hätte er mit fiebernder Hand durch dieselben gestrichen, und daß seine Person im ganzen heftiger schlingerte und rollte als gewöhnlich. Man hätte auch bisweilen heftige Stimmen vernehmen können, welche darauf hindeuteten, daß diese Sitzungen nicht immer ganz ohne Sturm abliefen.

Das kam daher, daß Kapitän Turcotte bei seiner freimütigen Redeweise gegenüber William W. Kolderup, der ihn schätzte und zu sehr liebte, um sich von ihm keinen Widerspruch gefallenzulassen, nicht so leicht die Segel strich.

Endlich schien alles ins Gleis gekommen zu sein. Wer

---

*Behälter, welche man nach Belieben mit Wasser anfüllen kann, wenn das Schiff ungeladen läuft, um es in seiner richtigen Schwimmlinie zu erhalten.

hatte nachgegeben, William W. Kolderup oder Kapitän Turcotte? Wir möchten uns darüber nicht aussprechen, da uns nicht einmal das Thema jener Verhandlungen genauer bekannt ist; doch wir würden immerhin lieber auf den Kapitän wetten.

Wie dem auch sei, nach achttägigen Verhandlungen schienen der Schiffseigner und der Kapitän einig geworden zu sein, aber Turcotte murmelte doch mehr als einmal durch die Zähne:

»Soll mich doch der erste beste Walfisch seiner Großmutter zum Frühstück vorsetzen, wenn ich, der Kapitän Turcotte, je geahnt hätte, daß ich mich einmal eines solchen Auftrages entledigen sollte!«

Mit der Ausrüstung des »Dream« ging es indes rasch vorwärts, und sein Kapitän versäumte nichts, um denselben in Stand zu setzen, in der ersten Hälfte des Juni in See zu stechen. Er war nach allen Seiten gründlich untersucht und sein mit Mennige frisch gestrichenes Unterteil hob sich durch das lebhafte Rot scharf von dem Schwarz der Seitenwände ab.

Im Hafen von San Francisco wimmelt es immer von Fahrzeugen aller Art und Nationalität. Schon viele Jahre lang hatten die Quais der Stadt, welche wie gewöhnlich längs des Strandes angelegt waren, zur Löschung und Ladung der Waren nicht mehr ausreichen können, wenn man sich nicht beeilt hätte, künstliche Landungsplätze zu schaffen. Man trieb zu dem Zwecke Rottannenstämme in den Grund und bedeckte dieselben in einer Ausdehnung von mehren (amerikanischen) Quadratmeilen mit Planken und Pfosten. Den gewonnenen Raum hatte zwar die Bai verloren, doch diese war ja groß genug. So entstanden jene ungeheuren Flächen, welche stets mit Kisten und Ballen bedeckt sind und an denen Dampfer von beiden Ozeanen, Dampfschiffe von den kalifornischen Strömen, Klipper aus aller Herren Länder und Küstenfahrer aus Amerika in vollkommener Ordnung bequem anlegen konnten, ohne eines das andere zu streifen oder zu berühren.

An einem dieser künstlichen Quais, vor dem Ausgange der Warf Missions Street hatte auch der »Dream« sorglich vertäut gelegen, seitdem er die Werft verlassen hatte.

Es wurde nichts vernachlässigt, um den für Godfrey ausgewählten Steamer nach allen Seiten so zu versorgen, daß es unterwegs an nichts fehlen konnte. Proviant, Reserve-Ausrüstung, alles wurde reiflich überlegt und angeschafft. Die Takelage war in untadelhaftem Zustande, der Kessel frisch probiert, die Schraubenmaschine so gut wie neu. Für unvorgesehene Fälle, wie zur Erleichterung der Verbindung mit dem Lande, wurde auch eine schnelle und unversenkbare Dampfbarkasse mit an Bord genommen, welche im Laufe der Fahrt gute Dienste zu leisten versprach.

Am 11. Juni war endlich alles fertig – man konnte jeden Augenblick in See gehen. Die von Kapitän Turcotte zur Bedienung der Segel oder zur Führung der Maschine geworbenen Leute bildeten eine Mustermannschaft, wie man am Platz gewiß keine bessere hätte finden können. Eine ganze Herde lebender Tiere, Agutis, Schafe, Ziegen, Hühner und Hähne usw. bevölkerten das Zwischendeck; außerdem war der Nahrungsmittelvorrat noch durch eine große Anzahl Konservenbüchsen der besten Marken vermehrt worden.

Die Reiseroute des »Dream« betreffend, so bildete diese ohne Zweifel einen Gegenstand der langen Konferenzen, welche William W. Kolderup und sein Kapitän gehabt hatten. Alles, was man davon wußte, lief darauf hinaus, daß der erste Landungsplatz Auckland, die Hauptstadt von Neuseeland, sein sollte – abgesehen von dem Falle, daß etwa Kohlenmangel, welcher vielleicht durch langes Fahren unter Dampf bei widrigem Winde eintreten könnte, es nötig machen würde, einen der Archipele des Stillen Ozeans oder einen Küstenpunkt Chinas anzulaufen.

Alle diese Einzelheiten hatten übrigens für Godfrey von der Minute an, wo er zur See ging, keine Bedeutung, und noch weniger für Tartelett, der sich den ganzen Tag mit nichts anderem mehr beschäftigte, als mit den Wechselfällen einer Seereise, welche ja niemals ganz ausbleiben.

Nur eine Formalität war noch zu erfüllen – es mußten noch einmal verschiedene Fotografien angefertigt werden.

Ein Verlobter kann sich schicklicherweise nicht auf eine lange Reise um die Welt begeben, ohne das Bildnis der Geliebten mitzunehmen und dieser umgedreht das seinige zu hinterlassen.

Godfrey überlieferte sich also im Touristenkostüm den Händen der Herren Stephenson u. Cie., Fotografen in der Montgomery Street, und Phina in Promenadetoilette überließ der Sonne die Sorge, ihre reizenden, wenn auch etwas traurigen Züge auf der Platte der geschickten Operateure zu fixieren.

Auf diese Weise konnte man gewissermaßen vereinigt reisen. Phinas Porträt fand seinen ihm zukommenden Platz in der Kabine Godfreys, das Godfreys in dem Zimmer des jungen Mädchens.

Auch Tartelett, obgleich er weder verlobt war, noch mit einer Silbe daran dachte, das je zu werden, sollte sein Ebenbild dem lichtempfindlichen Papier überantworten. Trotz des Talents des Fotografen blieb es diesem jedoch unmöglich, ein einigermaßen befriedigendes Negativ zu erzielen. Immer zeigte die Platte einen konfusen Nebel, aus dem man unmöglich die Züge des berühmten Tanz- und Anstandslehrers herauserkennen konnte.

Das kam daher, daß der Aufzunehmende nicht dazu zu bringen war, nur den Mund stillzuhalten – trotz aller Ermahnungen, welche in den, den Operationen dieser Art geweihten Ateliers gebräuchlich sind.

Man versuchte andere, schneller wirkende Chemikalien – Momentaufnahmen; vergeblich. Tartelett rollte und schlingerte schon pränumerando, ganz wie Kapitän Turcotte.

Man mußte also darauf verzichten, die Züge dieses merkwürdigen Mannes aufzubewahren. Ein unersetzliches Unglück für die Nachwelt, wenn – doch weg mit einem solchen Gedanken –, wenn er, in der Meinung, nach der Alten Welt zu reisen, etwa gar nach der anderen Welt reiste, von der kein Zurückkehren ist.

Am 11. Juni war alles parat. Der »Dream« brauchte nur die Anker zu lichten, seine Papiere, Frachtbrief und Kontrakt, Versicherungspolice – alles in Ordnung; zwei Tage vorher hatte der Makler des Hauses William W. Kolderup die letzten Papiere gesendet.

An genanntem Tage fand in dem Hotel der Montgomery Street ein großes Frühstück statt. Man trank auf Godfreys glückliche Reise und rechtzeitige Wiederkehr.

Godfrey selbst schien ein wenig erregt und suchte das auch nicht zu verbergen. Phina erwies sich standhafter als er. Tartelett ertränkte seine Befürchtungen in verschiedenen Gläsern Champagner, deren Einwirkung auf ihn sich bis zum Augenblick der Abfahrt geltend machte. Er hätte sogar bald seine kleine Geige vergessen, die ihm noch gebracht wurde, als die Sorrtaue des »Dream« schon gelöst waren.

An Bord sagten sich alle das letzte Lebewohl, auf dem Oberdeck wechselte man die letzten Händedrücke. Dann setzte die Maschine die Schraube einige Male in Umdrehung, wodurch der Steamer vom Quai abkam.

»Adieu, Phina!«

»Adieu, Godfrey!«

»Gott geleite euch!« rief der Onkel.

»Und bringe uns vorzüglich heil und gesund wieder heim!« murmelte Tartelett.

»Vergiß auch nicht, Godfrey«, fügte William W. Kolderup hinzu, »daß der ›Dream‹ an seinem Achter die Devise trägt: Confide, recte agens.«

»Niemals, Onkel Will! Adieu, Phina!«

»Adieu, Godfrey!«

Der Dampfer entfernte sich, die Taschentücher wedelten, so lange er vom Quai noch in Sicht blieb und auch noch etwas darüber.

Bald war die Bai von San Francisco, die größte der Welt, durchmessen; der »Dream« glitt die enge Fahrstraße der Golden Gate, dann pflügte sein Kiel die Wasser des Stillen Ozeans; es war, als ob diese Goldene Pforte sich hinter ihm geschlossen hätte.

Sechstes Kapitel

In welchem der Leser dazu kommt, die Bekanntschaft einer noch neuen Persönlichkeit zu machen.

Die Reise war angefangen. Man wird zugeben, daß darin keine große Schwierigkeit lag.

Professor Tartelett wiederholte auch oft genug mit unbestreitbarer Logik:

»Eine Reise fängt allemal an! Aber wie sie endet, das ist der Haken!«

Die von Godfrey bewohnte Kabine lag am Ende des Hinterdecks des »Dream«, an dem hinteren Salon, der als Eßzimmer diente. Unser junger Reisender war daselbst so bequem und prächtig wie möglich einlogiert. Der Fotografie Phinas hatte er den besten Platz an der hellsten Wandstelle eingeräumt. Ein freilich etwas schmales Lager, ein Waschtisch für seine Toilette, einige Wandschränke für Kleidungsstücke und Leibwäsche, ein Arbeitstischchen und ein Lehnstuhl, um sich bequem setzen zu können, was fehlte diesem Passagier von zweiundzwanzig Jahren dann wohl noch? Unter solchen Verhältnissen wäre er zweiundzwanzig Mal um die Welt gefahren. Befand er sich nicht im Alter der praktischen Philosophie, welche eine rüstige Gesundheit und gute Laune erzeugt? Oh, ihr jungen Leute, reist, wenn ihr es könnt, und wenn ihr es nicht könnt ... so reist doch!

Tartelett freilich befand sich nicht in so rosenroter Stimmung. Seine neben der seines Schülers gelegene Kabine kam ihm gar so eng vor, das Lager zu hart, die sechs Quadratyard Bodenfläche erschienen ihm ungenügend, seine gewohnten Tanzübungen auszuführen. Würde der Tanz- und Anstandslehrer etwa gar in dem Reisenden untergehen? Nein, jener lag ihm einmal im Blute, und wenn Tarteletts letztes Stündchen dereinst kam, konnte man sicher darauf rechnen, daß seine Füße sich in ganz gerader Haltung, die Fersen geschlossen, in erster Position befinden würden.

Die Mahlzeiten sollten gemeinschaftlich eingenommen werden, und das geschah auch – Godfrey und Tartelett saßen dabei gegenüber, der Kapitän und der zweite Offizier nahmen die anderen Seiten des geränderten Tisches ein – eine Einrichtung, welche bekanntlich dazu dient, bei stärkerem Seegang zu verhindern, daß Teller usw. hinuntergleiten. Man kann sich leicht vorstellen, daß Tarteletts Platz hier häufig leer blieb.

Bei der Abfahrt im schönen Monat Juni wehte eine angenehme nordöstliche Brise. Kapitän Turcotte hatte einige Segel beisetzen lassen, um schneller vorwärts zu kommen, und der dadurch mehr gehaltene »Dream« rollte nicht allzusehr von einer Seite zur anderen. Da die Wellen übrigens von rückwärts kamen, so schwankte er auch nicht merkbar der Länge nach. Diese Schiffsbewegung ist es aber nicht, welche auf den Gesichtern der Passagiere die spitzigen Nasen, die hohlen Augen, bleichen Stirnen und die farblosen Wangen hervorbringt. Es war mit einem Worte ein ganz erträglicher Zustand. Das Fahrzeug glitt auf freundlichem Meere nach Südwesten hin, fast ohne zu schwanken. Die amerikanische Küste entschwand bald am fernen Horizonte.

In zwei Tagen ereignete sich nicht der geringste erwähnenswerte Umstand. Der »Dream« dampfte ungestört weiter. Der Anfang dieser Reise gestaltete sich also recht günstig, obwohl Kapitän Turcotte zuweilen eine gewisse Beklommenheit zeigte, die er doch vergeblich zu verbergen suchte. Jeden Tag, wenn die Sonne durch den Meridian ging, bestimmte er genau die Ortslage des Schiffes. Es fiel jedoch auf, daß er nachher immer den zweiten Offizier noch seiner Kabine kommen ließ, und daselbst verweilten die beiden Seeleute in längerer geheimgehaltener Verhandlung, als verständigten sie sich im voraus angesichts einer bevorstehenden ernsten Eventualität. Godfrey schien zwar nicht viel hiervon zu bemerken, denn er verstand von der Schiffahrt so gut wie nichts, der Obersteuermann und einzelne Matrosen schüttelten indes darüber bedenklich die Köpfe.

Die wackeren Leute hatten dazu um so mehr Ursache, als schon in der ersten Woche zwei- bis dreimal während der Nacht und ohne erkennbare Notwendigkeit dieses Manövers die Richtung des »Dream« merkbar verändert und erst am Tage wieder eingeschlagen wurde. Was bei einem den wechselnden Strömungen der Atmosphäre unterworfenen Segelschiff erklärlich gewesen wäre, war es doch nicht bei einem Dampfer, der immer der Linie der größten Kreise folgen kann und seine Segel einzieht, wenn ihm der Wind nicht günstig ist.

Am 12. Juni des Morgens ereignete sich an Bord ein unerwarteter Zwischenfall.

Kapitän Turcotte, der zweite Offizier und Godfrey hatten sich eben zum Frühstück niedergesetzt, als sich vom Verdeck lautes Geräusch vernehmen ließ. Fast gleichzeitig erschien der Obersteuermann, die Tür aufstoßend, auf der Schwelle des Salons.

»Kapitän!« rief er.

»Was gibt es denn?« fragte Turcotte, lebhaft, wie ein richtiger Seemann stets auf dem Qui-vive.

»Es hat sich – ein Chinese vorgefunden«, meldete der Mann.

»Ein Chinese?«

»Ja, ein leibhaftiger Chinese, den wir ganz zufällig

unten im Raum entdeckt haben!«

»Unten im Raum?« rief Kapitän Turcotte. »Alle Teufel und Wetter, so werft ihn ins Wasser!«

»All right!« antwortete der Steuermann.

Und bei der tiefen Verachtung, welche jeder Kalifornier gegenüber einem Sohne des Himmlischen Reiches empfinden muß, erschien dem ehrenwerten Manne dieser Befehl so natürlich, daß er sich ohne Gewissensbisse sofort daran machte, ihn auszuführen.

Inzwischen hatte Kapitän Turcotte sich erhoben, verließ, gefolgt von Godfrey und dem zweiten Offizier, den Salon des Hinterdecks und begab sich nach dem Vorderteil des »Dream«.

Wirklich, da wand sich ein von starken Armen gehaltener Chinese unter den Händen einiger Matrosen, die es ihm nicht an reichlichen Püffen und Stößen fehlen ließen. Es war ein Mann von etwa fünfunddreißig bis vierzig Jahren, mit intelligentem Gesicht, gut gewachsen und von behäbiger Physiognomie, obgleich sein Gesicht infolge eines schon sechzigstündigen Aufenthaltes in dem wenig gelüfteten Schiffsraum etwas blaß geworden war. Nur der Zufall hatte seine Entdeckung in dem dunklen Versteck herbeigeführt.

Der Kapitän Turcotte bedeutete seinen Leuten durch ein Zeichen, den Mann loszulassen.

»Wer bist du?« fragte er.

»Ein Sohn der Sonne.«

»Und wie nennst du dich?«

»Seng-Vou«, antwortete der Chinese, dessen Name in seiner Sprache bedeutet: »Der nicht lebt«.

»Was machst du hier an Bord?«

»Ich fahre über See«, antwortete Seng-Vou gelassen, »aber so, daß ich Ihnen nur die geringste Beschwerde mache.«

»In der Tat, mit der geringsten Beschwerde für uns! ... Und du hast dich bei der Abfahrt im Raum versteckt?«

»Wie Sie sagen, Kapitän.«

»Um dich gratis von Amerika nach China, nach der anderen Seite des Stillen Ozeans, schaffen zu lassen?«

»Wenn Sie es wollen, ja.«

»Und wenn ich es nicht will, verschmitzte Gelbhaut, wenn ich dich ersuche, von hier nach China zu schwimmen?«

»So würde ich den Versuch machen«, erwiderte der Chinese lächelnd, »obgleich ich wahrscheinlich unterwegs untergehen würde.«

»Wohlan, verdammter John«*, rief Kapitän Turbotte, ich werde dich lehren, die Überfahrtskosten ersparen zu wollen!«

Vielleicht mehr erzürnt, als die ganze Sache wert war, hätte Kapitän Turcotte die angedrohte Exekution wahrscheinlich ausführen lassen, als Godfrey sich einmischte.

»Kapitän«, sagte er, »ein Chinese mehr an Bord des ›Dream‹ bedeutet einen solchen weniger in Kalifornien, wo es deren sowieso sehr viele gibt.«

»Wo es deren zu viele gibt«, verbesserte ihn Kapitän Turcotte.

»Meinetwegen zu viele«, meinte Godfrey. »Nun wohl, da dieser arme Teufel den Entschluß gefaßt hat, San Francisco von seiner Gegenwart zu befreien, verdient er schon einiges Mitleid ... Was ist auch dabei? Wir werfen ihn beim Passieren der Küste von Shanghai hinaus, und dann ist von der ganzen Geschichte nicht mehr die Rede.«

Mit der Äußerung, daß es zu viele Chinesen in Kalifornien gäbe, führte Godfrey nur die Sprache jedes echten Sohnes dieses Staates. Unzweifelhaft ist die Auswanderung der Söhne des Himmlischen Reiches – es gibt deren dreihundert Millionen in China gegenüber dreißig Millionen Amerikanern in den Vereinigten Staaten – zur wirklichen Gefahr für die Staaten des fernen Westens angewachsen. Die Gesetzgebung dieser Staaten, Kalifornien, Nieder-Kalifornien, Oregon, Ne-

*Ein Spitzname, den die Amerikaner den Chinesen beilegen.

vada, Utah, ja der Kongreß selbst, hat sich mit der Einwanderung dieser neuen Art von Volksseuche beschäftigt, der die Yankees den bezeichnenden Namen »die gelbe Pest« gegeben haben.

Jener Zeit zählte man 50 000 Kinder des Himmlischen Reiches allein in Kalifornien. Diese Leute, welche in der Goldwäscherei besonders tätig, dabei sehr ausharrend sind, von einem Löffel Reis, einem Schluck Tee und einem Zuge Opiumrauch leben, veranlaßten zum Schaden der eingeborenen Arbeiter einen merkbaren Niedergang des Preises der Handarbeit. Man hatte sich schon – im Widerspruch mit der amerikanischen Verfassung – gezwungen gesehen, sie Ausnahmegesetzen zu unterstellen, welche ihre Einwanderung regeln sollten und ihnen das Recht absprachen, sich naturalisieren zu lassen, da man fürchtete, daß sie gar einmal die Majorität im Kongreß erlangen könnten. Im allgemeinen, gleich den Indianern und Negern schlecht behandelt, wurden sie, wie um den Namen »Pestträger«, mit dem man sie belegte, zu rechtfertigen, meist in einer Art Ghetto zusammengepfercht, wo sie Sitten und Gebräuche des Himmlischen Reiches streng konservieren.

In der Hauptstadt von Kalifornien sind sie durch das Drängen der anderen Rassen in das Quartier der Sacramentostraße getrieben worden, welche von ihren merkwürdigen Fahnen und Laternen fast verstopft erscheint. Hier trifft man sie zu Tausenden in der weitärmeligen Bluse, der konischen Mütze und den nach vorn spitz auslaufenden Schuhen. Hier leben sie meist als Gewürzkrämer oder Wäscher, wenn sie nicht als Köche dienen oder einer jener dramatischen Gruppen angehören, welche auf dem französischen Theater von San Francisco chinesische Stücke aufführen.

Seng-Vou – wir haben keinen Grund, es zu verheimlichen – gehörte einer jener heterogenen Truppen an, in welcher er die Charge als erster Komiker bekleidete, wenn dieser europäische theatertechnische Ausdruck überhaupt auf einen chinesischen Künstler Anwendung finden kann. Diese sind nämlich, selbst wenn sie Scherze machen, so ernsthaft, daß der kalifornische Romandichter Hart-Bret sagen konnte, er habe nie einen chinesischen Schauspieler lachen sehen, ja er gesteht auch, niemals haben erkennen zu können, ob eines jener Theaterstücke, denen er mit beiwohnte, ein Trauerspiel oder eine gewöhnliche Posse gewesen sei.

Kurz, Seng-Vou war ein Komiker. Reich an Erfolgen, vielleicht mehr als an barem Gelde, hatte er nach Schluß der Saison sein Vaterland nicht erst als Leichnam wiedersehen wollen*. So war er auf gut Glück in den unteren Raum des »Dream« eingeschlichen. Hoffte er, mit hinreichendem Mundvorrat versehen, diese Überfahrt von einigen Wochen inkognito zu machen und sich nachher an irgendeinem Punkt der chinesischen Küste ungesehen wegzustehlen?

Wahrscheinlich, wenigstens deutete alles darauf hin.

Godfrey hatte gewiß recht daran getan, zu Gunsten des Eindringlings zu intervenieren, und Kapitän Turcotte, der sich wohl erzürnter stellte, als er im Grund war, verzichtete darauf, Seng-Vou über Bord werfen und sich in den Wogen des Stillen Ozeans allein durchhelfen zu lassen.

Nach seinem Versteck im Raum kehrte Seng-Vou zwar nicht zurück, aber er belästigte deshalb an Bord doch so gut wie niemand. Phlegmatisch, steif und wenig mitteilsam, ging er den Matrosen, welche ihm stets etwas anzuhaben suchten, sorgfältig aus dem Wege und ernährte sich von seinen eigenen Vorräten. Übrigens war er so mager, daß sein hinzugekommenes Eigengewicht die Fahrtunkosten des »Dream« nicht merklich steigern konnte. Wenn Seng-Vou auch umsonst mitfuhr, so konnte seine Reise doch der Kasse William W. Kolderups nicht einen Cent Unkosten verursachen.

Seine Anwesenheit an Bord veranlaßte doch den Ka-

---

*Es ist unter den Chinesen Sitte, sich nur in ihrem Vaterlande begraben zu lassen, und es gibt besondere Schiffe, welche ausschließlich dem Leichentransporte dienen.

pitän Turcotte zu einer Reflexion, deren eigentlichen Sinn außer dem zweiten Offizier gewiß niemand begriff.

»Er wird uns, wenn's darauf ankommt, doch genieren, dieser verdammte Chinese!... Doch... desto schlimmer für ihn!«

»Warum hat er sich betrügerischerweise auf dem »Dream« eingeschifft!« antwortete der zweite Offizier.

»Um so billig nach Shanghai zu gelangen!... Zum Kuckuck mit John und allen Söhnen Johns!«

Siebentes Kapitel

Worin man sehen wird, daß Kolderup vielleicht nicht unrecht daran getan hatte, sein Schiff zu versichern.

Im Laufe der folgenden Tage, am 13., 14. und 15. Juni, fiel das Barometer langsam und stetig, ohne dazwischen wieder anzusteigen, das Vorzeichen einer Tendenz, sich unter »Veränderlich« – zwischen »Regen« und »Sturm« – zu halten. Die Brise frischte kräftig auf und lief nach Südwesten um. Damit bekam der »Dream« Gegenwind und mußte nun gegen die groben Wellen ankämpfen, welche ihn von vorn faßten. Die Segel wurden also gerefft und nur die Schraube arbeitete weiter, aber unter mäßigem Dampfdruck, um jede Beschädigung der Maschine zu vermeiden.

Godfrey ertrug die heftigen Schwankungen des Schiffes ohne Beschwerden, so daß ihm dabei niemals die gute Laune ausging; der wackere junge Mann liebte offenbar das Meer.

Tartelett dagegen liebte es bestimmt nicht, und dieses zahlte ihm seinen Widerwillen mit Zinsen heim. Man mußte den unglücklichen Lehrer des Anstandes und der Haltung sehen, wie er sich selbst nicht mehr zu halten vermochte, den berühmten Tanzlehrer, wie er hier gegen alle Regeln der Kunst tanzte. Bei den Stößen, welche den Dampfer in seinen Grundfesten erschütterten, in der Kabine auszuhalten, war ihm gleichfalls unmöglich.

»Luft! Luft!« seufzte er.

So befand er sich stets auf Deck. Bei jedem Rollen des Schiffes schwankte er von einem Bord zum anderen, bei jedem Schlingern wurde er nach dem Vorderverdeck geworfen, nur um sofort wieder nach dem Hinterdeck geschleudert zu werden. Er stützte sich auf das Barkholz, klammerte sich an das Tauwerk und geriet in Stellungen, welche die moderne Choreographie ohne Bedenken verdammt hätte. Ach, daß er sich nicht in die Luft erheben konnte, um den heimtückischen Bewegungen ihrer unsicheren Planken zu entfliehen! Ein bejahrter Tanzmeister unter seinen Ahnen hatte ausgesprochen, daß, wenn er nicht zustimmte, noch einmal auf der Bühne zu erscheinen, es nur geschähe, um seine Kameraden nicht zu erniedrigen. Er, Tartelett, wäre gewiß niemals zu bestimmen gewesen, dieses Verdeck wieder zu betreten, welches die endlosen Wogen in den Abgrund zu schleudern drohten.

Welch absonderliche Idee des reichen Kolderup, ihn hierher zu senden!

»Wird dieses abscheuliche Wetter lange anhalten?« fragte er den Kapitän zwanzigmal des Tages.

»Hm! das Barometer sieht eben nicht vielversprechend aus!« antwortete allemal der Kapitän, die Stirne runzelnd.

»Werden wir bald ankommen?«

»Bald, Herr Tartelett!... Hm! Bald!... Jetzt gilt's noch, sich in Geduld zu fassen.«

»Und das wagt man, den ›Stillen‹ Ozean zu nennen!« rief der Unglückliche, während er schluchzend hin und her oszillierte.

Übrigens litt Professor Tartelett nicht einzig und allein von der Seekrankheit, sondern nebenbei schüttelte ihn auch die Furcht, wenn er die gewaltigen, schäumenden Wogenberge sah, die sich in gleicher Höhe mit der Schanzkleidung des »Dream« vorüberwälzten, wenn ihm dann und wann die Öffnungen zu Gesicht kamen, aus denen über der Schwimmlinie der Dampf abblies, und er es fühlte, wie der Dampfer gleich einem Korkstöpsel auf diesen Wasserbergen umhergeworfen wurde.

»Nein, es ist ganz unmöglich, daß das Ding nicht kentern sollte!« wiederholte er öfter, die Augen glanzlosen Blickes auf seinen Schüler gerichtet.

»Keine Angst, Tartelett«, antwortete dann Godfrey; »ein Schiff ist gebaut, um zu schwimmen, es besitzt alle Vorbedingungen dazu.«

»Und ich sage Ihnen, das es diese nicht besitzt!«

Bei diesen Worten hatte der Professor schon wieder seinen Rettungsgürtel umgeschnallt. Er trug denselben Tag und Nacht, dicht am Oberkörper befestigt. Nicht für Gut und Geld hätte er sich von ihm getrennt. Allemal, wenn das Meer ihm einen Augenblick Erholung gönnte, blies er denselben durch einen tüchtigen Atemzug wieder auf, er schien ihm eben niemals voll genug zu sein.

Wir müssen den freundlichen Leser um Nachsicht wegen dieser Befürchtungen Tarteletts bitten. Wer sich nicht öfter auf dem Meere befindet, dem verursacht dessen Wüten einen gewissen Schrecken, und wir wissen schon, daß obiger unfreiwilliger Passagier sich früher noch nicht einmal über die friedlichen Gewässer der Bai von San Francisco gewagt hatte. Wir können es ihm also schon hingehen lassen, wenn er sich an Bord eines umhergeschleuderten Fahrzeuges sehr unbehaglich und bei dem Stoßen der Wellen etwas ängstlich beklommen fühlte.

Übrigens wurde das Wetter nur noch immer schlechter und drohte mit neuen heftigen Böen, welche die Semaphore dem »Dream« gewiß vorher verkündigt hätten, wenn er näher einer Küste gewesen wäre.

Wenn das Schiff aber am Tage entsetzlich umhergeworfen wurde und nur unter halbem Dampf lief, um keine Havarie an der Maschine zu erleiden, so bleib es doch nicht aus, daß die Schraube bei den gewaltigen Niveauveränderungen des Wassers einmal tief unter und einmal halb über demselben arbeitete. Im ersteren Falle traf ihre Flügel ein heftiger Widerstand, im letzteren Falle flatterten sie sozusagen um ihre Achse mit einer Schnelligkeit, welche den Bestand der gesamten Maschinerie in Gefahr setzte. Es hörte sich dann an wie dumpfe Detonationen unter dem Hinterteil des »Dream«, und die Kolben flogen in den Zylindern auf und ab mit einer Geschwindigkeit, welche der Maschinist kaum noch zu bemeistern vermochte.

Inzwischen machte Godfrey eine Beobachtung, welche er sich anfangs nicht im mindesten zu erklären imstande war, die nämlich, daß das Stampfen des Schiffes während der Nacht bedeutend milder erschien als am Tage. Sollte er daraus schließen, daß der Wind sich zu jener Zeit allmählich verminderte, daß nach Untergang der Sonne eine Art Stille eintrat?

Die Sache wurde so auffallend, daß er in der Nacht vom 21. zum 22. Juni sich zu überzeugen beschloß, was eigentlich dabei vorging. Der Tag war gerade noch schlechter gewesen, der Wind wehte noch ärger und es schien keine Aussicht vorhanden, daß das während so langer Zeit mächtig aufgewühlte Meer sich während der Nacht beruhigen sollte.

Godfrey erhob sich also um Mitternacht, kleidete sich warm an und stieg auf das Deck.

Am Vorderteil lugte der wachthabende Matrose in die Finsternis hinaus; Kapitän Turcotte befand sich auf der Kommandobrücke.

Die Heftigkeit des Windes hatte sich offenbar nicht vermindert; nichtsdestoweniger erschien der Stoß der Wellen, welche der Vordersteven des »Dream« durchschneiden mußte, erheblich abgeschwächt.

Als Godfrey aber die Augen nach dem von schwarzen Rauchwolken umhüllten Schornstein erhob, bemerkte er, daß dessen Rauchsäule statt von vorn nach hinten, sich im Gegenteil von hinten nach vorne zu wälzte und also die gleiche Richtung mit dem Schiffe einhielt.

»Sollte der Wind umgeschlagen sein?« fragte er sich.

Sehr erfreut über diese Wahrnehmung, bestieg er selbst die Kommandobrücke und trat auf den Kapitän zu.

»Kapitän!« rief er.

Dieser hatte, da er den wachstuchnen Südwester trug, ihn nicht kommen gehört und konnte, als er den jungen Mann neben sich erblickte, eine gewisse Verlegenheit nicht verbergen.

»Sie, Herr Godfrey, Sie . . . auf der Brücke?«

»Ja, ich selbst, Kapitän, ich komme Sie etwas zu fragen.«

»Und was?« rief der Kapitän Turcotte schnell.

»Hat sich nicht der Wind gedreht?«

»Nein, Herr Godfrey, nein . . . und leider fürchte ich, er wird noch zum vollen Sturme anwachsen.«

»Und doch haben wir den Wind jetzt von rückwärts?«

»Wind von rückwärts . . . in der Tat . . . das ist so . . .«, antwortete der Kapitän, den diese Bemerkung sichtlich in noch größere Verlegenheit setzte. »Freilich, nur sehr wider meinen Willen!«

»Was wollen Sie damit sagen?«

»Nichts anderes, als daß ich, um die Sicherheit des Schiffes nicht zu gefährden, mich gezwungen sah, zu wenden, um vor dem Wind zu laufen.«

»Das wird uns aber eine bemerkenswerte Verzögerung verursachen«, sagte Godfrey.

»Gewiß, eine sehr unangenehme Verzögerung«, meinte Kapitän Turcotte, »doch mit anbrechendem Tage, wenn das Meer nur ein wenig fällt, werde ich unverzüglich den Kurs nach Westen wieder aufnehmen. Ich ersuche Sie also, Herr Godfrey, nach Ihrer Kabine zurückzukehren. Vertrauen Sie mir getrost. Versuchen

Sie zu schlafen, während wir mit den Wellen fahren. Sie werden weniger umhergeworfen werden.«

Godfrey konnte dem zur zustimmen; er warf einen letzten, etwas besorgten Blick auf die niedrigen Wolken, welche mit rasender Schnelligkeit dahinjagten; dann verließ er die Kommandobrücke, begab sich nach seiner Kabine und fiel nach dieser Unterbrechung bald wieder in gesunden Schlaf.

Am folgenden Morgen, am 22. Juni, hatte der »Dream«, obgleich der Wind nicht merkbar abgeflaut war, entsprechend der Vorhersage des Kapitän Turcotte den richtigen Kurs wieder eingeschlagen.

Diese Fahrt nach Westen während des Tages und nach Osten während der Nacht dauerte noch achtundvierzig Stunden an; dann zeigte das Barometer Neigung zu steigen, seine Schwankungen wurden minder häufig; es war vorauszusehen, daß dieses schlechte Wetter mit den mehr und mehr nach Nord umgehenden Winden ein Ende nehmen würde.

Diese Annahme bestätigte sich wirklich.

Am Morgen des 25. Juni gegen acht Uhr, als Godfrey auf das Verdeck kam, hatte eine leichte Brise aus Nordosten die Wolken weggefegt, die in der Takelage spielenden Strahlen der Sonne schmückten alle Ecken und Kanten des Fahrzeuges mit ihrem feurig glänzenden Schein.

Das tiefgrüne Meer spiegelte das blendende Licht in weitem Umkreise wider. Der Wind wehte nur in schwachen Böen, welche den Kamm der Wellen mit leichtem Schaum ränderten, und die unteren Segel wurden nun wieder gehißt.

Genauer ausgedrückt, erhob sich das Meer gar nicht mehr in eigentlichen Wellen, sondern gleichsam in langen Atemzügen, welche den Dampfer nur sanft bewegten.

Atemzüge oder Wellen, das galt dem Professor Tartelett freilich gleich, denn dieser war und blieb krank, ob der Wind »zu weich« oder »zu hart« war. So befand er sich jetzt halb liegend auf dem Verdeck und sperrte den Mund weit auf wie ein Karpfen, der außerhalb des Wassers nach Luft schnappt.

Der zweite Offizier stand eben auf dem Oberdeck und sah durch sein Fernrohr in der Richtung nach Nordosten hinaus.

Godfrey näherte sich ihm.

»Nun, mein Herr«, begann er heiter, »heute ist doch etwas besseres Wetter als gestern.«

»Gewiß, Herr Godfrey«, erwiderte der zweite Offizier; »wir fahren jetzt in ruhigerem Wasser.«

»Und der ›Dream‹ hat seine vorgeschriebene Route wieder aufgenommen?«

»Noch nicht.«

»Noch nicht? Weshalb nicht?«

»Weil er in der verflossenen stürmischen Periode weit nach Nordost verschlagen worden ist, und wir erst unsere augenblickliche Position genau bestimmen müssen. Heut ist endlich heller Sonnenschein und ein klarer Horizont. Wenn zu Mittag die Höhe gemessen wird, läßt sich eine verläßliche Berechnung machen und der Kapitän wird uns dann den Kurs vorschreiben.«

»Wo ist denn der Kapitän?« fragte Godfrey.

»Er hat das Schiff verlassen.«

»Das Schiff verlassen?«

»Ja; unsere Hundewache glaubte infolge einer weißlichen Färbung des Meeres im Osten vor uns Riffe bemerkt zu haben, Riffe, welche sich auf den Seekarten nirgends finden. Deshalb ist die Dampfbarkasse segelfertig gemacht worden, und Kapitän Turcotte ist in Begleitung des Hochbootsmanns und dreier Matrosen weggefahren, um die Sache aufzuklären.«

»Seit wann?«

»Etwa seit anderthalb Stunden.«

»Oh, ich bedaure, davon nichts gehört zu haben«, sagte Godfrey, »ich hätte ihn mit größtem Vergnügen begleitet.«

»Sie schliefen noch, Herr Godfrey«, erklärte der

zweite Offizier, »und der Kapitän wollte sie nicht wecken lassen.«

»Das tut mir sehr leid; doch sagen Sie mir, in welcher Richtung ist er mit der Barkasse gefahren?«

»Dorthin«, erklärte der Seemann, nach den Kranbalken an Steuerbord weisend, ». . . gerade nach Nordosten.«

»Und man kann ihn mit einem Fernrohr sehen?«

»Nein, er ist noch zu weit von hier.«

»Er wird aber doch bald wiederkommen?«

»Er kann nicht mehr lange ausbleiben«, versicherte der zweite Offizier, »denn der Kapitän liebt es, selbst das Besteck zu machen, und dazu muß er noch vor zwölf Uhr wieder an Bord zurück sein.«

Auf diese Antwort hin setzte sich Godfrey ganz vorn neben das Bugspriet und ließ sich ein Fernrohr bringen. Er wollte die Rückkehr der Barkasse beobachten. Daß Kapitän Turcotte weggefahren war, um sich über die vorliegenden Verhältnisse zu unterrichten, konnte ihn nicht wundernehmen. Es war gegen zehneinhalb Uhr, als ein leichter Rauch, so dünn wie ein Federstrich, über dem Horizont aufstieg.

Dieser rührte zweifellos von der Barkasse her, welche nach vollendeter Untersuchung nach dem Dampfer zurückkehrte.

Godfrey machte sich ein Vergnügen daraus, ihr im Felde seines Fernglases zu folgen. Er sah, wie sie sich allmählich in deutlicheren Linien abzeichnete, über die Meeresfläche emporwuchs, wie die Rauchsäule, in welche sich schon einige weiße Dampfwolken mischten, am klarblauen Himmel scharf hervortrat. Es war ein vortreffliches Fahrzeug von großer Schnelligkeit, und da es unter vollem Dampfe fuhr, wurde es bald dem unbewaffneten Auge sichtbar. Gegen elf Uhr sah man schon das vor dem Buge desselben aufschäumende Wasser und hinter ihm einen langen wirbelnden Streifen, der sich wie der Schweif eines Kometen ausnahm.

Um elfeinviertel Uhr traf Kapitän Turcotte beim

»Dream« ein und stieg auf das Deck desselben.

»Nun, Kapitän, was gibt es Neues?« fragte Godfrey, ihm die Hand reichend.

»Ach, guten Tag, Herr Godfrey!«

»Wie steht es mit den Klippen? . . .«

»Bloße Einbildung!« antwortete Kapitän Turcotte. »Wir haben nichts Verdächtiges gefunden; unsere Leute werden sich getäuscht haben. Mir kam die Sache von Anfang an verdächtig vor.«

»So dampfen wir vorwärts?« sagte Godfrey.

»Ja, wir werden den gewohnten Kurs wieder einschlagen; vorher muß ich jedoch noch das Besteck machen.«

»Befehlen Sie, daß die Barkasse wieder an Bord geholt wird?« fragte der zweite Offizier.

»Nein«, entgegnete der Kapitän, »wir könnten sie noch brauchen. Lassen Sie dieselbe nachschleppen!«

Die Anordnung des Kapitäns wurde ausgeführt, und die Dampfbarkasse, welche man unter Druck ließ, glitt allmählich unter den »Dream«.

Dreiviertel Stunden später sah man Kapitän Turcotte mit dem Sextanten in der Hand die Höhe der Sonne messen; dann führte er die dazugehörige Berechnung aus und bestimmte die einzuhaltende Richtung.

Nachdem er dann noch einen letzten Blick auf den Horizont geworfen, rief er den zweiten Offizier und führte diesen nach seiner Kabine, wo die beiden Männer eine ziemlich lange Verhandlung hatten.

Der Tag war sehr schön. Der »Dream« gelangte rasch vorwärts, und zwar ohne Mithilfe von Segeln, welche man alle gerefft hatte. Es wehte nur ein so schwacher Wind, daß derselbe bei der durch die Maschine allein erzielten Geschwindigkeit des Schiffes dieselben nicht mehr hätte anschwellen können.

Godfrey war in rosigster Laune. Gibt es aber auch etwas Erquickenderes, etwas, was dem Gedankengange mehr Schwung, dem Geiste mehr Befriedigung gewährt, als eine solche Fahrt auf friedlichem Meere?

Und dennoch klärte sich unter so günstigen Umständen das Gesicht des Professors Tartelett nur sehr lückenhaft auf. Er versuchte wohl zu essen, aber ohne Geschmack und Appetit. Godfrey schlug ihm vor, wenigstens den Rettungsgürtel abzulegen, der ihm die Brust beengte; er verweigerte es unbedingt. Schwebte diese Verbindung von Holz und Eisen, welche man ein Schiff nennt, nicht jeden Augenblick in Gefahr, sich unter seinen Füßen zu öffnen?

Der Abend kam heran. Es bildeten sich dichte Nebelwolken, ohne bis auf die Meeresfläche herabzusinken. Dadurch wurde die Nacht immerhin dunkler, als man es nach der schönen Witterung am Tage vorausgesetzt hätte.

In dieser Meeresgegend, deren Lage Kapitän Turcotte genau bestimmt hatte, war ja aber kein tückischer Fels zu fürchten; ein Zusammenschluß mit anderen Schiffen ist jedoch immer möglich, und ein solcher wird durch dunstige Nächte natürlich besonders begünstigt.

So wurden also die Schiffslichter sorgfältig in Ordnung gebracht, sobald die Sonne untergegangen war; ein weißes Licht stieg nach der Spitze des Fockmastes empor, und die Positionslichter, ein grünes rechts und rotes links, leuchteten von ihren Gestellen unterhalb der Wanten. Wenn der »Dream« einen Zusammenstoß erlitt, so war es wenigstens nicht sein Fehler, was freilich nur ein unzulänglicher Trost ist. Untergehen, selbst wenn man allen internationalen Vorschriften bezüglich der Schiffsführung auf dem Meere nachgekommen ist, bleibt eben immer – untergehen, und wenn irgend jemand sich mit derartigen Gedanken trug, so war es ganz gewiß Professor Tartelett.

Inzwischen hatte der würdige Mann, immer rollend, immer schlingernd, die Kabine aufgesucht, ebenso wie Godfrey die seinige, dieser mit der Überzeugung, jener nur mit der leisen Hoffnung, eine gute Nacht vor sich zu haben, denn der »Dream« bewegte sich kaum auf den langen Wellen.

Kapitän Turcotte begab sich, nachdem er das Kommando an den zweiten Offizier abgetreten, ebenfalls unter Deck, um einige Stunden der Ruhe zu pflegen. Alles war in bester Ordnung. Das Schiff konnte in voller Sicherheit weiterdampfen, obwohl das nebelige Wetter anzuhalten schien.

Nach zwanzig Minuten schlief Godfrey schon fest, und die Schlaflosigkeit Tarteletts, der sich wie gewöhnlich in voller Kleidung niedergelegt hatte, verriet sich nur noch durch einige langsam hinsterbende Seufzer.

Plötzlich – es mochte gegen ein Uhr morgens sein – wurde Godfrey durch einen furchtbaren Lärm erweckt.

Er sprang vom Lager, zog binnen einer Sekunde die Beinkleider an, warf eine Art Seemannskittel über und fuhr eiligst in die Stiefel.

Fast gleichzeitig hörte er vom Verdeck her schon den Schreckensschrei:

»Wir sinken! Wir sinken!«

In einem Augenblick stürmte Godfrey aus seiner Kabine in den Achterdecksalon. Da stieß er gegen eine unförmliche Masse, welche er nicht erkannte. Das mußte der Professor Tartelett sein.

Die ganze Mannschaft befand sich auf Deck und lief nach den Befehlen des Kapitäns und des zweiten Offiziers hier- und dorthin.

»Eine Strandung?« fragte Godfrey.

»Ich weiß nicht . . . ich weiß nicht . . . dieser vermaledeite Nebel . . .«, erwiderte der Kapitän, »aber jedenfalls sind wir im Sinken!«

»Wir sinken wirklich?« . . . rief Godfrey.

In der Tat ging der »Dream«, der unzweifelhaft auf eine Klippe geraten war, langsam unter. Schon erreichte das Wasser fast die Höhe des Decks. Das Feuer unter den Kesseln mochte in der Tiefe des Maschinenraumes schon längst verlöscht sein.

»Ins Meer, ins Meer, Herr Godfrey!« rief der Kapitän; »jetzt ist kein Augenblick zu verlieren. Das Schiff sinkt sichtlich! Es würde Sie in den Strudel mit hinabziehen! . . .«

»Und Tartelett? . . .«

»Den überlassen Sie meiner Sorge . . . wir befinden uns kaum eine halbe Kabellänge von einer Küste . . .«

»Aber Sie selbst? . . .«

»Meine Pflicht ist es, bis zuletzt an Bord auszuhalten, und ich bleibe hier«, erklärte der Kapitän. »Aber Sie müssen fliehen . . . fliehen!«

Godfrey zögerte noch, sich ins Meer zu stürzen; jetzt spülte das Wasser jedoch bis an die Schanzkleidung des »Dream« herauf.

Da packte Kapitän Turcotte, welcher recht gut wußte, daß Godfrey wie ein Fisch schwimme, den jungen Mann an den Schultern und erwies ihm den Liebesdienst, ihn über Bord zu werfen.

Es war die höchste Zeit! Wäre der Nebel nicht gewesen, so hätte man gewiß an der Stelle, wo der »Dream« sich eben befand, einen feuchten Abgrund gähnen sehen . . .

Godfrey aber, der sich schon einige Faden weit in stillem Wasser befand, konnte diesem Wirbel, der wie ein Mahlstrom alles mit sich verschlingt, schnell genug entfliehen.

Alles das war das Werk kaum einer Minute.

Einige Augenblicke später schallte noch ein lauter Verzweiflungsschrei durch die Luft, und die Lichter des Schiffes erloschen eines nach dem anderen.

Es war kein Zweifel mehr; der »Dream« hatte seinen Untergang gefunden!

Godfrey hatte glücklicherweise einen hohen, ziemlich breiten und vor der Brandung geschützten Felsblock erreichen können. Dort rief er vergeblich in die Finsternis hinaus; keine Stimme antwortete der seinigen, und hier erwartete er, unklar, ob er sich auf einem einzeln stehenden Felsen oder am Rande einer Klippenbank befand, vielleicht der einzige Überlebende jener Katastrophe, den erlösenden Tag.

Achtes Kapitel

Welches Godfrey zu recht traurigen Reflexionen über die Reisewut veranlaßt.

Drei lange Stunden mußten noch vergehen, ehe die Sonne wieder über dem Horizonte erscheinen konnte. Das waren solche Stunden, von denen man sagen kann, daß sie »Jahrhunderte lang dauern«.

Für den Anfang war diese Prüfung etwas hart; doch, wir wiederholen, Godfrey hatte sich nicht auf eine einfache Spaziertour begeben. Er hatte sich bei der Einschiffung vorausgesagt, daß er alles stille Glück, alle Ruhe hinter sich lasse, die er auf abenteuerlicher Fahrt nicht wiederfinden konnte. Jetzt galt es also, sich der Lage gewachsen zu zeigen.

Vorläufig war er ja in Sicherheit. Aller Wahrscheinlichkeit nach konnte ihn das Wasser auf diesem Felsen, den nur eine leichte Brandung umspülte, nicht erreichen.

Hatte er zu fürchten, daß die Flut bis zu seinem Zufluchtsorte ansteigen würde? Nein, denn eine weitere Überlegung belehrte ihn, daß der Schiffbruch zur Stunde der höchsten Neumondsflut stattgefunden hatte.

War dieser Felsblock aber isoliert? Überragte er vielleicht eine niedrige Rifflinie, welche sich seitwärts von ihm ausstreckte? Welche Küste war es, die Kapitän Turcotte in der Dunkelheit noch wahrgenommen zu haben glaubte? Welchem Festlande gehörte sie an? Es unterlag ja keinem Zweifel, daß der »Dream« durch die letzten stürmischen Tage weit aus seinem Kurs verschlagen sein mußte. Eine genauere Ortsbestimmung war während dieser Zeit ganz unausführbar gewesen. Wie hätte er etwas anderes annehmen können, zumal, da der Kapitän noch wenige Stunden vorher versicherte, daß seine Karten in diesem Meeresteile keine Spur von Klippen und Riffen nachwiesen? Er hatte sogar noch mehr getan, indem er ausfuhr, sich über die Ursachen der Brandungserscheinungen zu unterrichten, welche seine Leute beobachtet zu haben glaubten.

Leider erschien es nur zu wahr, daß, wenn die Untersuchungen des Kapitän Turcotte sich etwas weiter erstreckt hätten, wohl der schreckliche Unfall vermieden worden wäre. Doch was nützte es, sich über Vergangenes den Kopf zu zerbrechen?

Die wichtigste Frage gegenüber der vollendeten Tatsache – eine Frage, bei der es sich um Leben und Tod handelte – blieb für Godfrey die, zu wissen, ob er sich in der Nachbarschaft irgendeines Landes befinde. In welchem Teile des Stillen Ozeans, das konnte späterer Erörterung vorbehalten bleiben. Vor allem mußte er nach Tagesanbruch daran denken, diesen Felsblock zu verlassen, der an seiner Oberfläche nur zwanzig Schritt in der Länge und Breite maß. Man verläßt aber einen Ort nur, um sich nach einem anderen zu begeben. Und wenn dieser andere nicht existierte, wenn der Kapitän inmitten des Nebels sich getäuscht, wenn sich rings um diese Klippen nur das grenzenlose Meer ausdehnte und in Sehweite Himmel und Wasser zu einem kreisrunden Horizonte verschmolzen . . .

Die Gedanken des jungen Schiffbrüchigen liefen alle in diesem Punkte zusammen. Mit der ganzen Kraft seiner Augen bemühte er sich trotz der noch dunklen Nacht zu erkennen, ob irgendwelche größere Landmasse, eine Anhäufung von Felsen oder ein steiler Uferabhang die Nähe eines Landes östlich von den Riffen verriete.

Godfrey sah nichts. Kein Waldesduft erreichte seine Nase, kein Lichtschein seine Augen, kein Laut seine Ohren. Kein Vogel flatterte durch das Dunkel. Es schien, als ob rings um ihn nur eine öde Wasserwüste liege.

Godfrey verhehlte sich nicht, daß er bezüglich seiner Rettung nur die allergeringste Aussicht habe. Es handelte sich nicht mehr darum, ruhig einer Reise um die

Erde – sondern dem drohenden Tode entgegenzusehen. Voll Vertrauen und Mut erhob sich dabei sein Gedanke zur Vorsehung, welche selbst für das schwächste ihrer Geschöpfe alles vermag, wenn dieses selbst aller Hilfle aus eigener Kraft beraubt ist.

Godfrey selbst konnte aber in diesem Falle nichts anderes tun, als zunächst den Tag abzuwarten, Verzicht zu leisten, wenn sich eine Rettung als unmöglich erwies, dagegen jedoch alles zu versuchen, wenn sich ihm nur die geringste Aussicht zu einer solchen bot.

Beruhigt durch den Ernst seines Gedankengangs, hatte Godfrey sich auf den Felsblock niedergesetzt. Einen Teil seiner von Meerwasser durchtränkten Kleidung, die Wollenjacke und die schwer gewordenen Stiefel, hatte er abgelegt, um, wenn es notwendig würde, im Schwimmen nicht behindert zu sein.

Sollte denn wirklich niemand außer ihm den Schiffbruch überlebt haben? Wie? Keiner der Leute des »Dream« wäre an das Land getragen worden? Wären sie wirklich alle verschlungen von dem unwiderstehlichen Wirbel, den ein versinkendes Schiff rings um sich zieht? Der letzte, den Godfrey gesprochen, der Kapitän Turcotte, hatte sein Schiff nicht verlassen wollen, so lange sich noch ein Mann von der Besatzung auf demselben befand. Der Kapitän war es auch gewesen, der ihn, eben als das Verdeck des »Dream« dem Verschwinden nahe war, eigenhändig ins Wasser geworfen hatte.

Aber die anderen und der unselige Tartelett, der bedauernswerte Chinese, beide ohne Zweifel durch den Wasserschwall überrascht, der eine unter oder auf dem Oberdeck, der andere in der Tiefe des Kielraumes, was war aus diesen geworden? Sollte er von allen lebenden Wesen, die der »Dream« trug, der einzige Gerettete sein? Der Dampfer schleppte ja glücklicherweise die Barkasse hinter sich – nach dieser konnten doch wohl einzelne Passagiere oder Seeleute noch zur rechten Zeit gelangt sein, um dem Ort des Schiffbruches zu entfliehen. Ja, aber war nicht vielleicht zu fürchten, daß die Barkasse mit dem Schiffe in den Abgrund gezogen worden sei und jetzt vielleicht in zwanzig Faden tiefem Wasser liege?

Godfrey sagte sich dann, daß er, wenn ihm die finstere Nacht auch das Sehen unmöglich machte, sich doch wenigstens durch die Stimme bemerkbar machen könne. Nichts hinderte ihn ja zu rufen, ein lautes Hallo in das tiefe Schweigen hinauszusenden. Vielleicht antwortete der seinigen die Stimme irgendeines Gefährten.

Er rief also wiederholt, stieß einen langgedehnten Schrei aus, der weithin vernehmbar sein mußte ...

Kein Ruf erschallte als Antwort.

Er fing mehrmals von neuem an, indem er sich dabei nach allen Himmelsrichtungen wandte.

Ringsum Totenstille.

»Allein! Allein!« murmelte er.

Es hatte nicht nur kein anderer Ruf dem seinigen geantwortet, nicht einmal ein Echo hatte den Ton seiner Stimme zurückgeworfen. Befand er sich in der Nähe einer hohen Uferwand, unfern einer Felsengruppe, wie sie ja viele Strandlinien aufweisen, so hätten seine an dem Hindernisse sich brechenden Rufe doch zu ihm zurückschallen müssen. Östlich von dem Riff verlief also entweder nur eine sehr flache, zur Erzeugung eines Echos ungeeignete Küste, oder – was noch mehr Wahrscheinlichkeit für sich hatte – es befand sich überhaupt kein weiteres Land in der Nachbarschaft – die zerstreuten Felsen, auf welchen der Schiffbrüchige Schutz gefunden, lagen gänzlich isoliert. Drei bange Stunden schlichen dahin. Halb erstarrt, bemühte sich Godfrey, auf dem Plateau des Felsens umhergehend, die Wirkung der Nachtkälte einigermaßen auszugleichen; endlich färbten einige bleiche Strahlen die Wolken im Zenit, es war der Reflex des erste Lichtscheines am Horizont.

Sich nach dieser Seite wendend – der einzigen, wo ein Land zu vermuten war – suchte Godfrey zu erkennen, ob sich nicht ein hoher Uferabhang im Schatten hervorheben würde. Wenn die Sonne dessen Kanten färbte, mußten sich seine Umrisse desto deutlicher abzeichnen.

In der unbestimmten Morgendämmerung war jedoch nichts zu unterscheiden. Aus dem Meere stieg ein leichter Nebel empor, der ihn sogar hinderte, nur die Ausdehnung der Klippenreihe zu überblicken.

Er konnte sich also keinen Illusionen hingeben. War Godfrey wirklich auf einen isolierten Felsen im Stillen Ozean geworfen, so bedeutete das den Tod in kürzester Zeit, den Tod durch Hunger und Durst, oder wenn nötig, als letztes Hilfsmittel, den schnelleren Tod im Wasser.

Inzwischen lugte er immer hinaus und es schien, als ob die Schärfe seiner Sehkraft unendlich zunehme, so konzentrierte sich sein ganzer Wille in diesem Sinne.

Endlich begann der Morgennebel zu schwinden. Godfrey erkannte nun, wie die einzelnen Felsen, welche einen Klippengürtel bildeten, Seeungeheuern gleich aus dem Wasser emporragten. Es war eine lange, unregelmäßig angeordnete Reihe schwärzlicher, verschieden gestalteter Steine aller Größen und Formen, welche ziemlich genau von Westen nach Osten verlief. Der große Block, auf dem Godfrey sich befand, lag am westlichen Rande dieser Bank, wenigstens dreißig Faden entfernt von der Stelle, wo der »Dream« versunken war. Das Meer mußte hier sehr tief sein, denn von dem Dampfer war gar nichts wahrzunehmen, nicht einmal die Spitze seiner Masten. Vielleicht war er auch auf abschüssigem Felsengrund noch weiter nach der offenen See zu hinuntergeglitten.

Ein Blick hatte genügt, Godfrey über diese Verhältnisse aufzuklären. Nach dieser Seite konnte seine Rettung nicht liegen. Er wandte seine Aufmerksamkeit also dem anderen Ende der Klippenreihe zu, welche der sich erhebende Nebel allmählich zu Tage treten ließ. Hierzu muß auch bemerkt werden, daß das Meer gerade jetzt, bei tiefster Ebbe, die Felsen weniger als vorher bedeckte. Man sah sie fast von ihrer nassen Basis aus aufwachsen. Hier trennten dieselben ziemlich ausgedehnte Wasserflächen, dort wieder nur einfache Pfützen. Wenn dieselben bis an ein Ufer reichten, konnte es nicht schwer sein, nach demselben zu gelangen.

Von einer Küste war vorläufig freilich nichts zu sehen; nichts verriet in dieser Richtung auch nur die Nähe eines höher ansteigenden Landes.

Der Nebel schwand mehr und mehr und vergrößerte damit das Gesichtsfeld, an dem Godfreys Auge unbeirrt hing. Allmählich wurde ein Raum von etwa einer halben Meile frei. Schon erschienen einige Sandflächen zwischen den Felsen, welche mit zähem Varec bedeckt waren. Deutete dieser Sand nicht wenigstens auf das Vorhandensein eines Vorlandes hin, und wenn ein solches existierte, konnte man daran zweifeln, daß dasselbe sich an das Ufer eines ausgedehnteren Landes anschloß?

Endlich schien eine lange Linie niedriger Dünen, welche mit größeren Felsen untermischt deutlicher sichtbar wurden, den Horizont im Osten abzuschließen. Die Sonne hatte alle Dünste der frühen Morgenstunden weggetrunken, und ihre Scheibe brannte jetzt in vollem Feuer.

»Land! Land!« rief Godfrey.

Er streckte die Hand aus nach dem festen Boden und fiel, getrieben von inniger Dankbarkeit gegen Gott, auf die Knie.

Ja, das war das Land! Die Klippen bildeten hier nur eine vorspringende Spitze, wie sonst die Landspitze einer Bucht, die sich in der Tiefe von höchstens zwei Meilen vor ihm ausdehnte. Der Hintergrund dieser Ausbuchtung zeigte sich als flaches Vorland, umringt von einer Reihe kleiner Dünen, auf denen sich verschiedene Linien niedriger Gewächse hinzogen.

Von der Stelle, die Godfrey einnahm, konnte er das ganze Bild dieser Küste überblicken.

Im Norden und im Süden von zwei ungleichen Vorbergen begrenzt, zeigte sie eine lange Entwicklung von mehr als fünf bis sechs Meilen. Danach war es wenigstens möglich, daß sie einem größeren Landkomplex angehörte. Doch abgesehen davon, bot sie doch für den Augenblick rettende Zuflucht. Über einen Punkt konnte Godfrey nun nicht mehr in Zweifel sein; er war nicht auf ein ganz vereinzeltes Riff geworfen, und er durfte hoffen, daß dieses ihm noch unbekannte Fleckchen Land wenigstens seine ersten Bedürfnisse decken würde.

»Ans Land! Ans Land!« rief er erfreut.

Doch vor dem Verlassen der Klippe sah er sich noch zum letzten Male um; seine Augen schweiften weit hinaus über das glänzende Meer. Konnte nicht irgend etwas auf dessen Wellen schwimmen, einige Trümmer vom »Dream« oder gar einer, der den Unfall überlebt hatte?

Nichts!

Auch die Barkasse war nicht sichtbar. Sie mußte in den allgemeinen Strudel mit hinabgerissen sein.

Da kam Godfrey der Gedanke, daß auf einer anderen Klippe möglicherweise einer seiner Gefährten Zuflucht gefunden haben könnte, der, wie er selbst, den Tag erwartete, um eine Rettung nach der Küste zu versuchen.

Niemand! Weder auf den Felsen, noch am Strande! Das Riff erschien ebenso leer wie der Ozean.

Doch wenn auch keine Lebenden, sollten denn die Wellen nicht wenigstens einzelne Leichname angespült haben?

Sollte Godfrey am Rande der Klippenreihe auch nicht den leblosen Körper irgendeines seiner Gefährten finden?

Nein, so weit sein Auge reichte – nichts; die nackten Felsen starrten jetzt bei tiefster Ebbe leer empor.

Godfrey war allein!

Er konnte nur auf sich zählen im Kampfe gegen Gefahren aller Art, die ihn bedrohen würden.

Doch sagen wir zu seinem Lobe, daß der junge Mann angesichts dieser Tatsache nicht den Mut sinken ließ. Da es ihm jedoch vor allem anderen darauf ankam, festen Boden unter den Füßen zu fühlen, von dem ihn ja nur ein geringer Zwischenraum trennte, so kletterte er vom Gipfel des Felsblocks herab und begann sich dem Ufer zu nähern.

Wenn der Raum zwischen den Steinen zu groß war, um übersprungen werden zu können, warf er sich ins Wasser und erreichte, ob er darin nun Grund fand oder sich schwimmend verhalten mußte, immer leicht den zunächst liegenden Felsen. Hatte er dagegen nur den Raum von ein bis zwei Yards vor sich, so sprang er von einem Stein zum anderen. Der Weg über diese schlüpfrigen, mit feuchtem Seegras bedeckten Steine war nicht eben leicht und immerhin ziemlich lang. Er mußte etwa eine Viertelmeile in dieser Weise zurücklegen.

Gewandt und kräftig, wie er war, gelang es Godfrey doch endlich, den Fuß auf dieses Land zu setzen, wo ihn, wenn auch nicht ein unmittelbarer Tod, doch ein elendes Leben – vielleicht noch schlimmer als jener – erwartete. Hunger und Durst, Kälte und Entblößung, Gefahren jeder Art, ohne eine Waffe zu seiner Verteidigung, ohne ein Gewehr, um Wild zu erlegen, ohne Kleidung zum Wechseln, das waren die wenig verlockenden Aussichten, die sich ihm darboten.

Oh, der Tor! Er hatte erfahren wollen, ob er fähig sei, sich unter schwierigen Verhältnissen durchzuhelfen.

Nun, hier konnte er die Probe darauf machen. Er hatte das Los eines Robinson beneidet, jetzt konnte er sich überzeugen, ob ein solches so beneidenswert sei.

Und dann erwachte in ihm wieder der Gedanke an jene glückliche Existenz, an das gemächliche Leben in San Francisco, inmitten einer reichen und liebevollen Familie, die er verlassen, um sich in ungeahnte Abenteuer zu stürzen. Er erinnerte sich seines Onkels Will, seiner Braut Phina, seiner Freunde, die er jedenfalls nicht wiedersehen sollte. Bei diesen Bildern aus vergangener Zeit krampfte sich ihm das Herz zusammen, und trotz seiner Entschlossenheit drängte sich ihm eine Träne in die Augen.

Und wenn er nur nicht allein gewesen wäre, wenn irgendein anderer Überlebender aus dem Schiffbruche hätte diese Küste erreichen können, wäre es auch, wenn nicht der Kapitän oder der zweite Offizier, selbst der letzte der Matrosen gewesen, nur der Professor Tartelett, obgleich er von diesem gewiß wenig Unterstützung erwarten durfte, wieviel weniger erschreckend hätte ihm die Zukunft entgegengesehen! Doch auch nach dieser Seite wollte er noch nicht alle Hoffnung aufgeben. Wenn er an den Klippen keine Spuren von Menschen gefunden hatte, konnte er nicht einem oder dem anderen auf dem Sande des Vorlandes begegnen? Sollte wirklich nicht noch einer diese rettende Küste erreicht haben, der vielleicht ganz wie er jetzt nach einem Gefährten suchte?

Godfrey überflog mit dem Blicke noch einmal die ganze Umgebung nach Norden und nach Süden. Er entdeckte kein menschliches Wesen. Offenbar war dieser Teil des Landes unbewohnt. Eine Hütte zeigte sich nicht, von einer in die Luft aufsteigenden Rauchsäule war keine Spur zu sehen.

»Vorwärts also!« rief Godfrey sich selbst zu.

Bevor er die sandigen Dünen hinaufklomm, die ihm einen umfassenden Überblick über das Land gewähren mußten, ging er erst nach Norden längs des Vorlandes hin.

Allüberall ungestörtes Schweigen. Der Sand wies keinerlei Fußspur auf. Einige Seevögel, Möwen und Taucherenten flatterten, die einzigen lebenden Wesen in dieser Einöde, am Rande der Klippen hin. So wanderte Godfrey eine Viertelstunde. Endlich schickte er sich an, den Kamm einer der höchsten Dünen, welche mit Binsen und magerem Gesträuch bestanden war, zu ersteigen, als er plötzlich innehielt.

Ein unförmlicher, stark aufgeblasener Gegenstand,

etwa wie der Kadaver eines von den letzten Stürmen ans Land geworfenen Seeungeheuers, lag da kaum fünfzig Schritte von ihm am Rande der Klippenreihe.

Godfrey eilte nach demselben hin.

Je mehr er sich näherte, desto lauter fing sein Herz an zu schlagen. Wahrlich, er glaubte in diesem gestrandeten Geschöpfe gar eine menschliche Gestalt zu erkennen!

Godfrey befand sich nur zehn Schritte davon entfernt, als er wie angewurzelt stehen blieb und rief:

»Tartelett!«

Es war der berühmte Tanz- und Anstandslehrer.

Godfrey stürzte auf seinen Begleiter los, in dem doch vielleicht noch ein Fünkchen Leben glühte.

Einen Augenblick später überzeugte er sich, daß es nur der Rettungsapparat war, der so aufgeblasen erschien und dem unglücklichen Professor das Aussehen eines Meeresungeheuers verlieh. Obwohl Tartelett regungslos dalag, war er doch vielleicht nicht tot. Möglicherweise hatte ihn jener Schwimmapparat oberhalb des Wassers gehalten, während ihn die auf und ab wogenden Wellen ans Ufer trugen.

Godfrey ging ans Werk. Er kniete neben Tartelett nieder, befreite ihn von dem Gürtel, frottierte seinen Körper mit kräftiger Hand und beobachtete endlich einen leisen Atemzug zwischen den halbgeöffneten Lippen. Er legte ihm die Hand aufs Herz . . . das Herz klopfte noch.

Godfrey rief seinen Namen.

Tartelett bewegte den Kopf und gab einen rauhen Ton von sich, dem einige unzusammenhängende Worte folgten.

Godfrey schüttelte ihn tüchtig.

Da öffnete Tartelett die Augen, fuhr mit der linken Hand über seine Stirne, erhob dann die rechte und überzeugte sich, daß seine kostbare kleine Geige und der Boden, den er noch fest hielt, ihm nicht abhanden gekommen waren.

»Tartelett! Mein bester Tartelett!« rief Godfrey, ihm vorsichtig den Kopf erhebend.

Dieser Kopf mit seinen zerzausten Haaren nickte schwach als Antwort.

»Ich bin's, ich, Godfrey!«

»Godfrey?« erwiderte der Professor.

Dann drehte er sich um, richtete sich auf den Knien in die Höhe, blickte umher, lächelte und gelangte auf die Füße ... Er hat gefühlt, daß er endlich festen Boden unter sich habe, hat begriffen, daß er sich nicht mehr auf dem Verdeck des Schiffes befindet, das jedem Augenblick dem Rollen und Schlingern unterliegt. Das Meer trägt ihn nicht mehr. Er steht auf sicherem Land!

Da fand Professor Tartelett auch den ganzen Aplomb wieder, den er seit der Einschiffung eingebüßt hatte; seine Füße richteten sich wie von selbst nach außen in regelrechte Stellung, seine linke Hand ergriff die Geige, die rechte schwenkte den Bogen, und obgleich die hart mitgenommenen Saiten nur einen feuchten Ton von melancholischem Klang gaben, kamen über seine lächelnden Lippen doch die Worte:

»Auf den Platz, zwei, drei, mein Fräulein!«

Der brave Mann dachte an Phina.

Neuntes Kapitel

Wo es sich zeigt, daß das Geschäft als Robinson eben nicht viel Verlockendes hat.

Gleich darauf fielen der Lehrer und der Schüler einander in die Arme.

»Mein lieber Godfrey!« rief Tartelett.

»Mein guter Tartelett!« antwortete Godfrey.

»Endlich sind wir also im Hafen angekommen«, rief der Professor mit dem Tone eines Mannes, der das Seefahren mit seinen Wechselfällen herzlich überdrüssig hat.

Er sprach vom »im Hafen angekommen sein«!

Godfrey wollte sich hierüber in kein Gespräch einlassen.

»Nehmen Sie doch Ihren Rettungsapparat ab«, sagte er. Das Ding erstickt Sie ja und hindert jede Bewegung.

»Glauben Sie, daß ich das ohne Nachteil wagen kann?« fragte Tartelett.

»Gewiß ohne einen solchen«, versicherte Godfrey. »Nun binden Sie Ihre Geige fest, wir wollen auf Entdeckungsreisen gehen.«

»Sehr gern«, antwortete der Professor, doch lassen Sie uns, wenn es Ihnen recht ist, an dem ersten Wirtshause haltmachen. Ich sterbe vor Hunger, und ein Dutzend Sandwichs, mit ein paar Glas Portwein angefeuchtet, würden mich wieder ganz auf die Beine bringen.«

»Ja, ja, am ersten Wirtshause«, antwortete Godfrey, die Achseln zuckend, »oder wenn uns das nicht paßt . . . vielleicht am letzten.«

»Dann«, fuhr Tartelett fort, »wollen wir den ersten, der uns begegnet, nach einem Telegrafenbüro fragen, um sofort an Ihren Onkel Kolderup eine Depesche abzusenden; ich bin überzeugt, dieser vortreffliche Mann wird es nicht abschlagen, Ihnen das nötige Geld anzuweisen, um unsere Rückkehr nach dem Hotel der Montgomery Street zu ermöglichen, denn ich für meinen Teil habe auch nicht einen Cent bei mir.«

»Einverstanden, beim ersten Telegrafenbüro, und wenn es ein solches hierzulande nicht geben sollte, dann beim ersten Postamte. Vorwärts, Tartelett!«

Der Professor entledigte sich des Rettungsapparates, hing denselben wie ein Hifthorn um, und darauf begaben sich beide nach dem Rande der Dünen, welche längs des Ufers hinliefen.

Am meisten lag aber Godfrey, den die Auffindung Tarteletts mit neuer Hoffnung erfüllt hatte, daran, zu wissen, ob sie beide die einzigen Überlebenden vom Schiffbruche des »Dream« wären.

Eine Viertelstunde, nachdem sie die dem Strande nächsten Klippen verlassen, erstiegen die zwei Kundschafter eine sechzig bis achtzig Fuß hohe Düne und gelangten auf den Kamm derselben. Von hier aus konnten sie den Strand weithin übersehen, und ihre Blicke durchforschten das Land nach Osten, welches die Höhen am Ufer bisher verdeckt hatten.

In der Entfernung von zwei bis drei Meilen bildete in dieser Richtung eine zweite Hügelreihe eine Wand, über welche hinaus nichts zu sehen war.

Nach Norden zu schien es, als ob die Küste in einer Spitze ausliefe; ob dieselbe aber an ein weiter rückwärts gelegenes Kap anschloß oder nicht, konnte man vorläufig nicht entscheiden. Im Süden schnitt das Meer tief ins Land ein, und nach dieser Seite schien sich der Ozean auf unbegrenzte Fernen auszudehnen. Aus dem Ganzen ergab sich, daß dieses Fleckchen Land im stillen Ozean wohl eine Halbinsel sein mochte; in diesem Falle war die Landenge, welche sie mit irgendeinem Festlande verband, in der Richtung nach Norden oder Nordosten zu suchen.

Übrigens erwies sich die Umgebung keineswegs unfruchtbar, sondern zeigte eine üppig grüne Decke, ziemlich große Wiesenflächen, zwischen denen sich glitzernde Bäche hinwanden, neben hohen und dichten Wäldern, deren Bäume sich bis zum Hintergrund der Hügelreihen erhoben. Der Anblick war bezaubernd.

Von Häusern dagegen, die ein Städtchen, ein Dorf oder nur einen Weiler bildeten, war nichts zu bemerken; von einzelnen Häusergruppen, die zu einem Landgute, zu einer Meierei gehört hätten, keine Spur; von einer Rauchsäule, welche eine unter dem Dickicht verborgene menschliche Wohnung verraten hätte, kein Wölkchen! Kein Kirchturm trat aus den Kronen der Bäume hervor, keine Mühle auf irgendeiner freigelegenen Anhöhe. Und wenn keine Häuser, gab's denn auch keine Hütten, kein Zelt, keinen Ajoupa oder Wigwam? Nein, nichts! Wenn menschliche Wesen diesen unbe-

79

kannten Boden bewohnten, so konnte das nur unter demselben, nicht darüber der Fall sein, wie die Trogloditen wohnten. Hier fand sich ebenso keine Straße, kein Fußpfad, nicht einmal ein schmaler Steg. Es schien, als ob der Fuß eines Menschen noch nie die Kiesel des Strandes oder das Gras der Wiesen betreten hätte.

»Ich sehe aber keine Stadt«, bemerkte Tartelett, der sich auch noch auf die Fußspitzen erhob.

»Das kommt wahrscheinlich daher, daß sich in dieser Gegend des Landes keine solche befindet«, antwortete Godfrey.

»Auch kein Dorf . . .?«

»Auch das nicht.«

»Wo sind wir denn überhaupt?«

»Das weiß ich nicht.«

»Was, das wissen Sie nicht . . .? Aber, Herr Godfrey, wir werden es doch bald erfahren?«

»Wer könnte das sagen?«

»Was soll denn aus uns werden?« rief Tartelett, die Arme zum Himmel emporstreckend.

»Vielleicht ein paar Robinsons!«

»Auf diese Antwort machte Tartelett einen Satz, wie ihn wohl noch kein Clown eines Zirkus ausgeführt hatte.

Robinsons, sie! Ein Robinson, er! Nachfolger jenes Selkirk, der so lange Jahre auf der Insel Juan Fernandez zugebracht! Nachahmer jener erdichteten Helden Daniel Defoes und Wiß', deren Abenteuer sie so oft gelesen hatten! Verlassen, getrennt von Verwandten und Freunden, von ihresgleichen Tausende von Meilen abgeschieden, verurteilt, ihr Leben vielleicht Raubtieren oder Wilden gegenüber zu verteidigen, die hier anlanden konnten, Unglückliche ohne Hilfsmittel, von Hunger und Durst gequält, ohne Waffen, ohne Werkzeuge, fast ohne Kleidung . . . nur auf sich selbst angewiesen, das war ihre Zukunft!

Nein, das konnte nicht möglich sein!

»Sagen Sie mir nicht so etwas, Godfrey«, sagte Tartelett. »Nein, machen Sie keinen Scherz! Schon die Möglichkeit würde mich töten! Sie haben nur lachen wollen, nicht wahr?«

»Ja, ja, mein wackerer Tartelett«, antwortete Godfrey, »beruhigen Sie sich doch; doch sorgen wir schnell für das nächst Notwendige.«

In der Tat galt es jetzt, eine Höhung, eine Grotte, irgendein Loch zu entdecken, um darin die Nacht zu verbringen; dann würde man versuchen, am Ufer eßbare Muscheln zu finden, um den Forderungen des Magens so gut als möglich Rechnung zu tragen.

Godfrey und Tartelett stiegen also den Dünenabhang wieder hinunter, um nach dem Riff zu gelangen. Godfrey zeigte sich bei diesen Nachforschungen sehr geschäftig, Tartelett unterlag noch immer den Nachwehen des Schiffbruches. Der erstere blickte vor sich, hinter sich und nach allen Seiten, der letztere war überhaupt nicht imstande, zehn Schritte weit etwas zu sehen.

Da legte sich Godfrey die Frage vor:

»Wenn dieses Land auch keine Bewohner hat, finden sich hier wenigstens Tiere?«

Es versteht sich von selbst, daß er hiermit nur Haustiere, Haar- und Federvieh meinte, nicht jene Raubtiere, welche in der Tropenzone in Massen vorkommen und mit denen ja nichts anzufangen gewesen wäre.

Darüber konnten ihm freilich nur weitere Nachforschungen Aufschluß geben.

Jedenfalls belebten das Ufer einige Vogelschwärme wie Rohrdommeln, Baumgänse, Strandläufer und Sarcellen, welche hin und her flatterten, zirpten und die Luft mit ihrem Flügelschlag und Geschrei erfüllten, jedenfalls der Ausdruck eines Protestes gegen die Besitznahme ihres Gebietes.

Godfrey konnte mit vollem Rechte von den Vögeln auf Nester und von Nestern auf Eier schließen. Da die Vögel alle in großen Scharen auftraten, mußten sich im Gesteine gewiß Tausende von Löchern finden, die ihnen als gewöhnliche Wohnung dienten. In der Ferne verrieten übrigens einige Seereiher und Züge von Wasserschnepfen das Vorhandensein eines Sumpfes.

An Geflügel fehlte es danach nicht. Die Schwierigkeit lag nur darin, wie man sich desselben ohne eine Feuerwaffe bemächtigen könnte. Vorläufig konnte man dasselbe nur in Form von Eiern verwerten und mußte sich damit begnügen, die Vögel in dieser ursprünglichen, aber nahrhaften Form zu konsumieren.

Doch wenn es nun auch an Speise nicht mangelte, wie sollte man sich dieselbe kochen? Wie konnte man sich Feuer verschaffen? Eine wichtige Frage, deren Lösung für später vorbehalten wurde.

Godfrey und Tartelett kamen also nach dem Riff zurück, über dem große Mengen von Seevögeln schwebten.

Da erwartete sie eine angenehme Überraschung.

Unter dem einheimischen Geflügel, das auf dem sandigen Vorlande umherlief und unter den Bareczweigen und den einzelnen Büscheln von Wasserpflanzen auf Beute ausging, bemerkten sie da nicht ein Dutzend Hühner und zwei oder drei Hähne von amerikanischer Rasse? Nein, das war keine Augentäuschung, denn als sie näher kamen, erschallte ein gellendes Kikeriki wie ein Hifthornruf durch die Luft.

und weiter dort, welche Vierfüßler waren denn das, die zwischen den Felsen umhersprangen und die ersten Absätze der Dünen zu erklettern suchten, wo einige grüne Büsche standen? Godfrey konnte sich nicht länger täuschen. Es waren ein Dutzend Agutis, fünf oder sechs Lämmer und ebenso viele Ziegen, welche hier ruhig die ersten Gräser abnagten.

»Ah, Tartelett«, rief er, »sehen Sie doch!«

Der Professor blickte nach der bezeichneten Richtung, aber ohne etwas zu sehen, so sehr war er in Nachdenken über seine unerwartete Lage versunken.

Da kam Godfrey ein Gedanke, der sich als vollständig richtig erwies; diese Tiere alle, die Hühner, Agutis, Ziegen und Lämmer, mußten aus dem lebenden Proviant des »Dream« herrühren. Zur Zeit als das Schiff versank, konnte ja das Geflügel erst die Klippen und dann den Strand unschwer erreichen, ebenso wie die Vierfüßler ohne Zweifel schwimmend bis zu den ersten Uferfelsen gelangt waren.

»Was also keinem unserer unglücklichen Gefährten gelungen ist«, bemerkte Godfrey, »das vermochten die nur durch ihren Instinkt geleiteten Tiere zu vollbringen, und von allen die der ›Dream‹ trug, ist kein lebendes Wesen mit heiler Haut davongekommen als – unvernünftige Tiere ...!«

»Doch wir müssen uns selbst dazurechnen!« platzte Tartelett naiv heraus.

Was ihn selbst betraf, so hatte er sich wirklich auch nur ganz wie ein Tier, ohne Mitwirkung eigener Überlegung, gerettet.

Doch gleichviel, für die beiden Schiffbrüchigen war es ein sehr glücklicher Umstand, daß eine Anzahl dieser Tiere das Ufer erreicht hatte.

Diese gedachte Godfrey zusammenzutreiben, in ein Gehege einzuschließen, und so war es bei der großen Fruchtbarkeit derselben nicht unwahrscheinlich, im Fall der Aufenthalt sich hier in die Länge zog, allmählich eine ganze Herde von Vierfüßlern und einen wirklichen Geflügelhof aufzuziehen und einzurichten.

Heute aber wollte Godfrey sich an die Nahrungsquellen halten, welche der Strand in Form von Eiern und Muscheln darbot. Professor Tartelett und er gingen also daran, die Spalten zwischen den Steinen unter dem Barec abzusuchen, und der Erfolg krönte auch ihre Mühe. Bald hatten sie eine beträchtliche Menge von Miesmuscheln und Strandschnecken eingesammelt, welche ja zur Not schon roh eßbar waren. An den Höhen der die Bai am Nordende abschließenden Felsen wurde auch noch ein Dutzend Eier von Baumgänsen gefunden, zusammen genug Vorrat, um noch mehr hungrige Gäste zu sättigen. Bei ihrem knurrenden Magen dachten Godfrey und Tartelett übrigens gar nicht daran, sich gegenüber dieser ersten Mahlzeit wählerisch zu zeigen.

»Und Feuer?« fragte der letzere.

»Ja, Feuer . . .!« antwortete der erstere.

Das war wirklich eine ernste Frage und veranlaßte beide Schiffbrüchige, den Inhalt ihrer Taschen zu prüfen.

Die des Professors waren leer oder doch fast leer. Sie enthielten nur einige Reservesaiten für seine Geige und ein Stück Colophonium für den Bogen. Und damit soll einer einmal versuchen, Feuer zu machen!

Godfrey besaß nicht viel mehr; doch fand er zur größten Befriedigung in seiner Tasche ein vorzügliches Messer, welches seine Lederscheide vor der Berührung mit dem Meerwasser bewahrt hatte. Dieses Messer mit mehreren Klingen, mit Bohrer, Hippe und Säge, war unter den gegebenen Verhältnissen ein höchst kostbares Instrument; doch außer diesen Werkzeugen besaßen Godfrey und sein Begleiter weiter nichts als ihre Hände. Dazu kommt noch, daß die Hände des Tanz- und Anstandslehrers nur geübt waren, Geige zu spielen oder graziöse Bewegungen auszuführen; Godfrey sagte sich also, daß er in der Hauptsache wohl nur auf die seinigen angewiesen sein werde.

Inzwischen wollte er die Tarteletts doch anwenden, um sich durch schnelle fortgesetzte Reibung zweier Holzstücke aneinander Feuer zu verschaffen. Einige unter der Asche gesottene Eier würden beim zweiten Frühstück gewiß mit großer Freude begrüßt worden sein.

Während Godfrey also damit beschäftigt war, trotz der Insassen, welche ihre Nachkommenschaft in den Eiern zu verteidigen versuchten, Vogelnester zu plündern, sammelte der Professor verschiedene Holzstücke, welche am Fuße der Dünen auf dem Erdboden umherlagen. Dieses Brennmaterial schaffte er an einen Felsen, wo der Seewind nicht hinwehte. Tartelett wählte zwei recht trockene Stücke, in der Absicht, durch kräfti-

ges, lange fortgesetztes Reiben soviel Wärme zu entwik-
keln, daß dieselben sich entzündeten.

Was die ungebildeten polynesischen Wilden fertig-
bringen, sollte das dem Professor, der jenen seiner Meinung nach weit überlegen war, nicht ebenfalls gelingen?

Da saß er nun und rieb und rieb, daß er sich die Muskeln des Ober- und Unterarmes verrenkte. Er arbeitete
mit wahrer Wut, der arme Mann! Doch ob nun die Qua-
lität des Holzes eine ungeeignete, ob es nicht hinlänglich ausgetrocknet war oder ob sich der Professor nur
ungeschickt anstellte und nicht die passenden Handbewegungen zu einem solchen Verfahren auszuführen vermochte, kurz, es gelang ihm nicht, die beiden Holzstücke bemerkenswert zu erhitzen. Dagegen strömte
seine eigene Person eine intensive Wärme dabei uns,
und seine Stirn allein rauchte von dunstförmiger Trans-
piration.

Als Godfrey mit seiner Eierernte zurückkehrte, fand
er Tartelett in Schweiß gebadet, in einem Zustande, den
dessen choreographische Übungen gewiß niemals her-
vorgebracht hatten.

»Nun, es geht wohl nicht?« fragte er.

»Nein, Godfrey, das geht nicht«, antwortete der Professor, »und ich fange an zu glauben, daß derlei Erfin-
dungen von Wilden nur auf Schwindel beruhen, um andere arme Teufel zu betrüben.«

»O nein«, entgegnete Godfrey, »aber es ist wie mit allen anderen Dingen, man muß sich darauf verstehen.«

»Und was wird nun mit diesen Eiern . . .?«

»Oh, es gäbe auch noch ein anderes Mittel«, erklärte
Godfrey. »Wenn ich diese Eier an einem Bindfaden be-
festige, schleudere sie sehr schnell im Kreise herum und
unterbreche dann plötzlich diese Bewegung, so müßte
sich diese letztere in Wärme umsetzen und damit . . .«

»Wären die Eier gesotten?«

»Ja, wenn die Bewegung schnell und die Unterbrechung plötzlich genug war . . . Doch wie diese Bewe-

gung urplötzlich hemmen, ohne das Ei dabei zu zertrümmern? Das einfachste Mittel, lieber Tartelett, sehen Sie her, ist dieses.« Damit ergriff Godfrey ein Baumgänseei, stieß die Schale an der Spitze ein und schlürfte den Inhalt ohne große Formalität heraus.

Tartelett mußte sich wohl bequemen, es ihm nachzutun und seinen Anteil an der Mahlzeit in derselben Weise zu verzehren.

Nun erübrigte es, eine Grotte, irgendeine Aushöhlung zu suchen, um darin die Nacht zuzubringen.

»Es ist ganz ohne Beispiel« meinte der Professor, »daß Robinsons nicht wenigstens eine Höhle gefunden hätten, die sie sich später als Wohnung einrichteten.«

»So wollen wir nach einer suchen«, antwortete Godfrey.

Wenn das bisher ohne Beispiel gewesen war, so müssen wir leider gestehen, daß diese Tradition sich hier nicht bewahrheitete. Vergeblich untersuchten beide den Felsensaum der nördlichen Küste der Bai. Keine Höhle, keine Grotte, nicht einmal ein Loch fand sich, das ihnen Obdach hätte gewähren können. Darauf mußten sie verzichten. Godfrey beschloß deshalb, seine Untersuchungen jenseits des Dünengürtels bis nach den Wäldern im Hintergrunde auszudehnen.

Tartelett und er bestiegen also wieder den Kamm der ersten Dünenreihe und schritten über die grünen Wiesenflächen hin, die sie einige Stunden vorher gesehen hatten.

Wunderbarer- und glücklicherweise folgten ihnen freiwillig die anderen überlebenden Geschöpfe aus dem Schiffbruche. Offenbar trieb Hähne, Hühner, Lämmer, Ziegen und Agutis ein gewisser Instinkt, die Männer zu begleiten. Ohne Zweifel fühlten sie sich zu vereinsamt an diesem Strande, der ihnen auch weder Gras noch Würmer in ausreichender Menge bot.

Drei Viertelstunden später erreichten Godfrey und Tartelett, welche unterwegs kaum ein Wort gewechselt hatten, den Saum des Waldes. Keine Spur von Wohnstätten oder Bewohnern – alles öde! Man konnte wirklich die Frage aufwerfen, ob dieses Fleckchen Erde jemals von eines Menschen Fuß berührt worden sei.

An der Stelle, wo sie sich befanden, bildeten schöne Bäume isolierte Gruppen, und andere, welche etwa eine Viertelstunde weiter in dichten Reihen standen, einen wirklichen Wald verschiedener Baumarten.

Godfrey suchte nach einem alten, durch die Zeit ausgehöhlten Baumstamm, der ihnen innerhalb seiner Rinde hätte Schutz bieten können; seine Nachforschungen blieben jedoch vergeblich, obwohl er sie bis zur sinkenden Nacht fortsetzte.

Da meldete sich der Hunger bei den beiden Wanderern wieder recht lebhaft, und sie mußten sich wohl oder übel auf die Muscheln beschränken, die sie am Strande gesammelt. Dann übermannte sie aber die Müdigkeit, sie streckten sich am Fuße eines Baumes nieder und schlummerten unter freiem Himmel ruhig ein.

Zehntes Kapitel

Worin Godfrey tut, was jeder andere Schiffbrüchige in seiner Lage getan hätte.

Die Nacht verging ohne jeden Zwischenfall. Von Aufregung und Ermüdung übermannt, hatten die beiden Unglücksgenossen ebenso ruhig geschlafen, als hätten sie im bequemsten Schlafzimmer des Hotels der Montgomery Street geruht.

Am folgenden Tage, dem 27. Juni, erweckte sie das Krähen des Hahnes mit den ersten Strahlen der aufsteigenden Sonne.

Godfrey war sich sofort wieder über die Situation im klaren, während Tartelett lange die Augen reiben und die Glieder strecken und dehnen mußte, ehe er in die Wirklichkeit zurückkehrte.

»Wird das heutige Frühstück dem gestrigen Abend-
brote gleichen?« lautete seine erste Frage.

»Ich fürchte wohl«, antwortete Godfrey, »hoffe aber,
daß wir heut abend schon besser speisen werden.«

Der Professor konnte eine sehr deutlich sprechende
Grimasse nicht unterdrücken. Wo blieben der Tee und
die Sandwichbrötchen, die ihm sonst nach dem Aufste-
hen gebracht wurden? Wie sollte er ohne diese kleine
Vorkost die Stunde des eigentlichen Frühstücks erwarten können ... diese Stunde, welche vielleicht niemals
wieder schlagen würde?

Jetzt galt es indes einen Entschluß. Godfrey fühlte
vollkommen die Verantwortlichkeit, welche auf ihm,
und zwar auf ihm allein lastete, da er von seinem Gefährten nichts erwarten konnte. In dem hohlen Behälter, der dem Professor als Schädel diente, konnte eine
praktische Idee nicht geboren werden. Godfrey mußte
eben für beide denken, erfinden und, wo nötig, eine
Entscheidung treffen.

Eine erste Erinnerung galt Phina, seiner Verlobten,
welche zu seiner Frau zu machen er so starrsinnig ver-
weigert hatte, eine zweite seinem Onkel Will, den er so
unklugerweise verlassen, dann wendete er sich gegen
Tartelett.

»Hier sind, um etwas Abwechslung in unseren Speisezettel zu bringen«, sagte er, »noch einige Muscheln
und ein halbes Dutzend Eier.«

»Und nichts, um sie zu sieden?«

»Nichts«, antwortete Godfrey. »Doch wenn es uns
nun auch an Nahrungsmitteln selbst gebräche, was würden Sie dann sagen, Tartelett?«

»Ich würde erklären, daß nichts nicht genug ist«,
meinte der Professor trockenen Tones.

Wohl oder übel mußten die beiden sich mit der mehr
als frugalen Mahlzeit begnügen, und nahmen sie auch
damit fürlieb.

Godfrey kam hierauf der sehr natürliche Gedanke,
die am Vortage begonnene Untersuchung heute weiter

fortzusetzen. Vor allem kam es doch darauf an, zu wissen, in welcher Gegend des Stillen Ozeans der »Dream« zugrunde gegangen sei, um einen bewohnten Punkt der Küste aussuchen zu können, von dem aus eine Rückkehr nach der Heimat möglich oder wenigstens günstigere Gelegenheit gegeben war, ein Schiff abzuwarten.

Godfrey meinte, daß er mit Übersteigung der zweiten Hügelreihe, welche in pittoresken Linien den Wald überragend verlief, hierüber Aufklärung erlangen könnte. Er hoffte binnen einer oder höchstens zwei Stunden dorthin zu kommen, und dieser wichtigen Untersuchung beschloß er die ersten Stunden des Tages zu widmen.

Er blickte umher. Hähne und Hühner pickten in dem üppigen Grase, Agutis, Ziegen und Lämmer sprangen hier- und dorthin am Saume des Waldes.

Godfrey besorgte zwar nicht, daß dieses ganze Volk von Geflügel und Vierfüßlern ihm nachziehen werde; um die Tiere aber sicherer an dieser Stelle zurückzuhalten, mußte er Tartelett als Wächter anstellen.

Dieser stimmte auch zu, allein zu bleiben und für einige Stunden als Schäfer dieser Herde zu dienen.

Er machte dabei nur eine Bemerkung:

»Wenn Sie sich aber verirrten, Godfrey?«

»Ängstigen Sie sich darum nicht«, antwortete der junge Mann. »Ich habe nur diesen Wald zu durchschreiten, und da Sie am Rande desselben bleiben, muß ich Sie bestimmt wieder treffen.«

»Vergessen Sie nicht die Depesche an Ihren Onkel Will, und ersuchen Sie ihn um einige hundert Dollar!«

»Die Depesche . . . oder den Brief, ich werde darauf achten«, erwiderte Godfrey, der, ehe er sich über die Landesverhältnisse hier nicht weiter unterrichtet hatte, Tartelett alle seine Illusionen lassen wollte.

Nachdem er dann noch des Professors Hand gedrückt, verschwand er unter dem Grün der Bäume, deren dichtes Blätterdach kaum einzelne Sonnenstrahlen

durchließ. Nach diesen mußte sich unser junger Kundschafter jedoch richten, um nach dem hohen Hügel-
kamme zu gelangen, der ihm den Ausblick auf den östlichen Horizont verwehrte.

Einen Fußpfad gab es hier nicht; dennoch erschien
der Boden nicht frei von mancherlei Spuren. Godfrey
bemerkte, daß hier und da Tiere vorübergekommen waren. Zwei- oder dreimal glaubte er sogar, einzelne
schnellfüßige Wiederkäuer, Elentiere, Damwild und
Wapitihirsche flüchten zu sehen; dagegen fand er nirgends Spuren von Raubtieren wie von Tigern oder Ja-
guaren, deren Abwesenheit er natürlich nicht zu bedauern Ursache hatte.

Das hohe Entresol des Waldes, d. h. jener Teil der
Bäume zwischen der ersten Gabelung und dem Ende
der Zweige, diente einer großen Anzahl von Vögeln zur
Wohnung; da gab es wilde Tauben zu Hunderten, ferner Seeadler, Auerhähne, Predigervögel (eine Art Tu-
kan-Vögel) mit Schnäbeln gleich Hummerscheren, und
höher oben über dem Blattwerke schwebten zwei oder
drei Lämmergeier, deren Auge wie eine Kokarde aus-
sieht. Alles in allem gehörte keine Art von all diesem
Geflügel einer so speziellen Rasse an, daß man daraus
auf die Breitenlage des Landes hätte einen Schluß ziehen können.

Dasselbe war der Fall mit den Bäumen des Waldes, welche die nämlichen Spezies wie derjenige Teil der Vereinigten Staaten aufwies, welcher Nieder-Kalifornien,
die Bai von Monterey und Neumexiko umschließt. Hier
wuchsen Erdbeer- und Cornelkirschbäume mit großen
Blüten, Ahorn und Birke neben Eichen, vier bis fünf Arten von Magnolias und Seeföhren, wie man sie im Süden von Carolina antrifft; inmitten geräumiger Lich-
tungen standen Oliven- und Kastanienbäume und in
Form von Büschen Tamarinden, Myrthen- und Mastix-
sträucher, wie sie der Süden der gemäßigten Zone hervorbringt. Im allgemeinen war genug Raum zwischen
diesen Bäumen, um hindurchzukommen, ohne die

Hilfe des Feuers oder der Axt in Anspruch zu nehmen. Der Wind vom Meere her fand ziemlich ungehinderten Zutritt in dem hohen Gezweig, und da und dort erglänzten auch größere Stellen des Bodens in hellem Sonnenlichte.

Godfrey schritt also, eine schräge Linie einhaltend, unter dem prächtigen Walde dahin. Irgendwelche Vorsichtsmaßregeln zu beachten, kam ihm gar nicht in den Sinn. Der Wunsch, die Höhen zu erreichen, welche das Gehölz im Osten begrenzten, ließ ihm zu gar nichts anderem Zeit. Er suchte nur zwischen dem Blätterwerk die Richtung der Sonnenstrahlen, um in geradester Linie zu seinem Ziele zu gelangen. Er sah nicht einmal jene Führervögel – so genannt, weil sie vor dem Reisenden herzufliegen pflegen –, wie sie stillhielten, zurückkamen und dann wieder davonflogen, als wollten sie ihm den Weg zeigen; nichts konnte seine Gedanken ablenken.

Diese Spannung des Geistes erscheint ja ganz erklärlich; noch vor Ablauf einer Stunde sollte sein Los entschieden sein; er würde wenigstens wissen, ob die Möglichkeit gegeben war, einen bewohnten Punkt des Landes zu erreichen.

Schon hatte sich Godfrey, in Erwägung der – soweit er davon unterrichtet war – eingehaltenen Route und des vom »Dream« zurückgelegten Weges während einer Fahrt von siebzehn Tagen, gesagt, daß es nur die chinesische oder japanische Küste sein könne, an der das Schiff versunken war. Übrigens bewies die Stellung der Sonne, welche sich im Verhältnis zu ihm stets im Süden hielt, deutlich, daß der »Dream« die Grenze der südlichen Halbkugel noch nicht überschritten haben konnte.

Zwei Stunden nach seinem Aufbruche schätzte Godfrey den zurückgelegten Weg auf etwa fünf Meilen, unter Einrechnung verschiedener Umwege, zu denen er infolge der dichten Stellung der Bäume gezwungen gewesen war. Die zweite Hügelkette konnte jetzt nicht mehr weit sein. Schon wichen die Bäume mehr auseinander und bildeten vereinzeltere Gruppen, während die Lichtstrahlen leichter durch das Gezweig Eingang fanden. Der Erdboden stieg auch allmählich an und mußte bald in eine steilere Rampe übergehen.

Obwohl ziemlich ermüdet, besaß Godfrey genug Willenskraft, seinen Marsch nicht zu verlangsamen. Er wäre sogar gelaufen, wenn die ersten Abhänge nicht gar so steil angestiegen wären.

Bald befand er sich in genügender Höhe, um das grüne Blätterdach hinter ihm, aus dem sich da und dort einzelne darüber hinausragende Baumkronen erhoben, vollständig zu überblicken.

Godfrey dachte jedoch nicht im mindesten daran, sich durch einen Rückblick zu ergötzen. Sein Auge ging unbeirrt an der entblößten Linie des Hügelkammes, die sich vier- bis fünfhundert Fuß vor und über ihm ausdehnte. Das war die Schranke, die ihm noch immer den östlichen Horizont verbarg.

Ein kleiner, schräg abgedachter Kegel überragte jene bogenförmig verlaufende Linie und schloß sich mit sanfter Abdachung an den allgemeinen Kamm der Kette an.

Dort, dort! sagte sich Godfrey. Diesen Punkt muß ich erklimmen . . .! Das ist der Gipfel des Kegels . . .! Und was werd' ich von da erblicken . . .? Eine Stadt . . .? Ein Dorf . . .? Die Wüste?

Hoch erregt stieg Godfrey weiter hinauf und preßte die Arme gegen die Brust, um das Klopfen seines Herzens zu mäßigen. Seine schon etwas keuchende Atmung griff ihn zwar an, aber er hätte nicht die Geduld gehabt, stehenzubleiben, um einmal Atem zu schöpfen. Und wenn er auch auf dem jetzt kaum noch hundert Fuß unter ihm liegenden Gipfel des Kegels hätte zusammenbrechen sollen, so wollte er doch keine Minute verlieren.

Endlich – noch wenige Augenblicke –, dann mußte er oben sein. Der in einem Winkel von dreißig bis fünfunddreißig Grad aufsteigende Abhang erschien ihm von dieser Seite her sehr steil. Er kletterte mit Händen und Füßen; hielt sich an dem dünnen Grase und zog sich an den mageren Mastix- und Myrthenbüschen empor, welche bis zum Gipfel hinanreichten.

Jetzt noch eine letzte Anstrengung, dann überragte er mit dem Kopfe die Oberfläche des Kegels, während er, platt auf dem Boden liegend, mit den Augen den ganzen Horizont im Osten begierig musterte ...

Es war nur das Meer, welches diesen bildete und in einer Entfernung von etwa zwanzig Meilen mit dem Himmel zu einer Linie verschmolz.

Er drehte sich um ...

Wiederum das Meer, im Westen, im Süden und Norden – das unendliche Meer, das ihn von allen Seiten umgab!

»Eine Insel!«

Als er dieses Wort ausrief, empfand Godfrey einen schmerzlichen Stich im Herzen. Der Gedanke war ihm noch nie gekommen, daß er sich auf einer Insel befinden könne, und doch war das der Fall! Die Landzunge, welche er vorher als Verbindung mit dem Lande vermutet hatte, war nirgends vorhanden. Ihm war es zumute wie einem Menschen, der, in einem Boote eingeschlafen, mit der Strömung hinausgeführt worden ist und der nachher erwacht ohne Ruder oder Segel, um das Land wieder erreichen zu können.

Godfrey faßte sich schnell; er beschloß, sich ohne Murren in die gegebene Lage zu schicken. Da seine und seines Begleiters Rettung von außerhalb nicht zu erwarten war, so mußte er selbst auf eine solche bedacht sein.

Es erschien ihm zunächst wichtig, so genau als möglich die ganze Gliederung dieser Insel, welche er jetzt vollständig überschauen konnte, zu erkunden. Seiner Schätzung nach mochte sie sechzig Meilen im Umfang messen bei etwa zwanzig Meilen Länge von Süd nach Nord und zwölf Meilen Breite von Ost nach West.

Der mittlere Teil derselben verschwand gänzlich unter dem dichten Walde, der nahe der Kammlinie unterhalb des Kegels aufhörte, während der jenseitige Abhang des letzteren in sanfter Abdachung nach dem entgegengesetzten Strande verlief.

Alles übrige erschien als Wiese mit Baumgruppen, als Vorland mit Felsen dahinter, welche gelegentlich in scharfen Vorsprüngen bis zum Wasser hinausreichten. Die Küste zeigte auch mehrere Einbuchtungen, doch von so mäßiger Ausdehnung, daß sie höchstens zwei bis drei Fischerbooten hätten Schutz gewähren können. Nur die Bai, in welcher der »Dream« gescheitert war, maß sieben bis acht Meilen im Umfange. Ähnlich einer offenen Reede erstreckte sie sich über zwei Viertel des Kompasses, und wenn der Wind nicht gerade aus Osten wehte, hätte auch hier ein Schiff keinen sicheren Schutz finden können.

Doch welche Insel mochte das sein? Welcher geographischen Gruppe gehörte sie an? Bildete sie das Glied eines Archipels, oder ragte sie allein aus der Wasserwüste des Stillen Ozeans empor?

Jedenfalls zeigte sich auf Sehweite keine andere, große oder kleine, niedrige oder hohe Insel ringsum.

Godfrey hatte sich erhoben und musterte den Horizont. Nichts innerhalb der großen Kreislinie, an der Meer und Himmel sich begegneten. War dennoch nach irgendeiner Seite eine andere Insel oder die Küste eines Festlandes vorhanden, so konnte das nur in beträchtlicher Entfernung von hier sein.

Godfrey überflog alle seine geographischen Erinnerungen, um sich darüber aufzuklären, auf welcher Insel des Großen Ozeans er sich befand. Nähere Überlegung brachte ihn zu folgendem Resultat: Der »Dream« hatte auf siebzehntägiger Fahrt fast genau eine südwestliche Richtung eingehalten. Bei einer Geschwindigkeit von hundertfünfzig bis hundertachtzig Meilen in vierundzwanzig Stunden mußte er ungefähr fünfzig Grade durchlaufen haben. Andererseits unterlag es keinem Zweifel, daß er den Äquator nicht überschritten hatte. Er mußte also die Lage der Insel oder der Gruppe, welcher sie vielleicht angehörte, in einer Gegend zwischen dem einhundertsechzigsten und einhundertsiebzigsten Grade westlicher Länge von Greenwich suchen.

Godfrey wußte recht gut, daß ihm in diesem Teil des Stillen Ozeans eine Karte keinen anderen Archipel als den der Sandwichinseln gezeigt hätte; doch gab es nicht außerhalb dieses Archipels vereinzelt liegende Inseln, deren Namen ihm entfallen waren und welche sich als isolierte Hervorragungen bis zur Küste des Himmlischen Reiches erstreckten?

Im Grunde kam ja nicht viel darauf an, da ihm ja doch jede Möglichkeit abgeschnitten war, nach irgendeiner Seite hin ein freundlicheres Gestade aufzusuchen.

Nun wohl, sagte sich Godfrey, da mir der Name dieser Insel unbekannt ist, so mag sie Insel Phina heißen zur Erinnerung an die, welche ich nicht hätte verlassen sollen, um in der Welt umherzustreifen, und möge dieser Name uns Glück bringen!«

Godfrey bemühte sich nun, noch zu untersuchen, ob die Insel vielleicht in dem von ihm bisher noch nicht gesehenen Teile bewohnt sei.

Von dem Gipfel des Kegels bemerkte er freilich keine Spuren von Eingeborenen, weder Wohnstätten in den Wiesen, noch Häuser am Saume des Waldes, noch endlich nur eine Fischerhütte am Strande.

Doch wenn die Insel verlassen war, so war es das sie umgebende Meer nicht minder, und kein Fahrzeug erschien in den Grenzen des Kreises, der von der immerhin ansehnlichen Höhe aus gesehen sich natürlich nicht wenig erweitern mußte.

Nach vollendeter Umschau blieb Godfrey zunächst nichts übrig, als wieder hinunterzuklettern, den Wald zu durchmessen und Tartelett wieder aufzusuchen. Ehe er jedoch diesen Platz verließ, wurden seine Augen durch den Anblick einer sehr hochstämmigen Waldpartie angezogen, die sich an der Grenze der nördlicher gelegenen Wiesen ausdehnte. Sie bestand aus wirklichen Baumriesen, welche alle von Godfrey vorher gesehenen weit überragten.

Vielleicht, sagte er sich, könnten wir uns dort häuslich einrichten, und das um so mehr, als ebenda, wenn ich nicht irre, ein Bach verläuft, der irgendwo an den Hügelabhängen entspringen mag und sich quer durch die Wiesenfläche schlängelt.

Darüber wollte er sich morgen Aufklärung verschaffen.

Nach Süden zu bot die Insel einen mehr wechselnden Anblick. Wälder und Wiesen wichen da dem gelblichen Boden des Vorlandes, und stellenweise erhob sich das Ufer in zerklüfteten Felsgebilden.

Doch wie erstaunte Godfrey, als er jenseits dieser Steinmauer einen leichten Rauch zu gewahren glaubte, der sich in die Luft erhob.

»Sollten sich doch noch einige unserer Gefährten hier befinden?« rief er. »Doch nein, das ist nicht möglich! Warum sollten sie sich seit gestern von der Bai entfernt haben und mehrere Meilen von dem Riffe weitergezogen sein? Liegt dort vielleicht ein Fischerdorf oder das Lager eines Stammes von Eingebornen?«

Godfrey blickte mit aller Aufmerksamkeit nach jener Richtung hin. War es überhaupt eine Rauchsäule, welche der Wind sanft nach Westen hintrieb? Man konnte sich wohl darüber täuschen. Jedenfalls verschwand sie auch sehr bald – nach Verlauf weniger Minuten war nichts mehr davon zu sehen.

Wieder eine vereitelte Hoffnung!

Godfrey sah noch einmal nach der Stelle hin; als er nichts mehr bemerkte, glitt er dann den Abhang hinunter, eilte über die ersten Stufen des Hügels hinweg und verschwand wieder unter den Bäumen.

Eine Stunde später hatte er den Wald durchmessen und kam am jenseitigen Saume desselben heraus.

Hier wartete Tartelett inmitten der zwei- und vierfüßigen Herde. Doch womit beschäftigte sich der halsstarrige Professor? Mit denselben Versuchen wie vorher. Ein Stück Holz in der rechten, ein anderes in der

linken Hand, mühte er sich noch immer ab, dieselben in
Flammen zu setzen. Er rieb und rieb mit einer Emsig-
keit, die einer besseren Sache würdig gewesen wäre.

»Nun«, fragte er, als er Godfreys in einiger Entfernung ansichtig wurde, »wie war es mit dem Telegrafenbüro?«

»Es war nicht offen«, antwortete Godfrey, der noch
nichts von ihrer wirklichen Lage zu verraten wagte.

»Und die Post?«

»War geschlossen. Doch wir wollen frühstücken . . .
ich komme um vor Hunger . . .! Später können wir plaudern.«

Und auch diesen Vormittag mußten Godfrey und
sein Gefährte sich mit einer sehr mageren, aus rohen
Eiern und Muscheln bestehenden Mahlzeit begnügen.

»Ein sehr gesundes Regime!« bemerkte Godfrey,
während Tartelett keineswegs dieser Ansicht schien
und nur an der Nahrung nippte.

Elftes Kapitel

Worin die Frage wegen eines Unterkommens so gut wie
gelöst wird.

Der Tag war schon vorgeschritten; Godfrey verschob es
also bis zum nächstfolgenden, eine Unterkunft zu suchen. Auf die dringenden Fragen, welche der Professor
über die Erlebnisse seiner Nachforschungen an ihn
richtete, antwortete er aber endlich, daß es eine Insel –
die Insel Phina – sei, auf welche sie beide geworfen
worden wären, und daß es notwendiger sei, an die Beschaffung von Nahrungsmitteln als an ein Verlassen ihres Aufenthaltsortes zu denken.

»Eine Insel!« rief Tartelett.

»Ja, das ist eine Insel!«

»Welche das Meer rings umgibt?«

»Natürlich.«

»Aber welche?«

»Ich hab's schon gesagt, die Insel Phina, und Sie werden begreifen, warum ich ihr diesen Namen beizulegen wünschte.«

»Nein, das begreife ich allerdings nicht«, antwortete Tartelett mit seiner gewöhnlichen Grimasse, und sehe gar keine Veranlassung dazu. »Miß Phina ist zunächst von Land umgeben!«

Nach diesen melancholischen Betrachtungen trafen die beiden Schiffbrüchigen Vorbereitungen, um die Nacht so gut wie möglich zu verbringen. Godfrey begab sich noch einmal nach dem Riff, einen weiteren Vorrat von Eiern und Schaltieren zu holen, mit denen sie eben fürlieb nehmen mußten; dann schlief er ermüdet sehr bald am Fuße eines Baumes ein, während Tartelett, dessen Philosophie sich mit einem derartigen Zustand der Dinge nicht zu vereinigen vermochte, sich den bittersten Grübeleien überließ.

Am folgenden Tage, dem 28. Juni, waren beide auf den Füßen, ehe der Hahn ihren Schlaf unterbrochen hatte.

Zuerst gab es ein einfaches Frühstück – dasselbe wie tags vorher; nur wurde das frische Wasser aus einem Bache durch ein wenig Milch ersetzt, welches von einer der Ziegen gewonnen wurde.

Oh, würdiger Tartelett, wo waren nur jene »Mint-julep«, »Portwine sangrie«, »Sherry-Cobblers« oder Sherry-Cocktails, wovon er zwar kaum trank, die er sich doch aber jede Stunde in den Hotels und Restaurants von San Francisco servieren lassen konnte? Er war nahe daran, das Federvieh, die Agutis, die Lämmer zu beneiden, welche ihren Durst löschten, ohne eine Vermischung des frischen Quellwassers mit Zucker oder Alkohol zu beanspruchen. Oh, diese glücklichen Geschöpfe! Sie brauchten kein Feuer, ihre Nahrung zu kochen; Wurzeln, Kräuter, Gräser genügten ihnen, und ihr Frühstück stand auf jeder grünen Tafel fertig aufgetragen.

»Vorwärts!« drängte Godfrey.

So brachen beide auf, begleitet von ihrem Gefolge von Haustieren, welche sie offenbar nicht verlassen wollten.

Godfreys Plan ging dahin, im Norden der Insel jenen Teil der Küste zu durchsuchen, in welchem sich die Gruppe größerer Bäume erhob, die er von dem Gipfel des Kegels wahrgenommen hatte. Um dorthin zu gelangen, mußten sie dem Strande folgen. Vielleicht hatte die Brandung nun irgendeine Trift vom Schiffbruche ans Land gespült. Vielleicht fand er auch auf dem Sande des Vorlandes einige seiner Gefährten vom »Dream«, die noch unbestattet lagen und denen er ein christliches Begräbnis zukommen lassen konnte. Dagegen hegte er, sechsunddreißig Stunden nach der Katastrophe, keine Hoffnung mehr, etwa einen Matrosen, der sich gleich ihm gerettet hätte, noch lebend anzutreffen.

Godfrey und sein Begleiter überschritten also die erste Dünenreihe, gelangten bald nach dem Anfang des Riffgürtels, fanden denselben und überhaupt die ganze Bank aber eben so öde wie vorher. Aus Vorsicht erneuerten sie hier ihren Vorrat an Eiern und Muscheln, da es ihnen im Norden der Insel ja auch an diesen mageren Hilfsquellen fehlen konnte. Dann begaben sie sich, der Tanglinie, welche die letzte Flut zurückgelassen hatte, folgend, auf den Weg und überblickten sorgsam den Teil der neben ihnen verlaufenden Küste.

Nichts – immer nichts!

Wenn ein unglückliches Geschick aus den beiden Überlebenden vom »Dream« ein Paar Robinsons gemacht hatte, so müssen wir dabei leider konstatieren, daß es sich ihnen noch weit weniger entgegenkommend gezeigt hatte als ihren Vorgängern. Diese besaßen wenigstens stets noch das oder jenes von ihrem gescheiterten Schiffe. Wenn sie aus demselben eine Menge Gegenstände für den ersten Bedarf entnommen hatten, waren sie doch in der Lage, die Trümmer des Fahrzeuges nutzbar zu verwenden. Sie besaßen meist Lebensmittel für einige Zeit, Kleidungsstücke, Werkzeuge, Waffen, mit einem Worte verschiedenerlei, um den einfachsten Lebensbedürfnissen zu genügen. Hier war nichts von allem vorhanden. In tiefdunkler Nacht versank das Schiff in das unergründliche Meer, ohne daß nur ein Stückchen von ihm übrig blieb. Nichts konnte von demselben gerettet werden, nicht einmal ein Streichhölzchen, und gerade ein solches fehlte hier recht schmerzlich.

Wir wissen recht wohl, daß viele Leute, wenn sie gemächlich in ihrem Zimmer vor einem guten Kamine sitzen, in dem ein Haufen Kohlen glüht oder Holzscheite flammen, sagen werden:

»Aber, mein Gott, es ist doch nichts leichter, als sich Feuer zu verschaffen! Dazu gibt's doch tausend Mittel! Zwei Kieselsteine ... etwas dürres Moos ... ein wenig verkohlte Leinwand ... aber wie diese Leinwand verkohlen ...? Ferner eine Messerklinge, welche aus Stahl zum Anschlagen dient ... oder zwei Stücken Holz, die nach polynesischer Methode einfach tüchtig gerieben werden!«

Recht schön, aber die Ratgeber mögen es nur selbst versuchen!

Der Art waren die Gedanken, welche sich Godfrey unterwegs aufdrängten und ihn mit Besorgnis erfüllten. Wahrscheinlich hätte auch er, wenn er etwa bei der Lektüre von Reisebeschreibungen den mit glühenden Coaks bedeckten Rost schürte, dieselben Gedanken gehabt wie jene guten Leute. Beim eignen Versuche war er freilich von denselben zurückgekommen, und es bereitete ihm eine gewisse Unruhe, kein Feuer, dieses unentbehrliche Element, welches durch kein anderes zu ersetzen ist, zur Hand zu haben.

So ging er in Nachsinnen verloren vor Tartelett her, dessen einzige Sorge darin bestand, die Herde von Lämmern, Agutis, Ziegen und Geflügel durch seine Zurufe zusammenzuhalten.

Plötzlich wurde sein Blick durch die lebhafte Farbe einer Menge kleiner Äpfel angezogen, welche an den Zweigen gewisser Sträucher hingen, die hundertweise auf der Düne verstreut standen. Er erkannte darin sofort jene »Manzanillas«, deren Früchte die Indianer in gewissen Teilen Kaliforniens mit Vorliebe als Nahrung verwenden.

»Endlich«, rief er, »doch etwas, in unsere einfachen Mahlzeiten von Eiern und Muscheln einige Abwechslung zu bringen.

»Wie, das kann man essen?« fragte Tartelett, der seiner Gewohnheit gemäß wieder anfing, ein saures Gesicht zu machen.

»Das werden Sie gleich sehen!« antwortete Godfrey. Er pflückte also einige der Manzanillas und biß gierig hinein.

Es waren das zwar nur wilde Äpfel und ihr herber Geschmack nicht besonders angenehm. Der Professor zögerte nicht, es seinem Begleiter nachzutun, und zeigte sich nicht allzu unzufrieden mit dem Funde. Godfrey dachte mit Recht, daß sich aus diesen Früchten ein gegorenes Getränk werde herstellen lassen, welches doch dem bloßen Wasser vorzuziehen wäre.

Sie setzten ihren Weg fort. Bald ging das Ende der sandigen Düne in grünes Wiesenland über, das ein munterer Bach mit plätscherndem Gewässer durchzog. Das war derselbe, den Godfrey vom Gipfel des Kegels gesehen hatte. Die großen Bäume erhoben sich noch ein Stück weiter im Norden, und die beiden Wanderer kamen nach einem Marsche von ungefähr neun Meilen sehr ermüdet von dieser vierstündigen Promenade gegen Mittag bei denselben an.

Die Gegend hier bot einen prächtigen Anblick, der es verdiente, sie zu sehen, zu besuchen und als Wohnstätte zu wählen.

Dort am Rande einer geräumigen Wiese, auf welcher da und dort Manzanilla- und andere Gesträuche standen, erhoben sich etwa zwanzig riesenhafte Bäume, die einen Vergleich mit denselben Arten der kalifornischen Wälder nicht zu scheuen brauchten. Sie nahmen einen Halbkreis ein. Der grüne Teppich, der sich zu ihren Füßen ausdehnte, zog sich noch einige hundert Schritte an dem Bache hin und machte dann einem mit Felsstükken, Strandkieseln und Seeeichen überstreuten Vorlande Platz, das sich als spitzere Landzunge von der Nordküste der Insel ins Meer hinaus verlängerte.

Diese Riesenbäume, diese *Big trees* (d. h. die großen Bäume), wie man sie gewöhnlich im westlichen Amerika bezeichnet, gehörten der Gruppe der Mammuts, das sind Koniferen aus der Familie der Fichten, an. Fragte man einen Engländer, welchen speziellen Namen er denselben gäbe, so würde er »Wellingtonias« antworten; fragte man aber einen Amerikaner, so würde dessen Antwort »Washingonias« lauten.

Der Unterschied liegt klar vor Augen.

Ob sie jedoch das Andenken an den phlegmatischen Sieger von Waterloo oder das an den berühmten Gründer der Freistaaten Amerikas auffrischen, es bleiben immer die allergewaltigsten Erzeugnisse, welche man in der Flora von Kalifornien und Nevada kennt.

In einzelnen Teilen der genannten Staaten gibt es nämlich ganze Wälder dieser Bäume, von denen z. B. der Mariposa- und Calaveragruppe einige bei einer Höhe von dreihundert einen Umfang von vierundsiebzig Fuß aufweisen. Einer derselben am Eingange des Tales von Yosemiti hat sogar hundert Fuß Umfang; während seines Lebens – denn er ist jetzt niedergelegt – hatten seine obersten Zweige die Höhe des Münsters zu Straßburg, das heißt über vierhundert Fuß, erreicht. Man erwähnt noch die »Mutter des Waldes«, die »Schönheit des Waldes«, die »Hütte des Pioniers«, die »Beiden Schildwachen«, den »General Grant«, »Mademoiselle Emma«, »Brigham Young und seine Frau«, die »Drei Grazien«, den »Bär« und andere, welche alle wahrhafte vegetabilische Phänomene darstellen. Auf dem an seiner Basis durchsägten Stamme eines dieser

Bäume ist ein Kiosk errichtet worden, in dem sechzehn bis zwanzig Personen bequem Quadrille tanzen konnten. Der Riese aller Riesen aber befindet sich inmitten eines, den Vereinigten Staaten gehörigen Waldes, etwa fünfzehn Meilen von Murphy entfernt, das ist der »Vater des Waldes«, ein gegen viertausend Jahre alter Mammutbaum; er erhebt sich vom Boden vierhundertzweiundfünfzig Fuß, höher als das Kreuz der Peterskirche in Rom, höher als die große Pyramide von Gizeh und höher endlich als der eiserne Glockenturm, der jetzt von dem einen der beiden Türme der Kathedrale von Rouen emporsteigt und gegenwärtig als das höchste Bauwerk der Welt gilt.

Wie erwähnt, fand sich hier eine Gruppe von etwa zwanzig dieser Kolosse, von der Laune der Natur an dieser Spitze der Insel zu einer Zeit gesät, wo Salomon vielleicht den Tempel von Jerusalem erbaute, der niemals wieder aus seinen Ruinen auferstanden ist. Die größten mochten gegen dreihundert Fuß messen, die kleinsten zweihundertfünfzig. Einige, welche vom Alter hohl geworden waren, zeigten an ihrem Fuße einen gewaltigen Torbogen, durch den ein Reiter bequem in das Innere hätte gelangen könnten.

Godfrey verstummte vor Verwunderung angesichts dieser natürlichen Phänomene, welche im allgemeinen nur in Höhen von fünf- bis sechstausend Fuß über dem Meere angetroffen werden. Er meinte, dieser Anblick allein wäre die Reise hierher wert gewesen. In der Tat läßt sich nichts mit diesen gewaltigen Säulen vergleichen, die sich ohne bemerkbare Verminderung ihres Durchmessers von der Wurzel bis zur ersten Gabelung erheben. In der Höhe von achtzig bis hundert Fuß über der Erde zerteilten sich die zylindrischen Schäfte dann in starke Zweige, welche noch so dick sind wie sonst ganz enorme Bäume und die also einen ganzen Wald in der Luft tragen.

Eine dieser *Sequoia gigantea* – es war eines der größten Exemplare der Gruppe – zog vor allem die Aufmerksamkeit Godfreys auf sich.

Am Fuße ausgehöhlt, zeigte der Baum eine vier bis fünf Fuß breite und gegen zehn Fuß hohe Öffnung, durch welche man leicht in den Innenraum gelangen konnte. Der Kern des Riesen war verschwunden und der Splint als zarter, weißlicher Staub verstreut. Doch wenn der Baum also auf seinen mächtigen Wurzeln nur mittelst der festen Rinde ruhte, so konnte er in dieser Weise jedenfalls noch manches Jahrhundert hindurch leben.

»In Ermangelung einer Höhle oder Grotte«, rief Godfrey, »bietet sich hier eine vortreffliche Wohnung, ein hölzernes Haus, ein Turm, wie es in bewohnten Ländern keinen gibt. Dort sind wir unter sicherem Schutz. Kommen Sie, Tartelett, kommen Sie!«

Der junge Mann zog seinen Begleiter mit sich fort und führte ihn in das Innere der Sequoia.

Der Boden war hier mit feinem vegetabilischen Staube bedeckt und dessen unterer Durchmesser betrug wenigstens zwanzig englische Fuß. Die Höhe, bis zu welcher sich die Decke erhob, ließ sich infolge der Dunkelheit nicht abschätzen. Aber kein Lichtstrahl drang durch die Rindenwand dieser Art Höhle. Hier existierten keine Sprünge, keine Gesteinsgänge, durch welche Regen oder Wind hätten Einlaß finden können. Gewiß befanden sich unsere beiden Robinsons hier unter ganz erträglichen Verhältnissen, um ungestraft allen Unbilden der Witterung zu trotzen. Eine Höhle wäre weder fester, noch trockener oder abgeschlossener gewesen. In der Tat, es wäre schwierig gewesen, etwas Besseres ausfindig zu machen.

»Nun, Tartelett, was meinen Sie zu dieser natürlichen Wohnung?« fragte Godfrey.

»Ja, wo ist denn der Schornstein derselben?« erwiderte Tartelett.

»Ehe wir einen Schornstein beanspruchen«, antwortete Godfrey, »warten Sie wenigstens, bis wir uns Feuer verschafft haben!«

Das war gewiß so logisch wie möglich.

Godfrey nahm die Umgebung der Gruppe in näheren Augenschein. Wie schon gesagt, erstreckte sich die Wiese bis zu diesem ungeheuren Gehölz von Mammuts, welches die Grenze derselben bildete. Der durch den grünen Teppich sich hinschlängelnde Bach verbreitete inmitten des etwas warmen Landes eine angenehme Frische; Sträucher verschiedener Art wie Myrthen, Mastix und daneben große Mengen jener Manzanillas, welche immer hinreichenden Vorrat an wilden Äpfeln zu liefern versprachen, erhoben sich längs seines Uferrandes.

Unfern, auf etwas ansteigendem Boden des Wiesenbereichs, grünten noch andere Bäume wie Eichen, Buchen, Sykomoren und Zirbel-(oder Nessel-)Bäume; obgleich auch diese groß waren, erschienen sie nur wie Gebüsche gegen diese *Mammoths Trees* , deren lange Schatten bei aufgehender Sonne sich bis zum Meeresstrand verlängerten. An der entgegengesetzten Seite der Wiese bildeten noch andere üppige Gebüsche Bogenlinien, und Godfrey nahm sich vor, am nächsten Tage darüber nähere Kundschaft einzuziehen.

Wenn die Gegend ihm gefallen hatte, so schien sie auch den Haustieren nicht zu mißfallen. Agutis, Ziegen und Lämmer hatten von dem Gebiete Besitz ergriffen, das ihnen Wurzeln genug zum Benagen und Gras zum Abweiden mehr bot, als sie bedurften. Die Hühner pickten munter nach Körnern oder Würmern am Rande des Baches – kurz, es entwickelte sich schon ein fröhliches Treiben, hier liefen die einen, dort hüpften die anderen hin und her, wieder andere flogen, blökten, grunzten, gluckten, wie es auf diesem Fleckchen Erde noch niemals gehört worden war.

Nach den Mammutbäumen zurückkehrend, untersuchte Godfrey genauer den Stamm, den er als spätere Wohnstätte erwählt hatte. Es erschien ihm wenn auch nicht unmöglich, so doch sehr schwierig, bis an dessen erste Äste hinaufzugelangen, wenigstens an der Außenseite, welche keinerlei Vorsprünge zeigte; inwendig mochte eine Ersteigung vielleicht eher auszuführen sein, vorausgesetzt, daß die Aushöhlung bis nach jener Gabelungsstelle hinaufreichte.

Es konnte von Nutzen sein, bei drohender Gefahr Zuflucht in dem dicken Geäst zu suchen, welches sich über dem gewaltigen Stamme ausbreitete. Doch auch diese Frage wurde späterer Lösung vorbehalten.

Jetzt näherte sich die Sonne schon dem westlichen Horizonte, so daß die Vorbereitungen für den dauernden Aufenthalt in dem Baume verschoben werden mußten.

Doch wie konnten die beiden Verlassenen nach ihrer Abendmahlzeit, deren Dessert aus wilden Äpfeln bestand, die Nacht besser zubringen als auf dem vegetabilischen Staube, der den Boden im Innern der Sequoia gleichsam polsterte?

Hier legten sie sich denn auch unter dem Schutze Gottes nieder, nachdem Godfrey zur Erinnerung an seinen Onkel Kolderup den riesenhaften Baum »Will Tree« getauft, wie überhaupt alle besonders hervorragenden Exemplare solcher in den Wäldern von Kalifornien und den Nachbarstaaten den Namen irgendeines großen Bürgers der amerikanischen Freistaaten tragen.

Zwölftes Kapitel

Welches zur rechten Zeit mit einem prächtigen und glücklichen Blitzschlag endigt.

Warum sollten wir es verhehlen? Godfrey, der sonst so leichtlebig und so unüberlegt gewesen war, als er für nichts zu sorgen hatte, wurde unter diesen für ihn ganz neuen Verhältnissen ein ganz anderer Mensch. Bisher hatte der Gedanke an den nächsten Tag niemals seine Ruhe gestört. In dem mehr als prachtvollen Hotel der

Montgomery Street, wo er seine zehn Stunden hintereinander schlief, hatte noch keine Falte eines Rosenblättchens ihn im Schlummer belästigt.

Jetzt war das freilich anders geworden. Auf dieser unbekannten Insel sah er sich schlecht und recht getrennt von der übrigen Welt, beschränkt auf seine eigenen Hilfsquellen, gezwungen, die nötigsten Lebensbedürfnisse aus eigener Kraft zu decken und das noch dazu unter Bedingungen, unter denen auch ein weit praktischerer Mann als er manche Schwierigkeiten zu überwinden gehabt hätte. Wenn der »Dream« nicht wieder erschien, stellte man gewiß Nachforschungen nach demselben an. Doch was waren sie beide? Weniger als eine Nadel in einem Heuhaufen, weniger als ein Sandkorn im Grunde des Meeres. Das unberechenbare Vermögen des Onkel Kolderup war nicht in jedem Falle allmächtig.

Trotz Auffindung eines verhältnismäßig recht behaglichen Obdachs schief Godfrey hier doch ziemlich unruhig. Sein Gehirn arbeitete wie niemals vorher; es drängten sich in demselben Gedanken aller Art, solche an die Vergangenheit, der er nur mit Bedauern gedachte, solche an die Gegenwart, welche ihm noch durchzuführen oblagen, und endlich solche an die Zukunft, die ihn am meisten beunruhigten.

Angesichts dieser harten Prüfungen erwachten jedoch auch seine Verstandeskräfte, die bisher unbenützt in seinem Schädel geschlummert, ungewöhnlich schnell. Godfrey war fest entschlossen, gegen jedes Ungemach anzukämpfen und alles nur irgend Menschenmögliche zu versuchen, sich und seinem Begleiter aus dieser Notlage zu helfen.

Wenn ihm das gelang, konnte diese Lektion für seine Zukunft nicht ohne nützliche Folgen bleiben.

Mit dem ersten Morgenrote war er schon auf den Füßen, bemüht, ihre wohnliche Einrichtung behaglicher zu gestalten. Die Frage wegen Beschaffung von Nahrungsmitteln, vorzüglich die damit zusammenfallende der Erlangung von Feuer, überwog vorläufig alle übrigen wie die wegen Herstellung von Werkzeugen oder Waffen, ebenso wie von Kleidungsstücken zum Wechseln, wenn sie sich nicht bald auf die Tracht der polynesischen Wilden reduziert sehen sollten.

Tartelett schlief noch. Man sah ihn zwar nicht im Halbdunkel, aber man hörte ihn. Der arme, aus dem Schiffbruche gerettete Mann, der mit seinen fünfundvierzig Jahren noch ebenso leichtlebig geblieben war wie sein Zögling bisher, konnte ihm nach keiner Seite von merklichem Nutzen sein. Ja, er verursachte ihm eher noch mehr Mühe, da er auch ihn mit allem Notwendigen zu versorgen hatte – aber trotz alledem, es war doch ein Gefährte! Er war ihm jedenfalls mehr wert als etwa der intelligenteste Hund, wenn ein solcher vielleicht auch nützlicher gewesen wäre. Immerhin blieb er ein Geschöpf, das reden konnte, wenn's auch nicht allemal das Vernünftigste war, plaudern, wenn auch niemals über ernstere Gegenstände, und welches sich beklagen konnte, was wohl am häufigsten zu erwarten war. Doch wie dem auch sei, Godfrey hörte wenigstens den Schall einer menschlichen Stimme an sein Ohr schlagen; das war immerhin mehr wert als der Papagei Robinson Crusoes. Selbst mit einem Tartelett würde er doch nicht allein sein, und nichts hätte auf ihn niederschlagender gewirkt als die Aussicht vollständigen Verlassenseins.

Robinson vor und nach dem Erscheinen seines Freitag, welcher Unterschied! dachte er für sich.

An diesem Morgen, dem des 29. Juni, war Godfrey jedoch gar nicht bös darüber, allein zu sein, um sein Vorhaben der Besichtigung der Umgebung dieser Mammutbäume ungestört ausführen zu können.

Vielleicht glückte es ihm dabei, noch irgendwelche eßbare Frucht oder Wurzel zu entdecken, welche er zur großen Genugtuung des Professors mit heimbringen konnte. Er überließ also Tartelett seinen Träumen und machte sich auf den Weg.

Noch lagerte ein feiner Duft über Strand und Meer; doch schon fing der Nebel im Norden und Osten an, unter dem Einfluß der Sonnenstrahlen, die ihn allmählich kondensieren mußten, aufzusteigen. Der Tag versprach sehr schön zu werden.

Nachdem er sich einen tüchtigen Stock abgeschnitten, wanderte Godfrey etwa zwei Meilen weit längs des ihm noch unbekannten Uferteils hin, dessen vorspringender Winkel eine weit auslaufende Spitze der Insel Phina bildete.

Dort verzehrte er eine erste Mahlzeit von Schaltieren, Miesmuscheln und anderen, vorzüglich aber bestehend aus kleinen vortrefflichen Austern, die sich hier in Überfluß vorfanden.

Das wäre also etwas, sagte er für sich, wobei man nicht gerade Hungers zu sterben braucht, hier gibt es Millionen Dutzende von Austern, mit denen sich das schlimmste Knurren des Magens stillen läßt! Wenn Tartelett sich noch beklagt, so rührt es daher, daß er Schaltiere nicht gern ißt . . . Nun, das wird er schon lernen!

Es steht fest, daß die Auster, wenn sie auch Brot und Fleisch nicht vollständig ersetzen kann, doch eine sehr nahrhafte Speise abgibt, wenn sie nur in größeren Mengen verzehrt wird. Da diese Molluske aber sehr leicht verdaulich ist, so kann man das ohne jede Gefahr wagen.

Nach beendigtem Frühstück ergriff Godfrey wieder seinen Stock und ging schräg nach Südosten weiter, indem er dem rechten Ufer des Baches folgte. Dieser Weg mußte ihn quer durch die Wiesen nach den schon gestern gesehenen Baumgruppen jenseits der langen Linie von Büschen und Gesträuchen führen, die er näher untersuchen wollte.

Godfrey schritt also in dieser Richtung gegen zwei Meilen dahin und hielt sich immer an dem Rande des Baches, der mit kurzen dichten, fast samtartigen Grase bedeckt war. Ganze Völker von Wasservögeln erhoben sich geräuschvoll vor der für sie neuen Erscheinung eines Menschen, der sie in ihrer Ruhe störte. In dem klaren Gewässer des in dieser Gegend etwa vier bis fünf Yards breiten Baches tummelten sich auch Fische verschiedener Art.

Von letzteren hätte man gewiß ohne Mühe einzelne fangen, aber freilich müßte man sie auch haben kochen können, das war die noch immer ungelöste Frage.

Zum Glück entdeckte Godfrey, an der ersten Reihe von Büschen angelangt, zwei Arten Früchte oder Wurzeln, von denen die einen allerdings erst mit Hilfe des Feuers gar gemacht werden mußten, während die anderen in natürlichem Zustande eßbar waren. Diese beiden Vegetabilien genießen die Indianer Amerikas sehr häufig.

Die erste Art gehörte zu den Strauchgewächsen, welche man »Camas« nennt und die selbst noch auf einem Boden gedeihen, der zu jeder anderen Kultur ungeeignet ist. Aus ihren einer Zwiebel nicht unähnlichen Wurzeln wird ein an Gluten reiches, sehr nahrhaftes Mehl bereitet, wenn man es nicht vorzieht, dieselben wie Erdäpfel zu genießen. In beiden Fälle müssen sie jedoch einer Abkoche, respektive Ausdörrung unterworfen werden.

Die andere Strauchart trug eine Art länglicher Knollen, mit dem einheimischen Namen als »Yamph« bezeichnet, und wenn diese auch weniger nahrhafte Bestandteile als die Camas enthalten, so hatten sie doch den Vorzug, auch roh genießbar zu sein.
Sehr befriedigt über diese Entdeckung, erquickte sich Godfrey an einigen dieser Wurzelknollen und sammelte, auch Tarteletts Früstück nicht vergessend, noch ein ganzes Bund derselben, das er sich über die Schulter warf. Dann kehrte er nach dem Will Tree zurück.

Wir brauchen wohl nicht zu erwähnen, daß er bei seiner Ankunft mit dem Vorrate von Yamph freudig begrüßt wurde. Der Professor fiel gierig über die Knollen her, so daß sein Schüler ihn zur Mäßigkeit ermahnen mußte.

»Ei was«, entgegnete dieser, »heute haben wir von diesen Knollen, wer weiß ob morgen auch.«

»Ganz sicherlich«, ewiderte Godfrey, »morgen, übermorgen, immer! Es kostet nur die Mühe, sie zu holen.«

»Schön, Godfrey, und die Camas?«

»Aus den Camas werden wir Mehl und Brot herstellen, wenn wir nur erst Feuer haben.«

»Feuer!« rief der Professor kopfschüttelnd. »Feuer! Wie sollen wir solches bekommen?«

»Das weiß ich zur Stunde noch nicht«, erklärte Godfrey, »doch auf die eine oder andere Weise wird es schon noch gelingen.«

»Der Himmel hört Sie, mein lieber Godfrey! Doch wenn ich mir vorstelle, daß es so viele Menschen gibt, die nur ein kleines Holzstäbchen an einer Fußsohle zu reiben brauchen, um Feuer zu haben, das bringt mich ordentlich in Wut! Nein, nimmermehr hätt' ich geglaubt, daß das Mißgeschick mich in so erbärmliche Verhältnisse schleudern könnte. In der Montgomery Street würde man keine drei Schritte zu gehen brauchen, um einen Herrn mit der Zigarre im Munde zu treffen, der sich ein Vergnügen daraus machen würde, unsereinem Feuer zu geben, und hier . . .«

»Hier sind wir eben nicht in San Francisco, Tartelett, auch nicht in der Montgomery Street, und ich halte es für klüger, nicht auf die Gefälligkeit eines Vorübergehenden zu rechnen.«

»Wozu ist es überhaupt notwendig, das Brot und Fleisch gebacken, respektive gekocht werden müssen? Warum hat uns die Natur nicht so geschaffen, daß wir einfach von der Luft leben können?«

»Das kommt vielleicht auch noch«, tröstete ihn Godfrey mit gutmütigem Lächeln.

»Glauben Sie?«

»Ich denke wenigstens, daß die Gelehrten sich mit diesem Problem beschäftigen.«

»Wäre es möglich, und worauf stützen sie sich bei ihren Untersuchungen über die neue Nahrungsmethode?«

»Auf den Erfahrungssatz, daß Verdauung und Atmung zwei in gewisser Beziehung stehende Funktionen sind, die einander vielleicht substituieren könnten. An dem Tage also, wo es der Chemie gelingt, die dem Menschen nötigen Nahrungsmittel in für die Respiration geeigneter Gasform herzustellen, wird dieses Problem gelöst sein. Es handelt sich dabei nur darum, die Luft nahrhaft zu machen. Man wird dann sein Dinner einatmen, statt es zu kauen, das ist alles!«

»Oh, es ist doch abscheulich, daß diese kostbare Entdeckung noch nicht gemacht ist!« rief der Professor. »Wie gern würde ich ein halbes Dutzend Sandwiches und ein Viertelpfund Corned beef einatmen, nur um mir gehörigen Appetit zu verschaffen.«

In halbe Träumereien versunken, in denen er sich mit verschwenderischen atmosphärischen Tafelfreuden unterhielt, öffnete er unwillkürlich den Mund und atmete mit vollen Lungen, ganz uneingedenk, daß er kaum etwas besaß, sich in der gewöhnlichen Art und Weise zu ernähren.

Godfrey riß ihn aus seinem Paradiese und führte ihn in die rauhe Wirklichkeit zurück.

Es galt jetzt, das Innere des Will-Tree behaglicher einzurichten und mit dem nötigsten auszustatten.

Die erste Sorge galt der Reinigung der zukünftigen Wohnung. Aus derselben mußten zunächst mehrere Zentner jenes Holzstaubes entfernt werden, der den Boden bedeckte und in den man fast bis zum Knie einsank. Zwei Stunden tüchtiger Arbeit genügten kaum zu diesem beschwerlichen Geschäfte, doch endlich war das »Zimmer« von der pulverförmigen Decke befreit, die bei jeder Bewegung als feine Wolke aufstieg.

Der Boden erwies sich fest, widerstandsfähig, als sei er mit weichen Bruchsteinen gepflastert, so verbreiteten sich die Wurzeln der Sequoia an dessen Oberfläche. Zwei Winkel wurden zur Herrichtung der Lagerstätten ausgewählt, deren gesamtes Bettzeug aus einigen Bündeln an der Sonne getrockneter Gräser und Blätter bestand. Die anderen Möbel, wie Bänke, Schemel oder Tische betreffend, konnte es nicht schwierig sein, wenigstens die notwendigsten herzustellen, da Godfrey sein vortreffliches Messer mit Hippe und Säge besaß. Bei schlechter Witterung mußten sie ja wohl oder übel im Innern ihres natürlichen Hauses verweilen, um darin zu essen und zu arbeiten. An Licht fehlte es darin nicht, da dieses durch den Eingang in breitem Strome hereinfloß. Später mochte es wünschenswert erscheinen, diese Öffnung aus Gründen der Sicherheit verschließen zu können, und Godfrey wollte versuchen, durch die Rinde der Sequoia eine oder zwei Öffnungen zu brechen, welche als Fenster dienen sollten.

Die Höhe, bis zu welcher der Stamm hohl war, konnte Godfrey ohne künstliches Licht nicht beurteilen. Er überzeugte sich nur mittels einer zehn bis zwölf Fuß langen Rute, daß diese, über seinen Kopf emporgehoben, doch nirgends anstieß.

Diese Frage war indes keine dringliche; ihrer Lösung gedachte er gelegentlich später näherzutreten.

Der Tag verstrich bei diesen Arbeiten, welche vor Untergang der Sonne nicht vollendet waren. Gründlich ermüdet, fanden Godfrey und Tartelett die nur aus trokkenem Laubwerk und Gras bestehenden Betten, welche damit reichlich beschüttet waren, ganz vorzüglich; aber sie mußten ihr Schlafgemach gegen das Federvieh verteidigen, welches offenbar ebenso gern im Innern des Mammutbaumes genächtigt hätte. Godfrey begriff daraus, daß es sich empfehlen dürfte, in einem benachbarten Baume einen Hühnerstall einzurichten, während es ihm heute nur dadurch gelang, ihr Eindringen abzuwehren, daß er den Eingang zum gemeinschaftlichen Zimmer mit Strauchwerk abschloß. Glücklicherweise unterlagen weder Lämmer noch Agutis oder Schafe einer ähnlichen Versuchung. Diese Tiere blieben ruhig draußen und machten gar keinen Versuch, den unzureichenden Verschluß zu durchbrechen. Die folgenden Tage wurden verschiedenen Arbeiten gewidmet; die beiden Schiffbrüchigen vervollständigten ihre Einrichtung oder versorgten sich mit Proviant; sie sammelten Eier und Muscheln, Yamp-Knollen und Manzanilla-Äpfel, gingen jeden Morgen nach dem Strande und holten von da Austern usw., und dabei schwanden ihnen die Stunden ungeahnt schnell dahin.

Das Küchengeschirr beschränkte sich auf einige doppelschalige Muscheln, welche als Gläser und Teller dienten. Man wird indes zugeben, daß für die Ernährungsweise, zu welcher sich die Bewohner des Will-Tree verurteilt sahen, nicht mehr notwendig war. Mit der Reinigung der Wäsche in dem klaren Wasser des Bachs befaßte sich Tartelett in seinen Mußestunden. Er hatte diese Arbeit direkt übernommen, bei der es sich übrigens nur um zwei Hemden, zwei Taschentücher und zwei Paar Socken handelte, woraus ja die ganze Garderobe der Schiffbrüchigen bestand.

Während dieser Operation begnügten sich Godfrey und Tartelett nur mit einer Hose und einer Jacke; doch unter den heißen Sonnenstrahlen dieser Breite trockneten auch die anderen Kleidungsstücke schnell genug aus.

So vergingen, ohne daß sie von Regen oder Wind zu leiden hatten, die Tage bis zum dritten Juli.

Schon bot ihr Schlupfwinkel im Vergleich zu dem Zustande, in welchem Godfrey und Tartelett an die Küste geworfen worden waren, ein ziemlich wohnliches Ansehen.

Immerhin durften sie ihre Aufmerksamkeit nicht davon abwenden, von hier erlöst zu werden, und da ihnen Hilfe nur von außen kommen konnte, so beobachtete Godfrey jeden Tag das Meer, soweit er dasselbe jenseits des Vorberges nach Osten und Nordwesten zu überschauen vermochte. Diese Gegend des Ozeans war immer leer. Kein Schiff, keine Fischerbarke, keine Rauchsäule, die am Himmel hingezogen wäre, verriet, daß ein

Segelfahrzeug oder ein Dampfer die offene See in ihrer Nähe passierte. Es schien, als liege die Insel Phina außerhalb jedes Handelsweges und jeder Passagierlinie.

Ihnen blieb also nichts übrig, als geduldig auszuharren und sich auf den Allmächtigen zu verlassen, der ja der Schwachen niemals vergißt.

Wenn die Beschaffung der nötigsten Lebensbedürfnisse dann gedeckt war, kam Godfrey, meist angeregt durch Tartelett, wohl öfter auf die wichtige und dringliche Frage bezüglich des Feuers zurück.

Er versuchte alles mögliche, um etwa den Zunder, der ihm unglücklicherweise fehlte, durch eine andere Substanz zu ersetzen. Vielleicht konnten einige Pilze, welche in den Höhlungen unter Bäumen wuchsen, nach längerer Austrocknung als feuerfangendes Material dienen.

Er pflückte also verschiedene Pilze und setzte sie der direkten Einwirkung der Sonnenstrahlen aus, bis sie sich in Staub verwandelten. Dann schlug er mit dem als Stahl dienenden Messerrücken an Kieselsteine, aus denen auch Funken aufblitzten, welche auf jene Substanz herabfielen ... vergeblich. die schwammige Masse wollte nicht Feuer fangen.

Da kam Godfrey der Gedanke, den seit Jahrhunderten getrockneten Pflanzenstaub, der sich im Innern des Will-Trees gefunden hatte, zu demselben Zwecke zu verwenden.

Auch das war erfolglos.

Am Ende seiner Weisheit bemühte er sich mittels des Stahles eine Art flache Schwämme zu entzünden, welche an den Felsen schmarotzten.

Auch hiermit war er nicht glücklicher. Die durch Reibung an der Kieselkante erglühten Stahlpartikelchen fielen darauf nieder, aber entzündeten die Masse nicht.

Godfrey und Tartelett fühlten sich der Verzweiflung nahe. Ohne Feuer zu existieren, schien fast unmöglich. Der Früchte, Wurzeln und Mollusken wurden sie allmählich überdrüssig, und ihr Magen mußte sich in kurzer Frist gegen diese Art Nahrung empören. Sie betrachteten – vorzüglich der Professor – die Agutis, die Lämmer und die Hühner, welche um den Will-Tree herumsprangen. Das Wasser lief ihnen dabei im Munde zusammen, und sie verzehrten wenigstens mit den Augen das schmackhafte Fleisch derselben.

Nein, das konnte nicht lange so fortdauern!

Und siehe, da kam ihnen ein unerwarteter, sagen wir, ein von der Vorsehung geschickter Zwischenfall zu Hilfe.

Das Wetter, welches schon mehrere Tage Neigung zum Umschlagen zeigte, veränderte sich allmählich nach drückender Hitze, welche auch die Meeresbrise nicht herabzusetzen vermochte, zur Gewitterbildung.

Gegen ein Uhr des Nachts wurden Godfrey und Tartelett inmitten eines wahren Feuerwerks von Blitzen durch starke Donnerschläge aufgeweckt. Es regnete zwar noch nicht, doch das konnte nicht lange ausbleiben. Dann mußten sich aus der Wolkenregion, in Folge schneller Kondensation der Dunstmassen, wahrhafte Katarakte hernieder ergießen.

Godfrey stand auf und ging hinaus, um den Zustand des Himmels zu beobachten.

Alles war Feuer oberhalb der Gipfel der großen Bäume, deren Blätterwerk am flammenden Himmel wie fein ausgeschnittene Figuren eines chinesischen Schattenspiels erschien.

Plötzlich züngelte inmitten des allgemeinen Aufruhrs ein hellerer Blitz über den Himmel. Fast gleichzeitig knatterte ein furchtbarer Donnerschlag – der Will-Tree war von oben bis unten vom elektrischen Fluidum getroffen worden.

Halb von dem Gegenschlag zu Boden geschleudert, raffte sich Godfrey inmitten eines wahren Feuerregens, der rings um ihn niederfiel, schnellstens wieder auf. Der Blitzstrahl hatte das trockene Gezweig der oberen Äste entzündet, welches als glühende Kohlen auf den Erdboden herabsank.

Mit einem Freudenschrei hatte Godfrey seinen Gefährten gerufen.

»Feuer! Feuer!«

»Ja, endlich Feuer!« hatte Tartelett geantwortet. »Der Himmel sei gepriesen, der uns das sandte!«

Beide stürzten eiligst nach dem brennenden Gezweig, von dem einzelne Stücke noch flammten und andere nur verkohlten; sie sammelten dasselbe gleichzeitig mit einer Menge dürren Holzes, das am Fuße des Mammutbaumes nicht fehlte. Dann zogen sie sich in ihre dunkle Wohnung zurück, eben als der Regen anfing, in Strömen niederzufließen, und damit den Brand löschte, der die Krone des Will-Tree zu vernichten drohte.

Dreizehntes Kapitel

Worin Godfrey an einem anderen Punkte der Insel wieder leichten Rauch aufsteigen sieht.

Das war ein Gewitter, welches zur rechten Zeit losbrach. Godfrey und Tartelett waren nicht wie Prometheus gezwungen gewesen, die Wohnung der Seligen zu erklimmen, um daselbst das himmlische Feuer zu stehlen. Nein, der Himmel hatte sich, wie Tartelett meinte, so zuvorkommend gezeigt, es ihnen auf elektrischem Wege zu senden. An ihnen war es jetzt, dasselbe dauernd zu unterhalten.

»Nein, nein, das lassen wir nicht wieder ausgehen«, rief Godfrey.

»Um so mehr, als es nicht an Holz fehlen wird, es zu unterhalten«, hatte Tartelett geantwortet, dessen Befriedigung sich in manchem Freudenschrei Luft machte.

»Ja, doch wer soll es in Brand halten?«

»Ich! Ich werde, wenn's nötig wäre, Tag und Nacht wachbleiben«, versicherte Tartelett, einen lodernden Zweig schwingend.

Das geschah denn auch bis zum Aufgang der Sonne.

Dürres Holz gab es, wie gesagt, unter dem ungeheuren Dache der Sequoia im Überfluß, und so beschickten also Godfrey und Tartelett, nachdem sie am frühen Morgen einen tüchtigen Vorrat davon gesammelt, reichlich ihren durch den Blitz entzündeten Herd. Am Fuße eines anderen Baumes, an enger Stelle, zwischen zwei halb oberirdischen Wurzeln, flammte der Brand mit lustigem Knistern empor; Tartelett blies sich ordentlich auf und setzte allen Atem daran, noch unter das Feuer zu blasen, obgleich das völlig nutzlos war. Bei dieser Lage nahm er die merkwürdigsten Haltungen an, indem er dem hellgrauen Rauche nachstierte, dessen Wolken sich unter dem Blättermeer verloren.

Doch nur um es anzustaunen, hatten sie ja dieses unentbehrliche Feuer nicht herbeigesehnt, auch nicht etwa, um sich zu erwärmen; es war zu viel interessanterer Verwendung bestimmt. Endlich sollten sie ein Ende nehmen, diese mageren Mahlzeiten von rohen Muscheln und Yamphknollen, aus denen weder siedendes Wasser noch eine Art Röstung unter heißer Asche bisher noch die eigentlichen nahrhaften Elemente entwickelt hatten. Dieser Aufgabe widmeten nun Godfrey und Tartelett einen Teil des Vormittags.

»Nun werden wir bald ein oder zwei Hühner schmausen!« rief Tartelett, dessen Kinnladen sich schon bewegten, wir könnten dazu einen Agutischinken braten, eine Lämmerkeule, ein Ziegenviertel, etwas von Wild, wie es in Wald und Wiesen umherschweift, oder zwei oder drei Süßwasserfische nebst einigen Seefischen.

»Nicht so schnell«, meinte Godfrey, den die Aufzählung dieser nicht allzu bescheidenen Speisekarte in frohe Laune versetzt hatte. »Man darf nicht riskieren, sich den Magen zu verderben, wenn man sich von einem Fasttage zu erholen gedenkt. Wir wollen unseren Vorrat sparen, Tartelett! Fangen Sie ein paar Hühner ein, je eines für den Mann, und wenn's auch an Brot noch fehlt, so hoffe ich, daß ordentlich zubereitete Camawurzeln dasselbe hinreichend ersetzen werden.«

Das kostete zwei unschuldigen Stücken Federvieh den Hals, welche, vom Professor gerupft, geputzt und zugerichtet, dann, über einen dünnen Stock geschoben, bald vor knisternder Flamme brieten.

Inzwischen beschäftigte sich Godfrey damit, die Camawurzeln so zuzubereiten, daß sie bei dem ersten wirklichen Frühstück auf der Insel Phina als Nahrungsmittel figurieren konnten.

Um dieselben eßbar zu machen, mußte er der ihm als Amerikaner notwendigerweise bekannten Methode der Indianer folgen, die er jene in den Prärien des westlichen Amerika oft genug hatte anwenden sehen.

Godfrey verfuhr nämlich auf folgende Weise:

Eine gewisse Anzahl flacher, auf dem Strande gesammelter Steine wurden in das Feuer gelegt, um stark erhitzt zu werden. Vielleicht meinte Tartelett, es sei eigentlich schade um sein schönes Feuer, darin »Steine zu braten«, da ihn das aber in der Zubereitung seiner Hühner nicht störte, so beklagte er sich nicht weiter darüber.

Während der Erhitzung dieser Steine wählte Godfrey eine passende Stelle des Bodens aus, deren Grasdecke er etwa im Umfang eines Quadratyards entfernte; dann nahm er Muschelschalen zur Hand und grub mit denselben die Erde bis auf etwa zehn Zoll tief aus. Auf den Grund dieser flachen Öffnung legte er eine Decke von dürrem Holz, welches in Brand gesetzt wurde, um die Erde ringsum gehörig anzuwärmen.

Nach vollständiger Verbrennung des Holzes und nach Entfernung des Aschenrückstandes wurden die vorher gewaschenen und abgeschälten Camawurzeln in dem Loche ausgebreitet, über diese eine dünne Schicht Rasen gedeckt und durch die wieder darüber gelegten glühheißen Steine eine neue Herdfläche gebildet, auf deren Oberfläche nun ein zweites Feuer entzündet wurde.

Das Ganze bildete einen recht zweckentsprechenden Backofen, und nach kurzer Zeit – kaum nach einer halben Stunde – konnte die Operation als beendigt betrachtet werden.

In der Tat fanden sich die Camawurzeln unter der Doppellage von Rasen und Steinen durch die schnelle Austrocknung wesentlich verändert. Durch Zerdrücken schon ließ sich aus denselben eine Art Mehl gewinnen, welches zur Brotbereitung dienen konnte, während sie in ihrer natürlichen Form jetzt eine Art Erdäpfel von sehr nahrhafter Beschaffenheit darstellten.

In dieser Gestalt wurden die Wurzeln für heute auch serviert, und man kann sich leicht denken, mit welchem Hochgenuß die beiden Freunde ihre Hühner verzehrten, die sie bis auf die Knochen abnagten, und dazu die vortrefflichen Camas, an welchen sie nicht zu sparen nötig hatten. Das Feld, auf dem sie in Überfluß wuchsen, war ja nicht weit; es erforderte nur die Mühe, sich zu bücken, um sie hundertweise zu sammeln.

Nach Schluß der Mahlzeit ging Godfrey daran, eine gewisse Menge jenes Mehles herzustellen, das sich fast unbegrenzt lange hält und jeden Tag nach Bedürfnis zu Brot umgewandelt werden kann.

Dieser Tag verlief unter verschiedenen Beschäftigungen. Der Herd wurde sorgfältig mit Brennmaterial versorgt, vorzüglich für die Nacht, was Tartelett nicht verhinderte, mehrere Mahle aufzustehen, um die Kohlen besser zusammenzuschieben und eine lebhaftere Verbrennung zu erzielen. Dann legte er sich wieder nieder; doch immer davon träumend, daß das Feuer dem Verlöschen nahe sei, sprang er aufs neue in die Höhe und trieb das in kurzen Pausen bis zum anbrechenden Tage weiter.

Die Nacht verfloß ohne jeden Zwischenfall. Das Knistern des Feuers im Verein mit dem Hahnrufe erweckte Godfrey und seinen Gefährten, welche vollkommen ausgeschlafen hatten.

Da empfand Godfrey plötzlich zu seiner Verwunderung eine Art von oben kommenden Luftzug im Inneren des Will-Tree. Er mußte daraus wohl den Schluß ziehen, daß der Mammut bis zur Gabelung seiner niedrigsten Äste hohl sei, daß sich in dieser Gegend eine Öffnung befinden werde, welche verschlossen werden mußte, wenn sie darunter sicher und beschützt wohnen sollten.

Es erscheint aber doch sonderbar, sagte sich Godfrey, warum hätte ich in den vorhergehenden Nächten diesen Luftzug nie gespürt? Solle daran der Blitzschlag schuld sein...?

Um diese Frage zu beantworten, kam er auf den Gedanken, den Stamm der Sequoia von außen genauer zu besichtigen.

Dadurch erhielt er denn Aufklärung darüber, was bei jenem Gewitter überhaupt geschehen war.

Der Weg des Blitzes zeichnete sich deutlich ab auf dem Baum, der durch den Durchgang des elektrischen Fluidums in breiter Linie, und zwar von den ersten Ästen bis zur Wurzel, entrindet erschien. Drang der ungeheure elektrische Funke damals in das Innere der Sequoia, statt deren äußerem Umfang zu folgen, so wäre Godfrey nebst seinem Gefährden jedenfalls erschlagen worden. Ohne es zu ahnen, hatten sie damals in sehr ernster Gefahr geschwebt.

»Man empfiehlt allgemein«, sagte Godfrey, »sich bei Gewittern nicht unter Bäume zu flüchten. Das ist ganz schön für Leute, welche ein anderes Obdach wählen können. Aber ein Mittel für uns, die in einem Baume wohnen, um dieser Gefahr zu entgehen...? – Doch das wird sich finden!«

Als er darauf den langen Streifen bis zur Stelle, von der er ausging, verfolgte, sagte er:

»Offenbar ist die Sequoia da, wo der Strahl sie getroffen, gespalten worden. Da die Luft nun durch diese Öffnung ins Innere eindringt, muß der Baum wohl seiner ganzen Länge nach hohl sein und kann er nur noch von seiner Rinde leben. Darüber möchte ich doch sicheren

Aufschluß haben.«

Godfrey suchte sich also einen harzreichen Zweig, den er als Fackel verwenden konnte.

Ein Bund dünne Fichtenreiser lieferte ihm das Material dazu; das Harz schwitzte aus demselben und gab, einmal entzündet, eine vortreffliche Leuchte.

Godfrey begab sich nun in die Höhlung, die ihnen als Wohnung diente. Die Finsternis wich sofort der Helligkeit, und es war nun ziemlich leicht, die innere Anordnung des Will-Tree zu übersehen.

Eine Art unregelmäßig verlaufende Wölbung bildete etwa fünfzehn Fuß über dem Boden eine Decke. Bei Erhebung seiner Fackel bemerkte Godfrey ganz genau einen offenen engen Gang, dessen Fortsetzung sich im Dunkel verlor.

Offenbar war der Baum in ganzer Länge hohl; vielleicht aber fanden sich darin noch vereinzelte Reste vom Splint. In diesem Falle mußte es, wenn er sich an solchen Vorsprüngen halten konnte, wenn auch nicht leicht, doch auch nicht unmöglich sein, bis zu der Gabelung hinaufzuklimmen.

Godfrey, der immer an die Zukunft dachte, beschloß ohne Zögern, sich zu vergewissern, woran er nach dieser Seite war.

Er hatte hierbei einen doppelten Zweck; erstens die Mündung zu verschließen, durch welche Wind und Regen Einlaß fanden, was den Will-Tree nahezu unbewohnbar gemacht haben würde; dann sich zu überzeugen, ob gegenüber einer unerwarteten Gefährdung durch reißende Tiere oder durch Eingeborne die oberen Zweige der Sequoia nicht einen passenden Zufluchtsort böten.

Jedenfalls mußte der Versuch angestellt werden. Traf er in dem engen Schlauche ein unüberwindliches Hindernis an, nun wohl, so war er eben gezwungen, wieder herunterzusteigen.

Nachdem er seine Fackel in dem Spalt zwischen zwei dicken Wurzeln nahe am Boden eingepflanzt, schwang er sich mit Hilfe der ersten inneren Rindenvorsprünge empor. Er war gewandt, kräftig und an gymnastische Übungen gleich allen jungen Amerikanern gewöhnt. Der Aufstieg erschien ihm wie ein Spiel. Bald hatte er in der ungleichen Höhlung eine engere Stelle erreicht, von welcher aus er wie die Schornsteinfeger, sich mit Armen und Knien anstemmend, weiterklettern konnte. Er fürchtete überhaupt nur, daß Mangel an Weite ihn an fernerem Aufsteigen hindern könnte.

Inzwischen kletterte er weiter und weiter; wenn er einen größeren Vorsprung fand, ruhte er ein wenig aus, um Atem zu schöpfen.

Drei Minuten nachdem er den Erdboden verlassen, konnte Godfrey, wenn er in einer Höhe von sechzig Fuß noch nicht angelangt war, davon doch nicht mehr weit sein, und folglich hatte er also nur noch zwanzig Fuß emporzuklettern.

Wirklich fühlte er auch schon, wie ihm ein stärkerer Luftzug ins Gesicht blies, den er begierig einsog, denn im Innern des Mammutbaumes war es eben nicht besonders frisch.

Nach einer Rast von einer Minute und nachdem er den feinen, von den Wänden abfallenden Staub von sich abgeschüttelt, klomm Godfrey wieder höher hinauf durch den Schlauch, der sich allmählich verengte.

In demselben Augenblick wurde seine Aufmerksamkeit aber von einem seltsamen Geräusch erregt, das ihm ziemlich verdächtig vorkam. Es klang fast, als kratzte etwas im Innern des Baumes. Fast gleichzeitig ließ sich eine Art Pfeifen vernehmen.

Godfrey hielt an.

Was war das? fragte er sich. Ein Tier, welches hier einen Schlupfwinkel gesucht hatte? Vielleicht eine Schlange . . .? Nein! Von Schlangen haben wir auf der Insel noch nichts bemerkt. Es muß wohl ein Vogel gewesen sein, der flatternd entfloh.

Godfrey täuschte sich nicht, denn als er noch höher stieg, vernahm er ein deutliches Krähen und schnellen

Flügelschlag als Beweis, daß es sich nur um einen Vogel handelte, der hier im Baum genistet und den er aufgescheucht hatte.

Durch ein wiederholt laut ausgestoßenes »Frr! Frr!« vertrieben, ließ der Eindringling seine Wohnstätte im Stiche.

Dieser erwies sich als eine Art großer Dohle, welche schleunigst durch die Öffnung entfloh und im hohen Wipfel des Will-Tree verschwand.

Wenige Augenblicke später erhob sich Godfreys Kopf durch die nämliche Öffnung, und bald saß er selbst bequem in der Verästelung des Baumes an der Ursprungsstelle der niedrigsten Ausläufer, welche etwa achtzig Fuß vom Boden abstanden.

Wie erwähnt, trug der ungeheure Stamm des Mammutbaumes hier einen wirklichen Wald. Das verworrene Gemisch der Zweige zweiter Ordnung bot denselben Anblick wie jene jungfräulichen Waldesdickichte, welche noch durch keinen Steg gangbar gemacht sind.

Nicht ohne Mühe gelang es Godfrey von einem Aste zum anderen zu gleiten, wobei er endlich die letzte Etage dieses riesenhaften Vegetationserzeugnisses erreichte.

Schreiend, kreischend flatterten eine Menge Vögel vor ihm her und flüchteten nach benachbarten Bäumen der Gruppe, welche der Will-Tree alle überragte.

Godfrey kletterte so hoch als möglich hinauf und machte erst halt, wo sich die letzten obersten Zweige unter seinem Körpergewicht zu neigen anfingen.

Ein weiter Wasserhorizont umschloß die Insel Phina, welche sich einer Reliefkarte gleich zu seinen Füßen ausdehnte.

Voller Aufmerksamkeit schweiften seine Blicke über diesen Teil des Meeres. Es war auch jetzt verlassen wie immer und legte noch einmal den Gedanken nahe, daß die Insel gänzlich außerhalb der Handelswege des Stillen Ozeans liegen müsse.

Godfrey unterdrückte einen aufquellenden Seufzer;

dann senkte sich sein Blick hinunter nach dem beschränkten Fleckchen Erde, auf dem er vielleicht lange Zeit, wenn nicht für immer zu leben verurteilt war.

Wie groß aber war sein Erstaunen, als er dieses Mal im Norden wieder Rauch aufsteigen sah, ganz entsprechend dem, welchen er früher im Süden bemerkt zu haben glaubte. Er betrachtete denselben mit atemloser Spannung.

Eine feine, oben fast dunkelblaue Rauchsäule stieg ruhig in der klaren stillen Luft empor.

»Nein, ich täusche mich nicht!« rief Godfrey. »Das ist Rauch und folglich dort auch ein Feuer, welches jenen erzeugt . . . und dieses Feuer kann nur angezündet sein von . . . ja, von wem?«

Godfrey bemühte sich, die Himmelsrichtung des fraglichen Punktes so genau wie möglich zu bestimmen.

Der Rauch wirbelte im Nordosten der Insel, inmitten hoher Felsmassen, welche dort den Strand umringten, empor. Hierhin konnte kein Irrtum unterlaufen. Die betreffende Stelle mochte wenigstens fünf Meilen vom Will-Tree entfernt sein. Wenn man durch das Wiesenland direkt nach Nordosten ging und sich dann am Strande hielt, mußte man unzweifelhaft die Felsen finden, welche jetzt die leichte Rauchsäule schmückte.

Mit hochklopfendem Herzen kletterte Godfrey wieder durch das Gerüst der Äste bis zur ersten Teilung des Stammes herunter. Hier machte er kurze Zeit halt, um eine gewisse Menge Moos und Blätter zusammenzuraffen; dann glitt er in die Öffnung hinein, die er bestmöglichst verstopfte, und ließ sich endlich schnell zum Erdboden nieder.

Tartelett verständigte er mit kurzen Worten, sich über seine Abwesenheit nicht zu beunruhigen, und dann eilte er sogleich in nordöstlicher Richtung weg, um nach dem Strande zu gelangen.

Das war ein Weg von zwei Stunden, erst durch grünende Wiesen, durch vereinzelt stehende Baumgruppen oder zwischen engen Hecken stachligen Ginsters dahin, dann verlief derselbe längs des Strandes, und endlich erreichte der junge Mann die erste Felsenkette.

Den Rauch aber, den er vom hohen Gipfel des Baumes aus gesehen, bemühte er sich nach dem Hinuntersteigen vergeblich wieder wahrzunehmen; da er sich jedoch genügend über die Stelle orientiert hatte, von der jener aufstieg, konnte er dieselbe kaum fehlen. Godfrey begann also seine Nachsuchungen; er durchforschte sorgfältig die ganze Umgebung, er rief . . .

Niemand antwortete seinem Rufe. Kein menschliches Wesen erschien auf dem Vorlande. Kein Felsen zeigte Spuren eines unlängst entzündeten Feuers oder eines jetzt erloschenen Herdes, der ja recht gut mit durch die Wellen angetriebenen Algen und trockenem Seegras gespeist sein konnte.

Ich habe mich doch unmöglich täuschen können, wiederholte sich Goodfrey, ein Rauch ist es gewesen, was ich wahrnahm . . .! Und doch . . .!

Da es kaum zufällig erschien, daß Godfrey nur das Opfer einer Illusion gewesen sei, kam er auf den Gedanken, daß hier wohl eine heiße Quelle vorhanden sein könne, eine Art intermittierender Geiser, den er nicht gleich auffinden und der jenen Dampf ausgestoßen haben könnte.

In der Tat widersprach ja eigentlich nichts der Vermutung, daß die Insel solchen natürlichen Springbrunnen enthielt. In diesem Falle hätte sich freilich die Erscheinung einer Rauchsäule auf die natürlichste Weise erklärt.

Godfrey machte sich also wieder auf den Heimweg vom Strande nach dem Will-Tree, faßte aber das Land bei seiner Rückkehr schärfer ins Auge, als er auf dem Hinweg getan. Er bemerkte dabei einzelne Wiederkäuer, darunter Wapitihirsche, doch diese flüchteten mit so rasender Eile, daß er sie unmöglich einholen konnte.

Gegen vier Uhr war Godrey wieder »zu Haus«. Als er noch hundert Schritte zu gehen hatte, hörte er schon das scharfe »Krinz, krinz« der unentbehrlichen Geige und stand bald vor dem Professor. Tartelett, der in der Haltung einer Vestalin mit feierlichem Ernste das seiner Obhut anvertraute Feuer behütete.

Vierzehntes Kapitel

In dem Godfrey eine Seetrift findet, welche er und sein Gefährte sich mit großem Vergnügen aneignen.

Sich gedulden, wenn man etwas nicht zu ändern vermag, ist ein philosophisches Prinzip, welches, wenn es auch nicht größere Dinge produziert, doch ganz besonders praktisch ist.

Godfrey war entschlossen, ihm in Zukunft alle seine Handlungen unterzuordnen. Da sie einmal auf dieser Insel leben mußten, erschien es am klügsten, so gut und bequem als möglich zu leben, bis zum Augenblick, wo sich eine Gelegenheit bieten würde, sie zu verlassen.

So beschäftigte man sich ohne Zögern mit der Vervollkommnung der inneren Einrichtung des Will-Tree. Bei dem Mangel an Komfort überwog die Erhaltung der Reinlichkeit zunächst jede andere Frage. Die Laublagerstätten wurden oftmals erneuert; die Tischgeräte beschränkten sich auf einfache Muschelschalen, doch die Teller oder Schüsseln eines amerikanischen Restaurants hätten gewiß nicht sauberer sein können. Es muß zu seinem Lobe hervorgehoben werden, daß Professor Tartelett das Geschäft des Aufwaschens tadellos besorgte.

Mit Hilfe eines Messers war es Godfrey gelungen, aus einem großen Stück geebneter Rinde und vier in die Erde gerammten Pfählen inmitten des Zimmers einen Tisch herzustellen. Dicke Baumstümpfe dienten als Schemel. Die Tafelgenossen waren wenigstens nicht mehr gezwungen, auf den Knien zu essen, wenn es die

Witterung nicht erlaubte, das Mahl im Freien einzunehmen.

Jetzt bestand noch die Frage betreffs der Kleidung, welche allerdings manches Kopfzerbrechen machte. Man schonte die Habseligkeiten auf jede mögliche Weise. Bei der warmen Temperatur dieser Breite hatte es nicht viel zu bedeuten, halb nackt zu gehen. Endlich mußten aber doch Beinkleider, Jacken und Wollhemden durch Abnützung zugrunde gehen. Wie sollten diese ersetzt werden? Sollte man sich mit Fellen der Lämmer und Ziegen kleiden, die, nachdem sie zur Nahrung des Körpers gedient, nun auch noch zur Umhüllung desselben dienen sollten? Inzwischen ließ Godfrey die wenigen Kleidungsstücke, die sie besaßen, sehr häufig waschen. Hier hatte wiederum Tartelett die Rolle der Waschfrau zu spielen; er entledigte sich derselben zur allgemeinen Zufriedenheit.

Godfrey selbst beschäftigte sich mehr mit Herbeischaffung des nötigen Proviants und der Herstellung von »Möbeln«. Die Einsammlung eßbarer Wurzeln und der Manzanillafrüchte nahm ihn täglich einige Stunden in Anspruch; daneben verfertigte er aus dünnen Zweigen eine Art Netz, die er entweder in den klaren Wellen des Baches oder von Felsenvorsprüngen aus, welche die Ebbe trockengelegt, am Meeresstrande versenkte. Das waren freilich sehr primitive Hilfsmittel, dann und wann figurierte aber doch ein wohlschmeckendes Schalentier niederer Art oder ein guter Fisch auf der Tafel im Will-Tree, ganz zu schweigen von den eigentlichen Mollusken, welche er mühelos mit der bloßen Hand fangen konnte.

Leider fehlte – und man wird zugeben, daß ihr damit eine Hauptsache abging – der Küche noch der Fleischtopf, der einfache Fleischtopf aus Gußeisen oder Schwarzblech. Die Entbehrung desselben machte sich nur allzusehr fühlbar. Trotz aller Mühe wollte es Godfrey nicht gelingen, das so notwendige Gerät durch irgend ein anderes zu ersetzen. Infolge dessen gab es niemals weder gekochtes Fleisch oder solchen Fisch, immer nur Braten und Schmorfleisch; eine fette, kräftige Suppe erschien niemals zur Einleitung der Mahlzeiten. Tartelett beklagte sich darüber wohl bitter genug, aber woher das Mittel nehmen, den armen Teufel zu befriedigen?

Godfrey war von ganz anderen Dingen in Anspruch genommen. Bei Untersuchung der verschiedenen Bäume der Gruppe hatte er eine zweite große Sequoia gefunden, deren unterer, durch die Zeit ausgehöhlter Teil einen ziemlich großen freien Raum bot.

Hier wollte er den Geflügelstall einrichten, in dem die Hühner bald ihre Wohnung einnehmen sollten. Hähne und Hühner gewöhnten sich auch wirklich leicht daran, brüteten in trockenen Graslagern über ihren Eiern, und es währte nicht lange, da liefen schon munter kleine Küklein umher.

Alte und junge Hühner wurden überdies jeden Abend eingeschlossen, um sie gegen Raubvögel zu schützen, welche aus den hohlen Zweigen auf die leichten Opfer herunterlugten und gewiß bald die ganze junge Brut vernichtet hätten.

Für die Agutis, die Lämmer und Ziegen eine Bucht oder einen Stall herzustellen, hatte sich bisher nicht als notwendig erwiesen. Beim Eintritt der schlechten Jahreszeit würde sich wohl zeigen, ob die Tiere eines solchen bedurften. Vorläufig gediehen sie trefflich auf der üppigen Weide, welche ihnen das Wiesenland bot mit seinem wahren Überfluß einer Art Esparsette und nahrhafter Wurzeln, welche vor allem die Repräsentanten der Schweine-Race mit Vorliebe aufsuchten. Seit der Ankunft auf der Insel hatten auch einige Ziegen Junge geworfen, doch man sah davon ab, sie zu melken, um ihnen keine Nahrung für ihre Nachkommen zu entziehen.

Aus dem allen geht hervor, daß Will-Tree und seine nächste Umgebung jetzt ziemlich belebt waren. Die wohlgenährten Haustiere suchten während der heißen

Tagesstunden unter dem Schatten desselben Schutz gegen die brennenden Strahlen der Sonne. Daß sich dieselben verlaufen könnten, war gar nicht mehr zu fürchten, so wenig wie eine Gefahr durch Raubtiere, weil es mehr und mehr den Anschein gewann, daß die Insel Phina kein einziges reißendes Tier beherberge.

So gestaltete sich alles derart, daß für den nächsten Augenblick hinreichend gesorgt schien, während die Zukunft noch immer ungewiß blieb, als ein unerwartetes Ereignis eintrat, welche die Lage der Schiffbrüchigen wesentlich verbessern sollte.

Es war am 29. Juli.

Godfrey durchstreifte schon am frühen Morgen denjenigen Teil des Vorlandes, der das Ufer der großen Bucht bildete, welcher er den Namen »Dream-Bai« gegeben hatte, um zu untersuchen, ob dieselbe ebenso reich an Mollusken sei wie das nördliche Ufer. Vielleicht hoffte er auch immer noch, daß sich hier eine Seetrift finden könne, so merkwürdig erschien es ihm, daß der Wellenschlag auch nicht ein Überbleibsel des Schiffes an den Strang geworfen haben sollte.

Am erwähnten Tage war er bis zur westlichen Spitze vorgedrungen, welche in ein sandiges flaches Gestade überging, als seine Aufmerksamkeit durch einen eigentümlich gestalteten Felsblock erregt wurde, der über die letzten Anhäufungen von Tang und Algen, wie sie sich an seichten Küsten bilden, hinausragte.

Eine gewisse Ahnung beschleunigte seine Schritte; wie groß aber war sein Erstaunen, seine Freude, als das, was er für einen großen Stein angesehen hatte, sich als eine halb in den Sand vergrabene Reisekiste herausstellte.

War das noch ein Stück Gepäck aus dem »Dream«? Befand es sich schon seit dem Schiffbruche an dieser Stelle oder rührte es nicht vielmehr von einem neueren, hier stattgefundenen Unglücksfalle her? Diese Fragen hätte er nur schwer entscheiden können. Doch woher die Kiste kam und was sie auch enthielt, jedenfalls betrachtete er dieselbe mit Fug und Recht als gute Prise.

Godfrey prüfte sie zunächst äußerlich; von einer Adresse sah er keine Spur, keinen Namen, nicht einmal einen jener großen Buchstaben, welche man in dünne Metallplatten eingraviert auf amerikanischen Reise-Effekten ao allgemein findet. Vielleicht fand sich im Inneren derselben ein Papier, welches über ihre Herkunft, Nationalität oder den Namen des Eigentümers Aufschluß gab. Allem Anschein nach war sie hermetisch verschlossen, so daß man hoffen durfte, ihren Inhalt trotz längerem Verweilen im Meerwasser unbeschädigt zu finden. In der Tat bestand der Fund in einem tüchtigen, mit haltbarem Fell überzogenen Holzkoffer, der an allen Ecken mit Kupfer beschlagen und überdies mit breiten Lederriemen sorgsam zugeschnallt war.

Trotz seiner großen Ungeduld, den Inhalt des Koffers kennenzulernen, dachte Godfrey doch keinen Augenblick daran, diesen zu zerstören, sondern nur ihn zu öffnen, wenn es ihm gelang, das Schloß zu sprengen. Ihn, wie er da lag, nach dem Will-Tree zu schaffen, das machte sein Gewicht schlechterdings unmöglich.

»Nun gut«, sagte sich Godfrey, »so entleeren wir ihn eben an Ort und Stelle, und gehen so viel Mal hin und zurück, wie es die Fortschaffung seines Inhaltes erheischen wird.«

Von der äußersten Spitze des Vorlandes bis zu der Mammutgruppe waren ungefähr vier Meilen zu rechnen. Es mußte jenes Vorhaben also einige Zeit und Anstrengung beanspruchen. An Zeit fehlte es ja nicht, und einige Anstrengung konnte bei einer solchen Gelegenheit nicht in Frage kommen.

Was enthielt aber überhaupt der Kopffer? . . . Vor der Heimkehr nach dem Will-Tree wollte Godfrey wenigstens versuchen, jenen zu öffnen.

Er begann also damit, die Riemen zu lösen und legte dann durch Abziehen des Felles auch das Schloß frei. Doch wie sollte er dieses sprengen?

Das war die schwierigste Aufgabe. Godfrey besaß

kein hebelartiges Instrument, welches er hätte anwenden können. Das einzige Messer bei dieser Operation zu zerbrechen, wollte er sich wohl hüten. Er suchte also einen größeren Stein, mit dem er die Schließklappe zu zertrümmern hoffte.

Auf dem Strande lagen hier und da harte Steine verstreut, welche wohl als Hammer dienen konnten.

Godfrey wählte einen faustgroßen davon aus und führte einen kräftigen Schlag gegen die Schließplatte.

Zu seiner großen Verwunderung gab der Schloßriegel sogleich nach.

Entweder war der innere Teil der Schließklappe durch den Schlag zersprungen oder das Schloß war überhaupt nicht mit einem Schlüssel geschlossen gewesen.

Das Herz des jungen Mannes schlug lauter, als er fast zögernd den Deckel des Kastens emporhob.

Endlich war derselbe offen, und Godfrey überzeugte sich, daß er viel Mühe gehabt hätte, die starke Kiste zu zertrümmern, wenn er nicht auf bequemerem Wege zum Ziel gelangt wäre.

Die Wände waren schon an und für sich sehr dick und an der Innenseite noch mit einer Zinklage ausgeschlagen, so daß das Meerwasser unbedingt nicht einzudringen vermochte. So mußten sich auch die darin enthaltenen Gegenstände, selbst wenn sie noch so verletzlicher Natur wären, in vollkommen gutem Zustande vorfinden.

Und welche Gegenstände waren das! Godfrey konnte, als er einen nach dem anderen hervorzog, nicht umhin, vor Freude laut aufzujubeln! Unzweifelhaft hatte diese Kiste einem überaus praktischen Reisenden angehört, der sich wahrscheinlich nach einem Lande begab, wo er nur auf eigene Hilfsmittel angewiesen blieb.

Zuerst fanden sich an Wäsche: Hemden, Servietten, Tücher, Decken; ferner an Kleidungsstücken: wollene Jacken, leinene und dickere Westen; dann zwei Paar starke Stiefel, Jagdschuhe, Filzhüte usw.

In zweiter Reihe einige Küchen- und Toilettegeräte; ein Fleischtopf – der so sehnlich herbeigewünschte Fleischtopf! – Siedekessel, Kaffee- und Teemaschine, mehrere Löffel, Gabeln und Messer, ein kleinerer Spiegel, allerlei Bürsten; endlich, was gewiß nicht zu verachten war, drei große Flaschen mit etwa fünfzehn Pint Branntwein und Tafia, nebst mehreren Pfunden Tee und Kaffee.

In dritter Linie verschiedene Werkzeuge: Hohlbohrer, Zwickbohrer, Handsäge, ein Sortiment von Nägeln und Stiften, die Eisenteile eines Spatens und einer Schippe, sowie einer Spitzaxt, Hacke, Hohlbeil usw.

In vierte Reihe Waffen: zwei Jagdmesser in Lederscheiden, ein Karabiner und zwei Perkussionsflinten, drei sechsläufige Revolver, gegen zehn Pfund Pulver, mehrere tausend Zündhütchen und ein großer Vorrat von Kugeln und Schrot, alle diese Waffen schienen englischen Fabrikats zu sein; endlich eine kleine Hausapotheke, ein Fernrohr, Kompaß und ein Chronometer.

Daneben fanden sich noch einige englische Bücher, mehrere Buch Schreibpapier, Bleistifte, Federn und Tinte, ein Kalender, eine in New York erschienene Bibel und ein »Leitfaden des vollkommenen Kochkünstlers.«

In der Tat, das Ganze bildete ein vollständiges, unter den gegebenen Verhältnissen ganz unschätzbares Inventar.

Godfrey wußte sich vor Freude kaum zu fassen. Wenn er diesen Schatz zur Unterstützung in Notlage befindlicher Schiffbrüchiger selbst ausgewählt hätte, er hätte kaum zweckmäßiger und vielseitiger ausfallen können.

Das war wohl einen Dank gegen die Vorsehung wert, und die Vorsehung erhielt denselben auch aus der Tiefe eines erkenntlichen Herzens.

Godfrey hatte sich das Vergnügen gemacht, alle seine Schätze auf dem Strande auszubreiten. Jeden Gegenstand untersuchte er genauer, doch in der Kiste fand sich kein Papier, welches entweder über ihre Herkunft oder über das Schiff, auf dem sie verstaut gewesen sein mochte, irgend welche Auskunft gab.

Im weiten Umkreise hatte das Meer keine Reste eines neuerlichen Schiffbruchs weder an die Felsen noch an das flache Vorland angeschwemmt. Die Kiste mußte, nachdem sie längere Zeit umhergeschwommen war, jedenfalls von der Flut nach der Stelle, wo sie lag, hergetragen worden sein. Der große Umfang im Verhältnis zu ihrem Gewicht verlieh ihr offenbar die Fähigkeit zu schwimmen.

Die beiden Insassen der Insel Phina sahen also plötzlich ihre unumgänglichen Lebensbedürfnisse für ziemlich lange Zeit in reichem Maße gesichert; Werkzeuge, Waffen, Instrumente, Kleider, alles hatte ein günstiges Geschick ihnen unerwartet beschert.

Es versteht sich von selbst, daß Godfrey gar nicht daran denken konnte, die ganze »Ausstattung« sofort nach dem Will-Tree zu schaffen. Dazu bedurfte es mehrerer Gänge; aber die Sache verlangte, da ja das Wetter jede Stunde umschlagen konnte, eine gewisse Eile.

Den größten Teil der Gegenstände legte Godfrey wieder in die Kiste und belud sich vorläufig nur mit einer Flinte, einem Revolver, einer gewissen Menge Pulver und Blei, mit einem Jagdmesser, dem Fernrohre und mit dem ersehnten Fleischtopfe.

Dann schloß er die Kiste wieder, schnallte sie fest zu, und schlug schnellen Schrittes den Rückweg ein.

Oh, wie wurde er da nach Verlauf einer Stunde von Tartelett empfangen! Und die Befriedigung des Professors, als sein Schüler ihm alle die ihrer harrenden Schätze aufgezählt hatte. Der Fleischtopf, vor allem der Fleischtopf versetzte ihn in wirkliches Entzücken, welches sich durch eine Reihe kunstgerechter Luftsprünge im Sechsachteltakt kundgab.

Noch war es nur Mittagszeit. Nach eingenommener Stärkung durch ein Frühstück wollte Godfrey sofort zur

Dream-Bai zurückkehren; es drängte ihn, alles im Will-Tree in sicherem Gewahrsame zu wissen.

Tartelett erhob keinen Widerspruch und erklärte sich zum Mitgehen bereit. Er hatte ja nicht mehr nötig, den Herd in Brand zu erhalten. Mit Pulver vermag man sich jederzeit Feuer zu verschaffen. Der Professor beabsichtigte aber, während ihrer Abwesenheit ein Stück Fleisch durchkochen zu lassen.

Sofort wurde in dem mit Quallwasser halb angefüllten Topfe ein Aguti-Viertel mit einem Dutzend die Stelle des Gemüses vertretenden Yampfwurzeln zugesetzt und dazu die genügende Menge Salz gegeben, wie sich solches in Felsenspalten auskristallisiert vorfand.

»Wird sich schon allein abschäumen!« rief Tartelett, sichtlich sehr zufrieden mit seinem Werke.

Flüchtigen Schrittes begaben sich nun beide, das Land durchkreuzend, nach der Dream-Bai.

Die Kiste stand noch am nämlichen Flecke. Godfrey öffnete dieselbe vorsichtig, und unter den bewundernden lauten Ausrufen Tartelett wurde sie ihres Inhaltes entleert.

Auf dem ersten Rückwege konnten Godfrey und sein Begleiter, welche sich so stark als möglich bepackt hatten, die Waffen, die Munition und einen Teil der Kleidungsstücke mit sich nehmen.

Nach dieser Anstrengung gönnten sie sich einige Erholung am Tische, auf dem jetzt eine Agutibouillon dampfte, welche sie für ganz vortrefflich erklärten.

Bezüglich des Fleisches sollte man nach Aussage des Professors etwas Ausgezeichneteres gar nicht finden können. Wunderbare Wirkung der Entbehrung!

Am folgenden Tage, dem 30. Juli, brachen Godfrey und Tartelett schon früh morgens auf, und drei weitere Touren genügten, die Kiste zu leeren und deren Inhalt heimzuschaffen. Vor Anbruch des Abends waren Werkzeuge, Waffen, Instrumente und Geräte geholt, geordnet und im Will-Tree untergebracht.

Endlich, am 1. August, fand die Kiste selbst, welche

nur mühsam über Land geschleift werden konnte, ihren Platz in der Wohnung, wo sie fortan als Wäsche- und Kleiderkommode diente.

Bei seiner geistigen Beweglichkeit erblickte Tartelett nun die Zukunft schon im rosigsten Lichte. Der Leser wird sich also kaum darüber wundern, ihn am erwähnten Tage mit der Geige in der Hand den jungen Mann aufsuchen zu sehen und ihn zu diesem, ganz als befänden sie sich im Hotel Kolderup, sagen zu hören:

»Nun, mein lieber Godfrey, wäre es nicht an der Zeit, unsere Tanzstunden wieder aufzunehmen?«

Fünfzehntes Kapitel

Worin etwas vorkommt, was jedem wirklichen und erdichteten Robinson in seinem Leben wenigstens einmal passiert.

Die Zukunft zeigte sich also in weniger düstrem Lichte. Doch wenn Tartelett anfänglich in dem Besitze dieser Instrumente, Werkzeuge, Waffen usw. nur das Mittel sah, das einsame Leben angenehmer zu gestalten, so dachte Godfrey dabei schon an die Möglichkeit eines Verlassens der Insel Phina. Konnte er jetzt nicht ein hinreichend solides Boot zusammenzimmern, das ihnen gestatten würde, benachbartes Land oder ein in Sicht der Insel vorüberkommendes Schiff zu erreichen?

Indes waren es doch Tarteletts Gedanken, deren Verwirklichung die nächstfolgenden Wochen vorwiegend in Anspruch nahm.

Die Garderobe war zwar bald genug in Will-Tree untergebracht, aber es wurde beschlossen, von derselben nur mit derjenigen Selbstbeschränkung Gebrauch zu machen, welche die Ungewißheit der Zukunft ratsam erscheinen ließ, und der Professor mußte sich wohl oder übel der Anordnung unterwerfen, die vorrätigen

Kleidungsstücke nur wenn die Not dazu drängte in Anspruch zu nmehmen.

»Weshalb denn?« fragte er murrend, »das ist zu viel Knauserei, lieber Godfrey. Was, zum Teufel, wir sind keine Wilden, um halbnackt herumzulaufen!«

»Bitte um Verzeihung, Tartelett«, erwiderte Godfrey, »wir sind allerdings Wilde, nichts anderes!«

»Wie es Ihnen beliebt; aber Sie geben doch zu, daß wir diese Insel verlassen haben werden, ehe diese Kleidungsstücke aufgebraucht sind.«

»Das weiß ich nicht, Tartelett, und es ist immer besser, davon noch Vorrat, als daran Mangel zu haben.«

»Nun, sonntags, wenigstens sonntags wird es doch gestattet sein, etwas Toilette zu machen?«

»Meinetwegen, ja, des Sonntags und auch an Feiertagen«, antwortete Godfrey, der seinem leichtblütigen Begleiter nicht gar zu schroff entgegentreten wollte; »da es aber heute Montag ist, haben wir eine ganze Woche vor uns, ehe wir uns einmal ›schön machen‹.«

Es versteht sich von selbst, daß Godfrey vom ersten Betreten der Insel an nicht unterlassen hatte, die verflossenen Tage anzumerken. Mit Hilfe des in der Kiste gefundenen Kalenders konnte er überdies bestätigen, daß heute wirklich Montag war.

Inzwischen waren die täglichen Geschäfte je nach Befähigung endgültig geteilt worden. Es erschien nunmehr unnötig, das Feuer Tag und Nacht in Stand zu halten, da man jetzt Mittel besaß, desselbe wieder zu entzünden. Tartelett konnte sich also von dieser Aufgabe – wenn auch mit einigem Bedauern, denn sie paßte ihm ganz gut – für später lossagen. Er erhielt nun den Auftrag, den nötigen Bedarf an Yampfwurzeln und Camaknollen herbeizuschaffen, vorzüglich letztere, welche das gewöhnliche Tischbrot lieferten. So begab sich der Professor tagtäglich zur Einsammlung nach jenen Reihen von Büschen, welche das Wiesenland jenseits des Will-Tree begrenzten. Er mußte dabei eine bis zwei Meilen zurücklegen, doch er gewöhnte sich daran.

Dann beschäftigte er sich gelegentlich mit der Aufsuchung von Austern oder anderen Mollusken, von denen große Mengen verzehrt wurden.

Godfrey hatte sich die Besorgung und Verpflegung der Haustiere wie der Bewohner des Hühnerstalles vorbehalten. Die Arbeiten eines Fleischers entsprachen zwar keineswegs seinem Geschmacke, doch überwand er allmählich seinen Widerwillen. Dank seiner Fürsorge erschien auch häufig eine Bouillonsuppe auf dem Tische, gefolgt von einigen Stücken gebratenen Fleisches, wodurch eine genügende Abwechslung in der Ernährung erzielt wurde. Wild gab es in den Gehölzen der Insel Phina in Überfluß und Godfrey beschloß, einige Jagdausflüge zu unternehmen, wenn ihm dazu andere dringende Geschäfte Muße ließen. Er nahm sich vor, die Flinten, Pulver und Blei erfolgreich zu benützen, doch lag es ihm vorher am Herzen, die Wohnungseinrichtung und Ausstattung zu vollenden.

Seine Werkzeuge setzten ihn jetzt in die Lage, Bänke im Innern des Will-Tree und vor demselben herzurichten; die Schemel wurden mittels der Axt etwas besser bearbeitet, der Tisch mehr geglättet, so daß er der Schüssel, Teller usw. würdiger erschien, mit denen Professor Tartelett ihn zierte. Die Lagerstätten erhielten angepaßte Holzrahmen und das darin aufgehäufte trockene Laub ein einladenderes Aussehen. Wenn es an Schlummerrollen und Matratzen auch noch mangelte, so fehlte es wenigstens nicht mehr an Decken. Die verschiedenen Küchengeräte bedeckten nicht mehr den Erdboden, sondern standen auf Brettern an der Innenwand des Mammutbaumes. Effekten, Wäsche und Kleidungsstücke wurden, um gegen Staub geschützt zu sein, in verschließbaren Aushöhlungen der massigen Rinde untergebracht. An starken Schrauben hingen die Waffen und Instrumente als Wandschmuck der rohen natürlichen Wände.

Godfrey wollte die Wohnstätte auch abschließbar wissen, um, da andere Tiere hier nicht vorkamen, doch die Haustiere abhalten zu können, hier des Nachts einzudringen und ihren Schlaf zu stören. Da er mit der einzigen ihm zu Gebote stehenden Handsäge stärkere Bretter und Planken nicht wohl zurichten konnte, bediente er sich nur langer und dicker Rindenstücke, welche sich leicht ablösen ließen. So stellte er eine Tür her, welche immerhin genügend war, die Eingangsöffnung zum Will-Tree zu verteidigen. Gleichzeitig brach er zwei kleine, sich gegenüberstehende Fenster aus, um Luft und Licht ins Innere des Zimmers dringen zu lassen. Vermittels Läden konnten diese während der Nacht geschlossen werden; vom Morgen bis zum Abend brauchte man aber doch nicht mehr zur Erleuchtung des Raumes mittels Harzfackeln zu greifen, welche die Wohnstätte einräucherten.

Was Godfrey ersinnen sollte, um ihnen während der langen Wintermonate Licht zu verschaffen, wußte er freilich nicht genau. Vielleicht gelang es ihm, aus Lämmertalg Kerzen zu fabrizieren, oder er mußte sich begnügen, sorgfältiger dazu hergerichtete Harzzweige zu benützen. Doch das würde ja die Zukunft lehren.

Einen anderen Gegenstand des Kopfzerbrechens bildete die Herstellung eines Rauchfanges und Schornsteines im Innern des Will-Tree. So lange die schöne Jahreszeit andauerte, entsprach ja ein in der Höhlung einer benachbarten Sequoia hergerichteter Feuerherd allen Ansprüchen der Küche; doch wenn die schlechte Witterung kam, wenn der Regen in Strömen heruntergoß, wenn es galt, sich gegen die während eines gewissen Zeitraumes in aller Strenge zu erwartende Kälte zu schützen, mußten sie in die Zwangslage kommen, einen Ausweg zur Unterhaltung von Feuer im Innern der Wohnung zu finden und dem Rauche eine hinlängliche Abzugsöffnung zu bieten. Diese wichtige Frage sollte ihrer Zeit entschieden werden.

Eine sehr nützliche, von Godfrey unternommene Arbeit war es, die beiden Ufer des ziemlich breiten Baches oder Flüßchens miteinander zu verbinden. Nicht ohne

Mühe gelang es ihm, am Saume der Mammutgruppe Pfähle in das schnell fließende Wasser einzurammen, auf welche er enige dünne Stämme befestigte, die nun als Brückensteg dienten. So konnte man nach dem nördlichen Ufer gelangen, ohne eine Furt zu passieren, welche zu einem Umwege von ziemlich zwei Meilen flußabwärts nötigte.

Wenn Godfrey auch alles bedachte, was das Leben auf dieser im Stillen Ozean verlorenen Insel erträglich gestalten konnte – im Fall es ihm und seinem Begleiter bestimmt war, hier lange Zeit, vielleicht für immer zu leben –, so wollte er doch nichts vernachlässigen, was die Aussichten iher Rettung vergrößern konnte.

Die Insel Phina lag nicht im Kurse der Schiffe, das lag jeden Tag nur deutlicher auf der Hand. Sie bot keinen eigentlichen geschützten Hafen, keine Hilfsquellen zur Verproviantierung. Nichts konnte eigentlich die Schiffe veranlassen, an derselben direkt anzulegen. Immerhin war es nicht möglich, daß ein Kriegs- oder Handelsschiff in Sicht derselben vorüberkäme. Es erschien also ratsam, ein Mittel zu suchen, um die Aufmerksamkeit eines solchen zu erregen und ihm zu zeigen, daß die Insel bewohnt sei.

Zu diesem Zweck gedachte Godfrey einen Signalmast am äußersten Ende des Vorberges zu errichten, der nach Norden zu vorsprang, und er opferte zu einer Flagge die Hälfte eines Stückes Stoff, das er in der Kiste gefunden hatte. Übrigens fürchtete er, daß dessen weiße Farbe nur in einem zu beschränkten Umkreise sichtbar sein dürfte, und deshalb versuchte er sein Fahnentuch mit Beeren einer Strauchart zu färben, welche am Fuße der Dünen wuchs. Dabei erlangte es ein lebhaftes Rot, welches zwar, aus Mangel an einer Beize, nicht waschecht war, aber er mußte eben darauf vorbereitet sein, den Stoff aufzufärben, wenn Regen oder Winde dessen Farbe gebleicht hatten.

Diese verschiedenen Aufgaben beschäftigten ihn bis zum 15. August. Seit mehreren Wochen war der Himmel beständig schön gewesen, abgesehen von zwei oder drei heftigen Gewittern, welche eine große Wassermasse herabgeworfen hatten, die der erhitzte Erdboden begierig aufnahm.

Zu dieser Zeit begann Godfrey seine Jagden. Doch wenn er auch Geschick genug besaß, ein Gewehr zu handhaben, so konnte er dabei auf Tartelett nicht im mindesten rechnen, der noch in der Lage war, den ersten Schuß in seinem Leben abzugeben.

Godfrey widmete also mehrere Tage jeder Woche der Jagd auf Haar- und Federvieh, welches jedenfalls genug vorhanden war, um die Bedürfnisse der Bewohner des Will-Tree zu decken. Einige Rebhühner, Waldtauben, eine gewisse Anzahl Schnepfen verliehen dem täglichen Speisezettel eine hochwillkommene Abwechslung. Zwei oder drei Antilopen fielen auch unter der Hand des jungen Jägers, und wenn der Professor zur Erlangung derselben nichts beigetragen hatte, so begrüßte er dieselben doch mit nicht geringer Befriedigung, als sie in der Form von gebratenen Keulen und Koteletts auf den Tisch kamen.

Während seiner Streifereien unterließ es Godfrey jedoch niemals, alle Teile der Insel in Augenschein zu nehmen. Er drang dabei tief in jene die Mitte derselben bedeckenden Wälder ein und folgte dem Bache bis zu seiner Quelle, deren Wasser vom Westabhang der zentralen Hügelkette herkam. Da erstieg er auch wieder den Gipfel des Kegels und ging an der anderen Seite bis nach dem östlichen Ufer, das er bisher noch nicht besucht, weiter.

»Aus allen diesen Nachforschungen«, wiederholte sich Godfrey öfter, »geht mit Bestimmtheit hervor, daß die Insel Phina schädliche Tiere, weder Raubtiere, noch Schlagen oder gefährliche Eidechsenarten, nicht besitzt. Ich habe kein einziges solches gesehen; und wenn deren vorhanden wären, würden meine Flintenschüsse dieselben wohl aufgescheucht haben. Das ist ein sehr glücklicher Umstand.

Wenn wir den Will-Tree gegen solches Gelichter hätten verteidigen sollen, wüßte ich doch kaum, wie wir damit zurechtgekommen wären!«

Damit gelangte er zu einer anderen, ganz natürlichen Schlußfolgerung.

»Daraus kann man auch abnehmen«, sagte er für sich, »daß die Insel unbewohnt ist. Schon seit langer Zeit würden sich Eingeborene oder Schiffbrüchige beim Krachen der Schüsse gezeigt haben. Es bleibt also nur noch jene Rauchsäule unerklärt, welche ich zweimal wahrzunehmen glaubte« ...

Tatsache ist, daß Godfrey niemals die Spuren irgendeines Feuers entdeckte. Auch heiße Quellen, denen er den Ursprung der gesehenen Dampfmassen glaubte zuschreiben zu dürfen, schien die nirgends einen vulkanischen Charakter tragende Insel Phina nicht zu enthalten. Er mußte also notwendig zweimal der Spielball derselben Illusion gewesen sein.

Übrigens hatte sich jene Erscheinung von Rauch oder Dampf nicht mehr wiederholt. Als Godfrey zum zweiten Male den zentralen Kegel erklomm, ebenso wie bei einer wiederholten Besteigung der Krone des Will-Tree bemerkte er niemals etwas, was seine Aufmerksamkeit hätte erregen können. Er vergaß diesen Umstand am Ende gänzlich.

Mehrere Wochen verflossen mit diesen verschiedenen Einrichtungsarbeiten und unter Jagdausflügen. Jeder Tag brachte dem Leben der Schiffbrüchigen eine kleinere oder größere Verbesserung.

Alle Sonntage legte Tartelett laut Verabredung die besten Kleider an. An solchen Tagen dachte er an nichts, als unter den großen Bäumen spazierenzugehen, wobei er die Geige hartnäckig mißhandelte. Er machte verschiedene kunstreiche Pas und erteilte sich gewissermaßen selbst Unterricht, da sein Schüler ein für allemal abgeschlagen hatte, seinen Tanzkursus hier fortzusetzen.

»Wozu das?« erwiderte Godfrey auf das Ansuchen

des Professors. »Bedenken Sie doch, können Sie sich wirklich einen Robinson vorstellen, der Tanz- und Anstandsstunden nimmt?«

»Warum nicht?« entgegnete Tartelett ganz ernsthaft, »warum sollte für einen Robinson eine gute Haltung nicht von Wert sein? Gute Manieren braucht man sich nicht um anderer, man sollte sie sich um seiner selbst willen angewöhnen!«

Hierauf hatte Godfrey zwar nichts zu antworten, aber er gab doch nicht nach, und der Professor mußte sich begnügen, sich selbst Unterricht zu erteilen.

Der 13. September zeichnete sich aus durch eine jener schweren, höchst traurigen Enttäuschungen, welche Leute, die durch Schiffbruch auf eine wüste Insel geworfen wurden, nur erfahren können.

Hatte Godfrey auch niemals irgendwo auf der Insel den unerklärlichen und unauffindbaren Rauch wiedergesehen, so wurde am erwähnten Tage gegen drei Uhr nachmittags seine Aufmerksamkeit auf einen langen Rauchstreifen gelenkt, über dessen Ursprung er nicht im unklaren sein konnte.

Er war eben bis zum Ende der »Flaggenspitze«, diesen Namen hatte er dem Cap gegeben, welches den Signalmast trug, gewandelt; als er von hier durch sein Fernrohr hinausschaute, bemerkte er über dem Horizonte einen Rauch, der vom Westwind in der Richtung nach der Insel zu getrieben wurde.

Godfreys Herz schlug ungestüm.

»Ein Schiff! Ein Schiff!« rief er hocherfreut.

Aber würde dieses Schiff, dieser Dampfer in Sicht der Insel Phina vorüberkommen? Und wenn das der Fall war, würde er sich derselben hinlänglich nähern, um etwaige Signale von hier aus zu sehen oder gar zu hören? Oder sollte dieser kaum aufgestiegene Rauch samt dem Fahrzeug im Nordwesten des Horizonts wieder verschwinden?

Zwei Stunden lang war Godfrey die Beute wechselnder Empfindungen, welche sich eher andeuten als beschreiben lassen.

Wirklich, die Rauchsäule vergrößerte sich allmählich. Sie wurde dichter, wenn man auf dem Dampfer die Feuer schürte, und verminderte sich wieder bis zum Verschwinden, wenn die frisch aufgelegte Kohle in volle Weißglut gekommen war. Jedenfalls näherte sich das Fahrzeug sichtlich. Schon gegen vier Uhr nachmittags erschien der Dampf desselben über der Scheidelinie zwischen Himmel und Wasser.

Es war ein großer Dampfer, der, wie Godfrey jetzt erkannte, einen nordöstlichen Kurs einhielt, dabei aber unzweifelhaft mindestens nahe an der Insel Phina vorüberkommen mußte.

Zuerst hatte Godfrey noch nach dem Will-Tree zurücklaufen wollen, um Tartelett zu benachrichtigen, doch wozu hätte das dienen sollen? Der Anblick eines einzigen Mannes, der Hilfezeichen gab, hatte offenbar denselben Wert, als wenn sie ihrer zwei waren. Er blieb also, das Fernrohr vor den Augen, am Platze, um sich keine Bewegung des Schiffes entgehen zu lassen.

Der Dampfer näherte sich der Küste immer mehr, ohne eigentlich direkt darauf zuzuhalten. Gegen fünf Uhr erhob sich die Linie des Horizonts schon über seinem Dampfe und wurden seine drei Goëlettenmaste sichtbar. Godfrey konnte sogar die Farben der Fahnen erkennen, welche am Hinterteil des Schiffes flatterten.

Es waren die Farben der Nordamerikanischen Freistaaten.

»Wenn ich aber diese Flaggen sehe«, sagte er für sich, »so ist es doch ganz unmöglich, daß man von Bord aus die meinige nicht gewahr werden sollte. Der Wind entrollt sie hinreichend, um mittels Fernrohr leicht genug sichtbar zu sein.

Wenn ich nun Signale gäbe, indem ich sie wiederholt hinauf- und herunterziehe, um deutlicher anzuzeigen, daß man vom Lande aus mit dem Schiffe in Verbindung treten möchte?

Ja, hier ist kein Augenblick zu verlieren!«

Der Gedanke war gut. Godfrey eilte ans Ende der Flaggenspitze und begann mit seinem Fahnentuch zu manövrieren, wie man es bei einer Begrüßung zu tun pflegt; dann befestigte er die Flagge halbmast, oder in Schau, wie der Seemannsausdruck lautet, was nach den maritimen Gepflogenheiten bedeutet, daß man Hilfe und Unterstützung wünscht.

Der Dampfer näherte sich noch immer bis drei Meilen von der Küste, aber seine am Ende der Besangaffel unbewegliche Flagge antwortete nicht auf die von der Flaggenspitze.

Godfrey fühlte, wie sein Herz sich zusammenzog, offenbar hatte ihn niemand gesehen... Es war jetzt sechseinhalb Uhr, und bald mußte es dämmerig werden.

Der Dampfer glitt jetzt nur noch zwei Meilen von dem Cap entfernt, auf das er mehr zuhielt, hin. Da verschwand die Sonne unter dem Horizonte. Mit dem ersten Schatten der Nacht mußte er jede Hoffnung, gesehen zu werden, aufgeben.

Ohne größeren Erfolg begann Godfrey noch einmal sein Flaggentuch auf- und abzuziehen... Niemand antwortete ihm.

Er feuerte nun einige Flintenschüsse ab, obgleich die Entfernung noch etwas groß war und der Wind den Schall nicht in der Richtung nach dem Schiffe weitertrug... vom Dampfer aus hörte er keine Antwort.

Inzwischen wurde es allmählich Nacht; bald war der Rumpf des Dampfers nicht mehr sichtbar; unzweifelhaft würde er vor Ablauf einer Stunde an der Insel Phina ganz vorüber sein.

Erst noch unklar, wie er sich helfen sollte, kam Godfrey auf den Gedanken, eine Gruppe harziger Bäume anzuzünden, welche dicht hinter der Flaggenspitze standen. Er setzte also mittels etwas Pulver einen Haufen dürre Blätter in Brand und legte damit am Fuße der Fichten Feuer, welch letztere schnell, gleich einer ungeheuren Flamme, aufloderten.

Die Lichter an Bord antworteten aber nicht auf dieses Feuerzeichen vom Lande, und Godfrey kehrte traurig nach dem Will-Tree zurück, vielleicht mit einem schmerzlicheren Gefühl von Verlassenheit, als er bisher je empfunden!

Sechzehntes Kapitel

In welchem sich ein Vorfall ereignet, der den Leser gar nicht verwundern kann.

Dieser Schlag traf Godfrey hart. Ob sich diese unerwartete, ihm heute entgangene Aussicht auf Rettung wohl jemals wieder bieten würde? Konnte er das erhoffen? Nein! So wie dieses Schiff achtlos an der Insel Phina vorüberfuhr, ohne dieselbe nur näher ins Auge zu fassen, mußte es wohl bei jedem anderen der Fall sein, das sich in dieser verlassenen Gegend des Stillen Ozeans verirrte. Warum sollten hier andere Schiffe eher ans Land gehen als jenes, da die Insel ja nicht einmal einen geschützten Hafen bot!

Godfrey verbrachte eine recht traurige Nacht. Jeden Augenblick fuhr er erschreckt empor, als hätte er von der offenen See her einen Kanonenschuß vernommen, und fragte sich, ob der Dampfer doch vielleicht das große Feuer bemerkt haben möge, welches noch nahe der Küste brannte, daß er seine Anwesenheit durch einen Signalschuß kund gab.

Godfrey horchte ... Alles lief auf eine Illusion seines überreizten Gehirnes hinaus. Als es wieder Tag wurde, kam er dahin, sich zu sagen, daß die Erscheinung jenes Fahrzeugs nur ein Traum gewesen sein werde, der gestern um drei Uhr nachmittags begonnen hatte.

Doch nein, er war seiner Sache zu gewiß, daß ein Schiff in Sicht der Insel Phina, vielleicht kaum zwei Meilen entfernt, erschienen, und nicht weniger gewiß, daß es an derselben nicht angelegt hatte.

Über diese Täuschung sagte Godfrey gegen Tartelett kein Wort. Wozu hätte er ihm davon sprechen sollen? Übrigens sah dieser leichtblütige Geist ja niemals weiter als vierundzwanzig Stunden in die Zukunft. Er dachte gar nicht mehr an eine etwaige Gelegenheit, von der Insel wegzukommen; es kam ihm gar nicht in den Sinn, daß die spätere Zeit ihm noch irgendwelche härtere Prüfung vorbehalten haben könne. San Francisco erlosch allmählich in seiner Erinnerung. Er hatte ja keine Verlobte, die seiner harrte, keinen Onkel Will wiederzusehen. Hätte er auf diesem Erdenwinkel einen Kursus des Tanz- und Anstandsunterrichts eröffnen können, er wäre am Ziel seiner Wünsche gewesen, wenn sich nur ein einziger Schüler gefunden hätte!

Wenn aber der Professor an keine nahe, drohende Gefahr dachte, die imstande gewesen wäre, die Sicherheit auf der Insel, welche weder wilde Tiere noch Eingeborene besaß, fraglich erscheinen zu lassen, so unterlag er doch einer argen Täuschung. Eben diesen Tag sollte sein Optimismus auf harte Probe gestellt werden.

Gegen vier Uhr nachmittags war Tartelett seiner Gewohnheit gemäß ausgegangen, um Austern und Muscheln an dem hinter der Flaggenspitze gelegenen Strande zu holen, als Godfrey ihn im vollen Laufe nach dem Will-Tree zurückkommen sah. Seine wenigen Haare sträubten sich an den Schläfen empor. Er glich einem Menschen, welcher über Hals und Kopf flieht, ohne nur einen Blick nach rückwärts zu wagen.

»Was ist denn los?« fragte Godfrey betroffen, während er seinem Gefährten entgegenging.

»Da ... Da ...!« antwortete Tartelett, der mit dem Finger nach jener Gegend des Meeres wies, die man als schmales Segment im Norden zwischen den großen Bäumen um den Will-Tree hervorschimmern sah.

»Aber was in aller Welt gibt es denn?« fragte Godfrey, dessen erste Bewegung es war, nach dem Rande der Mammutgruppe zu laufen.

»Ein Canot!«

»Ein Canot?«

»Ja . . . Wilde . . . Eine große Flottille mit Wilden! . . . Vielleicht gar Kannibalen! . . .«

Godfrey hatte nach der bezeichneten Richtung hinausgeblickt.

Es handelte sich zwar um keine Flottille, wie der atemlose, zu Tode erschrockene Tartelett sagte, aber er täuschte sich eigentlich nur in der Quantität.

In der Tat bewegte sich ein kleineres Fahrzeug, welches über das jetzt ganz ruhige Meer glitt, in der Entfernung von einer halben Meile auf die Flaggenspitze zu, die es umsegeln zu wollen schien.

»Und warum sollten das Kannibalen sein?« sagte Godfrey, sich nach dem Professor umdrehend.

»Nun, weil auf allen Robinson-Inseln früher oder später einmal Menschenfresser landen«, erklärte Tartelett.

»Ist jenes nicht vielleicht das Boot eines Kauffahrteischiffes?«

»Eines friedlichen Handelsschiffes?«

»Ja . . . das eines Dampfers, der gestern nachmittag in Sicht unserer Insel vorüberkam?«

»Und davon haben Sie mir nichts gesagt!« rief Tartelett, die Hände verzweifelt zum Himmel erhebend.

»Wozu hätte es dienen sollen«, erwiderte Godfrey, »da ich glauben mußte, das Schiff sei endgültig verschwunden? Wir werden gleich sehen, woran wir sind! . . .«

Godfrey eilte nach dem Will-Tree zurück, ergriff das Fernrohr und nahm am Saume der Bäume Stellung.

Von hier konnte er genau das Boot beobachten, auf dem man notwendigerweise die Flagge auf dem Uferberge bemerkt haben mußte, da diese in einer leichten Brise flatterte.

Das Fernrohr fiel Godfrey fast aus den Händen.

»Wilde! . . . Ja . . . das sind wahrhaftig Wilde!« rief er.

Tartelett fühlte seine Beine schlottern, und ein schreckliches Zittern lief durch seinen ganzen Körper.

Es war in der Tat ein Boot mit Wilden, welches Godfrey auf die Insel zukommen sah. Konstruiert wie eine Pirogge der polynesischen Inseln, trug es ein großes Segel aus Bambus; ein von Backbord ausgesteckter Balancier sicherte ihm das Gleichgewicht, während es der Wind ohne diesen gewiß stark geneigt hätte.

Godfrey unterschied ganz genau die Form des Fahrzeuges; es war ein sogenannter Prao, was darauf hinzudeuten schien, daß die Insel Phina nicht weit von den Malayenländern entfernt liegen konnte. Dennoch waren es keine Malayen, welche in dem Boote saßen, sondern halb nackte Neger, deren man etwa ein Dutzend zählen konnte.

Die Gefahr, bemerkt zu werden, lag selbstverständlich ziemlich nahe. Godfrey bedauerte jetzt, die Flagge aufgezogen zu haben, welche zwar von jenem Schiff unbeachtet gelassen, von den Eingeborenen im Prao aber gewiß gesehen wurde. Sie jetzt noch herabzulassen, war offenbar viel zu spät.

Gewiß, ein recht bedauerlicher Umstand! Wenn die Wilden, wie der Augenschein lehrte, eine der benachbarten Inseln verlassen hatten, um an dieser hier zu landen, so hielten sie dieselbe gewiß für unbewohnt, was sie bis zum Schiffbruch des »Dream« ja in der Tat gewesen war. Jetzt flatterte hier die Flagge, welche die Anwesenheit menschlicher Wesen an dieser Küste verriet. Wie sollten sie jenen nun entgehen, wenn die Bootsinsassen wirklich an Land kamen?

Godfrey wußte nicht, was er tun sollte. Das nächst Notwendige schien zu sein, aufzupassen, ob die Eingeborenen den Fuß an Land setzen würden oder nicht. Darüber mußte er bald Gewißheit haben können.

Mit dem Fernrohr vor den Augen folgte er dem Prao; er sah ihn der Spitze des Vorberges zusteuern; dann denselben umschiffen, längs des Strandes hingleiten und endlich an der Mündung des nämlichen Flüßchens oder Baches anlegen, in dessen Nähe zwei Meilen stromaufwärts der Will-Tree lag.

Wenn es den Eingeborenen einfiel, dem Wasserlaufe zu folgen, so mußten sie in kurzer Zeit bei der Sequoiagruppe sein, ohne daß jemand sie daran hindern konnte.

Godfrey und Tartelett eilten wieder nach ihrer Wohnung zurück. Es handelte sich jetzt vor allem um die Ergreifung geeigneter Maßregeln, diese gegen unerwartete Überrumpelung zu schützen; um Zeit zur Vorbereitung einer Verteidigung derselben zu gewinnen. Daran dachte freilich Godfrey allein. Die Vorstellungen des Professors lagen auf ganz anderer Seite.

»Ach was«, sagte er, »das ist einmal Bestimmung! Es steht nicht anders geschrieben. Man kann seinem Schicksale eben nicht entgehen. Es kann keiner ein Robinson werden, ohne daß eine Pirogge an seiner Insel landet, ohne daß ihm heute oder morgen Kannibalen einen Besuch abstatten. Wir sind kaum drei Monate hier, und da kommen die Burschen schon! Wahrhaftig, weder der Herr von Foë, noch Herr Wyß haben die Sache übertrieben. Da soll sich noch einer zum Robinson machen!«

Würdiger Tartelett, man macht sich nicht zum Robinson, sondern man wird es, und du brauchst noch gar nicht zu klagen bei Vergleichung deiner Lage mit der der Helden des englischen und des schweizerischen Romandichters.

Nach dem Will-Tree zurückgekehrt, ergriff Godfrey zunächst folgende Vorsichtsmaßregeln: Das im Inneren der Sequoia lodernde Feuer wurde gelöscht, die Asche davon weithin verstreut, um keine Spur zurückzulassen; Hühner, Hähne und Küklein befanden sich schon in ihrem Stalle, um die Nacht darin zuzubringen, und man mußte sich begnügen, den Eingang zu demselben mit Strauchwerk zu verdecken, um dieselben möglichst zu verbergen. Die anderen Tiere, Agutis, Lämmer und Ziegen, wurden in die Wiese gejagt, aber es war doch unangenehm, nicht auch diese in einem Stalle unterbringen zu können. Alle Instrumente und Werkzeuge wurden in die Wohnung geschafft und nichts außerhalb derselben gelassen, was nur irgend auf die Anwesenheit oder das Vorkommen menschlicher Wesen hinweisen konnte. Nachdem Godfrey und Tartelett ebenfalls in den Will-Tree getreten waren, wurde dessen Tür hermetisch verschlossen. Diese aus Sequoiarinde hergestellte Tür verschmolz sozusagen vollständig mit der Rinde des Stammes und konnte vielleicht den Augen der Wilden, wenn sie nicht zufällig ganz nahe herankamen, entgehen. Ebenso lag es mit den beiden Fenstern, wenn deren Läden geschlossen worden waren. Dann wurde im Innern der Wohnung alles gelöscht, und in dieser herrschte nun vollkommene Dunkelheit.

Wie entsetzlich lang war diese Nacht! Godfrey und Tartelett vernahmen das geringste Geräusch von außen. Das Knacken eines dürren Zweiges, ein Windhauch schon ließ sie erzittern. Sie glaubten unter den Bäumen gehen zu hören; es schien, als ob jemand um den Will-Tree herumstreifte. Da öffnete Godfrey vorsichtig einen Laden ganz wenig und blickte ängstlich in das Dunkel hinaus.

Noch war nichts zu bemerken.

Bald hörte Godfrey jedoch Schritte in der Nähe. Dieses Mal konnte ihn das Ohr nicht täuschen. Er blickte noch einmal hinaus, sah aber nichts als eine der Ziegen, welche unter den Bäumen Schutz suchte.

Wenn übrigens etliche Wilde die in dem ungeheuren Mammutbaume verborgene Wohnung wirklich entdecken sollten, so stand Godfreys Plan fest: er wollte Tartelett mit sich durch die Höhlung im Stamme schleppen und bis in das hohe Astwerk flüchten, wo er jedenfalls besser Widerstand zu leisten vermochte.

Mit Flinten und Revolvern an der Hand, mit Munition im Überflusse, hatte er vielleicht einige Aussicht, den Angriff von einem Dutzend Wilden, welche keine Feuerwaffen besaßen, siegreich abzuschlagen. Wenn diese, selbst angenommen, daß sie Bogen und Pfeile hatten, ihm von unten beizukommen suchten, war doch schwer anzunehmen, daß sie gegen Gewehrschüsse von oben etwas auszurichten vermochten. Wenn sie dagegen die Tür der Wohnung erbrechen und ebenfalls die Äste des Baumes durch die Höhlung desselben erklettern sollten, so würde es ihnen sehr schwer gewesen sein, dahin zu gelangen, da sie nur durch eine enge Öffnung herauskommen konnten, welche die Belagerten leicht genug zu verteidigen imstande waren.

Godfrey hütete sich wohl, gegen Tartelett von dieser Möglichkeit zu sprechen. Der arme Mann war schon niedergeschmettert durch das Erscheinen des Prao. Die Vorstellung, sich nötigenfalls in die oberen Äste des Baums flüchten zu müssen, war nicht geeignet, ihm einige Ruhe zu gewähren. Wenn der Zwang dazu an sie heranträte, wollte Godfrey ihn im letzten Augenblick, ohne ihm nur Zeit zur Überlegung zu lassen, mit Gewalt mit sich fortziehen.

Die Nacht verlief unter abwechselnder Furcht und Hoffnung. Zu einem Angriffe kam es nicht. Die Wilden waren bis zur Gruppe der Sequoia nocht nicht vorgedrungen. Wahrscheinlich warteten sie das Tageslicht ab, um sich dann nach dem Innern der Insel zu begeben.

»Sie werden das jedenfalls tun«, sagte Godfrey, »da sie aus unserer Flagge ersehen müssen, daß die Insel bewohnt ist; doch sie sind nur zwölf Mann und werden nicht unvorsichtig sein. Wie sollten sie voraussetzen können, es nur mit zwei Schiffbrüchigen zu tun zu haben? Nein; sie werden sich nicht eher, als bis es heller Tag ist, weiter wagen ... wenn sie sich nicht gar hier festsetzen ...«

»Oder wenn sie nach Anbruch des Tages nicht gleich wieder in See gehen«, antwortete Tartelett.

»Wieder in See gehen? Warum sollten sie dann aber eine Nacht nach der Insel Phina gekommen sein?«

»Das weiß ich freilich nicht«, erwiderte der Professor, welcher in seinem Schreck keinen anderen Gedanken fassen konnte, als daß sie das Verlangen nach Menschenfleisch hierher verschlagen haben müsse.

»Wie dem auch sei«, erklärte Godfrey, »wenn die Wilden morgen früh nicht nach dem Will-Tree gekommen sind, so werden wir sie auszukundschaften suchen.«

»Wir?«

»Ja, wir! ... Es wäre höchst unklug, sich zu trennen. Wer weiß, ob wir uns nicht gezwungen sehen, in die inneren Wälder zu flüchten, uns dort einige Tage – bis zur Wiederabfahrt des Prao – zu verstecken ... Nein, wir bleiben beisammen, Tartelett!«

»St! ...« flüsterte der Professor mit bebender Stimme. »Mir scheint, ich höre draußen etwas ...«

Godfrey erhob sich aufs neue bis zum Fenster, glitt aber sofort wieder hinab.

»Nein«, sagte er, »da ist nichts Verdächtiges zu sehen. Es sind die Tiere, welche wieder in den Wald gehen.«

»Vielleicht getrieben!« rief Tartelett.

»Im Gegenteil, sie scheinen ganz ruhig zu sein«, versicherte Godfrey, »ich möchte eher glauben, sie suchen sich Schutz gegen den Morgentau.«

»Ach«, seufzte Tartelett, in so kläglichem Tone, daß Godfrey trotz des Ernstes ihrer Lage gern gelacht hätte, so etwas konnte im Hotel Kolderup in der Montgomery Street nicht passieren.

»Es muß bald Tag werden«, sagte Godfrey. »Wenn die Wilden nicht hierher kommen, werden wir vor Ablauf einer Stunde den Will-Tree verlassen und nach dem Norden der Insel gehen, uns über den Zustand der Dinge zu unterrichten. Sie sind doch fähig, eine Flinte zu halten, Tartelett?«

»Halten? ... Ja! ...«

»Und sie in bestimmter Richtung abzufeuern?«

»Das weiß ich nicht! ... Ich hab's noch nie versucht, aber Sie können darauf rechnen, Godfrey, daß die Kugel bei mir nicht herausgeht . . .«

»Wer weiß, ob nicht der Knall allein hinreicht, die Wilden zu erschrecken.«

Nach einer Stunde war es hell genug geworden, um auch über die Gruppe der Sequoias hinaus deutlich sehen zu können.

Godfrey öffnete nun nacheinander, doch mit gewisser Vorsicht, die Läden der beiden Fenster. Durch das nach Süden hin gerichtete sah er nichts Außergewöhnliches; die Haustiere tummelten sich friedlich unter den Bäumen und schienen keineswegs erschreckt. Nachdem er sich hiervon überzeugt, schloß Godfrey sorgsam dieses Fenster. Durch die nach Norden zu gelegene Öffnung hatte man Aussicht bis zum Strande. Man erblickte von hier aus auch in der Entfernung von zwei Meilen den äußersten Teil der Flaggenspitze; die Mündung des Wasserlaufes aber, bei der die Wilden am vorigen Abend angelegt hatten, war nicht sichtbar.

Godfrey sah, ohne sich des Fernrohres zu bedienen, noch immer hinaus, um die Umgebung des Will-Tree an dieser Seite der Insel Phina zu überschauen.

Alles war vollkommen ruhig.

Dann nahm Godfrey das Glas zur Hand und durchsuchte den ganzen Abschnitt des Ufers bis zur Flaggenspitze. Vielleicht hatten sich die Wilden, wie Tartelett meinte – obgleich das ganz unerklärlich schien – doch wieder eingeschifft, nachdem sie eine Nacht am Lande verbracht und nicht einmal sich zu überzeugen versucht hatten, ob die Insel bewohnt sei oder nicht.

Siebzehntes Kapitel

In welchem die Flinte Tarteletts wahrhafte Wunder bewirkt.

Godfrey entfuhr aber noch ein Ausruf, der Tartelett in die Höhe fahren machte. Jetzt bestand kein Zweifel mehr, die Wilden mußten wissen, daß die Insel von menschlichen Wesen bewohnt war, da die Flagge, welche bis jetzt am Ende des Caps geweht hatte, nicht mehr in Schau am Mast der Flaggenspitze wehte.

Der Augenblick war also gekommen, den gefaßten Plan auszuführen, d. h. auszuziehen, um zu sehen, ob sich die Wilden noch auf der Insel befanden und was sie daselbst vornahmen.

»Vorwärts«, sagte er zu seinem Gefährten.

»Fortgehen! Aber . . .« erwiderte Tartelett.

»Wollen Sie etwa lieber hier bleiben?«

»Mit Ihnen, Godfrey? . . . Ja.«

»Nein . . . allein! . . .«

»Allein? . . . Niemals! . . .«

»So kommen Sie!«

Da Tartelett einmal wußte, daß Godfrey nichts von seinem Entschlusse zurückbringen könnte, entschied er sich mitzugehen; allein im Will-Tree zurückzubleiben, hätte es ihm an Mut gefehlt.

Bevor sie fortgingen, überzeugte sich Godfrey, daß ihre Waffen in Stand waren. Er lud die beiden Flinten mit Kugeln, übergab eine derselben dem Professor, dem diese Maschine ebensoviel Verlegenheit bereitete, als wäre er ein Bewohner der Pomotou-Inseln. Daneben mußte er an seinen Gürtel, an dem schon eine Tasche mit Patronen hing, noch ein Jagdmesser oder Seitengewehr befestigen.

Er hatte auch daran gedacht, seine Geige mitzunehmen – wahrscheinlich in der Meinung, daß die Wilden sehr entzückt sein könnten über sein Kring-Kring, dessen scharfen Ton kein anderer Virtuose zu erzeugen imstande gewesen wäre.

Godfrey hatte alle Mühe, ihm diese ebenso lächerliche als unpraktische Idee auszureden.

Es mochte gegen sechs Uhr morgens sein, die Gipfel der Sequoias glänzten in den ersten Sonnenstrahlen.

Godfrey öffnete vorsichtig die Tür, trat einen Schritt heraus und überblickte die Baumgruppe.

Alles still ringsum.

Die Tiere waren nach der Wiese zurückgekehrt. Man sah sie in der Entfernung von etwa einer Viertelmeile ruhig weiden. Nichts schien nur darauf hinzudeuten, daß sie belästigt worden wären.

Godfrey gab Tartelett ein Zeichen, zu ihm herauszukommen. Der Professor, der sich nach allen Seiten kampfbereit gemacht, folgte ihm, wenn auch mit einigem Zögern.

Dann schloß Godfrey die Tür wieder und überzeugte sich genau, ob dieselbe mit der Rinde der Sequoia unsichtbar verschmolz. Nachdem er noch ein Bündel Reisig an den Fuß des Baumes geworfen und dieses durch einige größere Steine beschwert hatte, begab er sich nach dem Flüßchen, dessen Ufer er, wenn es nötig werden sollte, bis zur Ausmündung zu folgen gedachte.

Tartelett schwankte ihm nach, freilich nicht ohne vor jedem Schritte einen unruhigen Blick ringsumher schweifen zu lassen; die Furcht, allein zurückzubleibenm, trieb ihn aber doch, seinen Gefährten nicht zu weit aus den Augen zu verlieren.

An dem Rande der Baumgruppe angelangt, stand Godfrey still. Das Fernrohr aus dem Etui ziehend, überblickte er mit schärfster Aufmerksamkeit die ganze Strecke des Ufers, welches sich von der Flaggenspitze bis zur nordöstlichen Ecke der Insel ausdehnte.

Kein lebendiges Wesen war hier zu sehen, keine Rauchsäule von einem Lager erhob sich in die Luft.

Die äußerste Spitze des Caps erwies sich ebenfalls leer, doch hier mußte man ohne Zweifel noch zahlreiche frische Fußspuren finden. Bezüglich des Mastes hatte sich Godfrey nicht getäuscht. Zwar erhob sich die Stange noch immer auf dem äußersten Felsstück des Vorberges, aber ohne das Flaggentuch. Offenbar hatten sich die Wilden, nachdem sie bis hierher gelangt waren, sich des roten Stoffes bemächtigt, der ihre Begierde reizen mochte; dann waren sie nach ihrem Fahrzeug an der Ausmündung des Flusses zurückgekehrt.

Godfrey drehte sich um, um das ganze westliche Ufer zu überblicken.

Alles zeigte sich als öde Wüstenei von der Flaggenspitze bis jenseits des Umfangs der Dream-Bai.

Auch auf dem Meere war kein Fahrzeug sichtbar. Befanden sich die Wilden in ihrem Prao, so lag der Schluß nahe, daß sie jetzt unter dem Schutze der Felsen so nahe dem Ufer hinfuhren, daß sie von hier aus unsichtbar waren.

Godfrey konnte und wollte jedoch nicht in Ungewißheit bleiben. Es kam ihm vor allem darauf an, zu wissen, ob der Prao die Insel schon wieder verlassen habe oder nicht.

Um sich hierüber zu unterrichten, wurde es notwenig, die Stelle selbst aufzusuchen, wo die Wilden am vorhergehenden Tage gelandet waren, d. h. die Ausmündung des Flüßchens, die eine Art Meeresbucht bildete.

Er ging also sofort an die Ausführung.

Die von verschiedenen Baumgruppen umschatteten Ufer des kleinen Wasserlaufes waren auf eine Strecke von gegen zwei Meilen mit Buschwerk eingerahmt. Weiterhin, etwa fünf bis sechs Yards bis zum Strande, lagen die Ufer frei. Dieser glückliche Umstand erlaubte es, sich, ohne die Gefahr bemerkt zu werden, der Landungsstelle zu nähern. Freilich konnten ja auch die Wilden schon ein Stück an dem großen Bache hinaufgezogen sein. Um dieser Möglichkeit zu entgehen, war es notwendig, mit größter Vorsicht vorzudringen.

Godfrey glaubte jedoch, nicht ohne Grund, daß die von langer Überfahrt ermüdeten Wilden zu dieser frühen Morgenstunde den Landungsplatz noch nicht verlassen haben würden. Vielleicht schliefen sie noch, entweder in der Pirogge oder auf dem Strande. In diesem Falle wollte er sehen, ob es nicht vorteilhaft erscheine, sie zu überrumpeln.

Er ging also ohne Zögern auf sein Ziel los; es galt hier, sich nicht zuvorkommen zu lassen. Unter derartigen Verhältnissen liegt der Vorteil meist auf seiten des ersten Angriffs. Die schon geladenen Gewehre wurden also mit Zündhütchen versehen, die Revolver geprüft und dann begannen Godfrey und Tartelett am linken Ufer des Wasserlaufes hinabzuschleichen.

In der Umgebung herrschte tiefe Stille, höchstens flatterte eine kleine Gesellschft von Vögeln von einem Ufer zum anderen, verfolgte sich spielend in den hohen Zweigen, schien aber keineswegs unruhig zu sein.

Godfrey ging voraus, und der Leser wird glauben, daß sein Begleiter sich anstrengen mußte, in seine Fußstapfen zu treten. Von einem Baum zum andern gleitend, kamen sie dem Strande näher, ohne zuviel der Gefahr, bemerkt zu werden, ausgesetzt zu sein. Hier verbargen sie dichte Büsche vor der anderen Seite, dort verschwand selbst ihr Kopf völlig unter dem hohen Gesträuch, dessen Bewegung freilich eher darauf schließen lassen mußte, daß hier ein Mensch hindurchschlich und kein Tier unter demselben hinkroch, doch trotzdem konnte sie immer der Pfeil von einem Bogen, der Stein einer Schleuder unvermutet treffen. Es galt hier, mißtrauisch zu sein.

Trotz aller an ihn gerichteten Mahnungen stürzte Tartelett, der schon mehrmals über die Baumwurzeln gestolpert war, zwei- oder dreimal so geräuschvoll hin, daß es für sie gefährlich werden konnte. Godfrey fing schon fast an zu bedauern, daß er den ungeschickten Mann mitzugehen veranlaßt hatte. In Wahrheit konnte ihm der arme Teufel kaum von großem Nutzen sein.

Es wäre jedenfalls besser gewesen, ihn im Will-Tree einzuschließen, oder, wenn er dem nicht zugestimmt hätte, ihn irgendwo im Dickicht des Waldes zu verbergen, doch dazu war es nun zu spät.

Eine Stunde, nachdem sie die Mammutgruppe verlassen, hatten Godfrey und sein Begleiter eine Meile Wegs zurückgelegt – nur eine Meile –, denn das Fortkommen in dem hohen Grase und zwischen den oft verwirrten Gebüschen war kein leichtes gewesen. Weder der eine noch der andere hatte etwas Verdächtiges bemerkt.

An dieser Stelle fehlten die Bäume auf eine Strecke von mindestens hundert Yards, der Bach verlief zwischen nackten Ufern und das ganze Land lag mehr offen da.

Godfrey hielt an. Er überblickte zur Rechten wie zur Linken des Baches das ganze Wiesenland mit größter Sorgfalt.

Auch jetzt zeigte sich noch nichts Beunruhigendes, nichts, was auf eine Annäherung der Wilden hinwies. Die letzteren konnten ja nicht daran zweifeln, daß die Insel bewohnt war, und waren auf keinen Fall ohne alle Vorsicht in dieselbe eingedrungen; im Gegenteil, wahrscheinlich hatten sie bei Hinaufziehen längs des Flüßchens mit derselben Klugheit gehandelt, wie Godfrey und Tartelett beim Hinabziehen an jenem. Es war also vorauszusetzen, daß jene, wenn sie sich in der Umgebung befanden, ebenso Deckung durch die Bäume und hohen Gesträuche suchen würden, wie sie selbst, denn überall wuchsen hohe Myrthen- und Mastixgebüsche, welche zu einem Hinterhalt wie geschaffen schienen.

Ein merkwürdiges und doch ganz natürliches Zusammentreffen. Je weiter Tartelett nun kam, ohne einen Feind gewahr zu werden, desto mehr verlor er alle Angst und fing an, verächtlich von diesen »Kannibalen zum Lachen« zu scherzen. Godfrey dagegen schien immer ernster zu werden. Nachdem er die offene Stelle überschritten, verdoppelte er nur seine Vorsicht und hielt sich wieder unter dem Schutze der Bäume dicht am linken Ufer.

Eine weitere Stunde Wegs führte sie dann nach dem

Punkte, von dem aus das Ufer nur noch mit dürftigem Gestrüpp bestanden war und das weniger dichte Gras schon auf die Nachbarschaft des Meeres hindeutete.

Hier wurde es nun schwieriger, sich zu verbergen, ohne auf dem Boden ausgestreckt weiterzukriechen.

Godfrey warf sich also platt nieder und gebot Tartelett, seinem Beispiele zu folgen.

»Es gibt keine Wilden mehr! Es sind keine Menschenfresser mehr da! Sie sind davongefahren«, sagte der Professor.

»Sie sind noch hier«, erwiderte Godfrey mit gedämpfter Stimme. Dort unten müssen sie sein! Niederwerfen, Tartelett, niederwerfen! Machen Sie sich fertig, Feuer zu geben, aber schießen Sie nicht ohne meinen Befehl!«

Godfrey hatte diese Worte so im Tone natürlichen Übergewichtes gesprochen, daß der Professor, dem die Beine den Dienst zu versagen schienen, gar keiner Anstrengung bedurfte, um sich in der vorgeschriebenen Lage zu befinden.

Und er tat wohl daran.

In der Tat hatte Godfrey alle Ursache gehabt, in jener Weise zu sprechen.

Von dem Platze aus, wo sich beide befanden, konnte man weder die Küste, noch die Stelle sehen, an der das Flüßchen ins Meer ausmündete. Das kam daher, daß ein vorspringender Winkel des höheren Uferlandes die Aussicht in der Entfernung von hundert Schritten schroff begrenzte; aber unterhalb dieses beschränkten, durch die Uferränder geschlossenen Horizontes stieg jetzt dichter Rauch senkrecht in die Luft.

Im Grase ausgestreckt, den Finger an der Krappe seines Gewehres, beobachtete Godfrey die Gegend vor sich.

»Sollte dieser Rauch«, sagte er für sich, »vielleicht von derselben Art wie der sein, den ich schon zweimal wahrgenommen habe? Sollte ich daraus schließen, daß die Wilden schon vorher im Norden und im Süden der

Insel ans Land gegangen waren und daß jene Rauch-
säulen von Feuern herrührten, welche sie entzündet
hatten? Doch nein, das ist unmöglich! Ich habe ja niemals Asche, nie Spuren eines erloschenen Herdes, nie
halbverbrannte Kohlen aufgefunden. Oh, dieses Mal
werd' ich mir nicht im unklaren bleiben!«

Und durch eine geschickte schlangenartige Bewegung, welche Tartelett bestmöglich nachahmte, gelang
es ihm, ohne mit dem Kopfe das Gras zu überragen, bis
an die scharfe Biegung des Flüßchens zu kommen.

Von hier aus konnte sein Blick leicht über die ganze
Uferpartie schweifen, durch welche der kleine Fluß
sich ins Meer ergoß.

Da wäre ihm beinahe ein Schrei entfahren!... Er
legte die Hand flach auf die Schulter des Professors, um
diesem jede Bewegung zu verbieten... Es war unnütz,
weiter vorzudringen...

Godfrey sah nun vor Augen, was er zu erfahren ge-
hofft hatte.

Ein großes, auf dem Vorlande zwischen niedrigen
Stämmen aufloderndes Feuer sandte seine Rauchwir-
bel zum Himmel empor. Rund um dasselbe liefen mehrere der am Vortage gelandeten Wilden hin und her und
holten weiteres dürres Holz, von dem sie einen ganzen
Haufen aufgestapelt hatten. Ihr Canot lag an einen
schweren Stein gebunden in der Nähe und tanzte bei
der ansteigenden Flut auf den langen Wellen der leichten Brandung.

Godfrey konnte deutlich, ohne Mithilfe des Fernrohres, erkennen, was am Strande vorging. Er befand sich
höchstens zweihundert Schritte von dem Feuer, dessen
Knistern und Knacken er hören konnte. Er überzeugte
sich auf den ersten Blick, daß ein Überfall von rückwärts nicht zu besorgen sei, daß alle Schwarzen, welche
er noch im Prao gezählt, an dieser Stelle versammelt waren.

Zehn von den zwölf beschäftigten sich, die einen das
Feuer zu unterhalten, die anderen zwei Pfähle in die

Erde zu rammen, in der deutlichen Absicht, die Unterlage für einen Bratspieß nach polynesischer Mode herzustellen. Ein elfter, dem Anscheine nach der Führer, ging am Strande hin und her und ließ den Blick öfter nach dem Innern der Insel schweifen, als befürchte er von dorther einen Überfall.

Godfrey bemerkte auf den Schultern dieses Eingeborenen sein rotes Flaggentuch, das nun einem Wilden als Flitterstaat diente.

Der zwölfte Wilde endlich lag, fest an einen Pfahl geschnürt, auf der Erde.

Godfrey begriff nur zu gut, welches Los diesem Unglücklichen bevorstehe. Der Bratspieß war errichtet, um ihn zu schmoren!... Tartelett hatte sich gestern also nicht getäuscht, als er einer Ahnung folgend diese Leute für Kannibalen ansah.

Man muß wohl zugeben, daß er sich auch nicht mehr getäuscht haben würde, wenn er gesagt hätte, daß alle wahren oder erfundenen Robinsoniaden voneinander nur abgeklatscht seien. Unzweifelhaft befand Godfrey und er sich jetzt ganz in der nämlichen Lage, wie der Held Daniel Defoes, als die Wilden an dessen Insel landeten. Beiden stand jetzt in Aussicht, einer ganz ähnlichen Szene von Kannibalismus beizuwohnen.

Nun, Godfrey war entschlossen, es jenem Helden gleichzutun. Nein, er konnte den Gefangenen, auf den sich die Magen der Menschenfresser schon freuten, nicht hinmorden lassen! Er war ja gut bewaffnet. Seine zwei Doppelflinten – mit vier Schüssen seine beiden Revolver – mit zwölf Schüssen – mußten wohl unschwer mit jenen elf Schurken fertig werden, welche zu verjagen vielleicht schon das Krachen eines Gewehrschusses hinreichen würde. Nachdem er sich hierüber klargeworden, wartete er höchst kaltblütig den geeigneten Augenblick ab, mit einem Donnerschlage zu intervenieren.

Er sollte nicht lange zu harren haben.

Kaum waren zwanzig Minuten verstrichen, als der

Häuptling an das Feuer herantrat. Dann wies er die Eingebornen, welche seiner Befehle warteten, durch eine Handbewegung auf den Gefesselten hin.

Godfrey erhob sich; Tartelett tat, ohne zu wissen warum, desgleichen. Er durchschaute auch noch nicht, was sein Begleiter zu tun gewillt war, da dieser ihm von seinem Vorhaben nicht gesprochen hatte.

Godfrey meinte offenbar, daß die Wilden bei seinem Anblick irgendwelche Bewegung machen würden, entweder um nach ihrem Fahrzeuge zu entfliehen oder sich auf ihn zu stürzen . . .

Doch es geschah nichts. Es schien sogar, als ob er gar nicht bemerkt worden sei; dagegen machte der Häuptling gerade jetzt eine sehr bezeichnende Geste . . . Drei der Männer begaben sich zu dem Gefangenen, banden ihn los und zwangen ihn, an die Seite des Feuers zu treten.

Es war ein noch junger Mann, der im Vorgefühl seiner letzten Stunde Widerstand zu leisten versuchte. Entschlossen, sein Leben nur so teuer als möglich zu verkaufen, stieß er die ihn haltenden Eingebornen zurück; er wurde jedoch bald überwältigt, niedergedrückt, und der Häuptling, der eine Art Steinaxt ergriffen, kam auf den Unglücklichen zu, um ihm den Schädel zu zerschmettern.

Godfrey stieß einen Schrei aus, dem sofort ein Knall folgte. Eine Kugel pfiff durch die Luft und mußte den Häuptling tödlich getroffen haben, denn dieser stürzte zu Boden.

Beim Krachen des Schusses erstarrten die Wilden vor Schreck, so, als hätten sie noch niemals einen Gewehrschuß vernommen. Beim Erblicken Godfreys ließen die Männer, welche den Gefangenen noch hielten, diesen sogleich frei.

In demselben Augenblicke erhob sich der arme Teufel und lief nach der Stelle, wo er seinen unerwarteten Erretter erblickte, hin.

Da donnerte schon ein zweiter Schuß.

Das war Tartelett, der, ohne zu zielen – oh, der vortreffliche Mann hatte die Augen dabei ganz fest zugemacht –, geschossen hatte, und der Kolben des Gewehres versetzte ihm dabei einen so kräftigen Schlag auf die rechte Wange, wie wohl noch niemals ein Lehrer des Tanz- und Anstandsunterrichts einen solchen erhalten hatte.

Doch – was nicht der Zufall vermag! – ein zweiter Wilder sank neben dem Häuptling zusammen.

Jetzt entstand eine kopflose Flucht. Vielleicht fürchteten die Überlebenden eine so große Zahl von Inselbewohnern sich gegenüber zu haben, daß sie denselben unmöglich widerstehen könnten; vielleicht waren sie auch nur unmäßig erschrocken über den Anblick dieser beiden Weißen, welche den Blitz aus der Tasche zu schleudern schienen. So rafften sie also die beiden Verwundeten auf, schleppten dieselben mit fort, stürzten sich in ihren Prao und handhabten die Pagaien mit aller Kraft, um aus der kleinen Bucht herauszukommen; dann entfalteten sie das Bambussegel, mit dem sie den Seewind abfingen, steuerten auf den Vorberg der Flaggenspitze zu und waren sehr bald hinter demselben verschwunden.

Godfrey kam es nicht in den Sinn, dieselben zu verfolgen. Weshalb hätte er auch noch mehrere töten sollen? Er hatte ihr Schlachtopfer gerettet und sie in die Flucht gejagt, das war die Hauptsache. Alles das verlief in einer Art und Weise, daß die Kannibalen gewiß nicht wagen würden, nach der Insel Phina zurückzukehren. So hatte sich also alles zum besten gewendet. Sie hatten nur noch den Sieg zu feiern, an dem Tartelett sich nämlich einen großen Teil zuschrieb.

Der Gefangene war inzwischen zu seinem Retter herangekommen; einen Augenblick stand er zögernd still, in dem Gefühl der Furcht, welche diese übernatürlichen Wesen ihm einflößten; gleich darauf aber trat er näher heran. Vor den beiden Weißen angekommen, krümmte er sich bis zum Erdboden zusammen, dann ergriff er Godfreys Fuß und stellte ihn sich als Zeichen seiner Unterwürfigkeit auf den Kopf.

Man hätte fast glauben können, daß dieser Eingeborene Polynesiens ebenfalls den Robinson Crusoe gelesen hatte.

Achtzehntes Kapitel

Welches von der moralischen und physischen Erziehung eines einfachen Eingeborenen des Stillen Ozeans handelt.

Godfrey hob den armen Teufel, der vor ihm liegen blieb, sogleich auf und sah ihm genauer ins Gesicht.

Es war ein Mann von höchstens fünfunddreißig Jahren, nur bekleidet mit einem Stück Stoff, das seine Lenden umschloß. Aus seinen Zügen wie aus seiner Schädelbildung konnte man den Typus des afrikanischen Negers erkennen; dagegen war es unmöglich, ihn mit den elenden Geschöpfen der polynesischen Inseln zu verwechseln, welche sich durch den abgeplatteten Schädel und die langen Arme ganz auffallend den Affen nähern.

Wie es gekommen sein mochte, daß ein Neger aus dem Sudan oder aus Abessinien in die Gewalt der Eingebornen einer Insel des Stillen Ozeans gefallen war, hätte man freilich nur erfahren können, wenn der Schwarze englisch oder eine der zwei oder drei europäischen Sprachen gesprochen hätte, welche Godfrey verstand. Doch es zeigte sich sehr bald, daß der Unglückliche sich nur eines völlig unverständlichen Idioms bediente – wahrscheinlich der Sprache der Eingebornen, zu welchen er ohne Zweifel sehr jung gekommen war.

Godfrey hatte nämlich sofort eine Frage in englischer Sprache an ihn gerichtet, aber keine Antwort darauf erhalten. Er machte ihm dann nicht ohne Mühe durch Zeichen verständlich, daß er seinen Namen wissen wolle.

Nach mehreren vergeblichen Versuchen antwortete der Neger, welcher übrigens ein recht intelligentes und ehrliches Gesicht hatte, darauf mit dem einzigen Worte:

»Carefinotu.«

»Carefinotu!« rief Tartelett, »das wäre mir ein Name!... Ich schlage vor, ihn Mittwoch zu rufen, da heute Mittwoch ist! Ist's polizeilich erlaubt, sich Carefinotu zu nennen?«

»Wenn der Mann diesen Namen einmal hat«, erwiderte Godfrey, »warum sollte er ihn nicht behalten?«

Da fühlte er eine Hand sich auf seine Brust legen, während die ganze Physiognomie des Schwarzen ihn zu fragen schien, wie er selbst heiße.

»Godfrey!« antwortete er.

Der Schwarze bemühte sich, den Namen zu wiederholen; aber obgleich Godfrey ihm denselben noch mehrere Male vorsagte, gelang es ihm doch nicht, ihn in verständlicher Weise auszusprechen. Dann wandte er sich an den Professor, wie um dessen Namen zu erfahren.

»Tartelett!« belehrte ihn dieser in liebevollem Tone.

»Tartelett!« wiederholte Carefinotu.

Offenbar lag diese Silbenverbindung bequemer für die Anordnung der Stimmbänder seines Kehlkopfes, denn er sprach dieselben sehr deutlich aus.

Der Professor schien sich davon ordentlich geschmeichelt zu fühlen. Wirklich, es war auch ein Grund, stolz zu sein!

Godfrey, der die Intelligenz des Wilden so allseitig wie möglich ausnutzen wollte, machte ihm begreiflich, daß er den Namen der Insel zu wissen wünsche. Er wies mit der Hand nach den Bäumen ringsum, nach den Wiesen, nach den Hügeln, dann nach dem alles umschließenden Strand, endlich nach dem Horizonte und warf ihm nun einen fragenden Blick zu.

Carefinotu verstand nicht sofort, um was es sich handle, er wiederholte aber Godfreys Handbewegungen, drehte sich selbst herum und durchlief mit den Augen die Umgebung.

»Arneka«, fragte er endlich.

»Arneka?« wiederholte Godfrey, der mit dem Fuße auf die Erde stieß, um die Frage schärfer zu betonen.

»Arneka«, wiederholte auch der Schwarze.

Das gab Godfrey leider keinen weiteren Aufschluß, weder über den geographischen Namen, den die Insel tragen mochte, noch über deren Lage im Stillen Ozean. In seiner Erinnerung fand sich dieser Name nicht vor; wahrscheinlich war er nur eine den Eingebornen eigentümliche, den Kartographen aber unbekannte Bezeichnung.

Carefinotu betrachtete inzwischen unausgesetzt die beiden Weißen mit staunender Bewunderung und lief von einem zum anderen, als wollte er seinem Gedächtnisse die Verschiedenheiten, welche sie auszeichneten, einprägen. Wenn er dann lächelte, zeigte sein Mund eine Reihe blendendweißer Zähne, welche Tartelett nicht ohne einige Scheu wahrnahm.

»Wenn diese Zähne«, erklärte er, »noch kein Menschenfleisch zerrissen haben, da soll mir doch die Geige in den Händen in tausend Stücke springen!«

»Jedenfalls, Tartelett«, bemerkte Godfrey, »hat unser neuer Gefährte nicht mehr das Aussehen eines armen Teufels, der geschmort und verspeist werden soll. Darauf kommt es vor allem an!«

Was die Aufmerksamkeit Carefinotus am meisten fesselte, waren die Waffen, welche Godfrey und Tartelett trugen; ebenso die Flinten, die sie in der Hand hielten, wie die Revolver, die in ihrem Gürtel steckten.

Godfrey bemerkte diese Empfindung von Neugier. Offenbar hatte der Schwarze noch nie eine Feuerwaffe gesehen. Sagte er sich, daß das eines jener Feuerrohre war, welches den Blitz geschleudert und seine eigene Befreiung herbeigeführt hatte? Daran durfte man wohl zweifeln.

Godfrey wollte ihm dann aus gutem Grunde eine hohe Vorstellung von der Macht der Weißen beibringen. Er lud sein Gewehr, zeigte Carefinotu ein rotfüßiges Rebhuhn, das etwa fünfzig Schritte von ihnen über die Wiese flatterte, legte dann schnell an und gab Feuer. Der Vogel fiel zur Erde.

Beim Knall des Schusses hatte der Schwarze einen ungeheuren Sprung gemacht, den Tartelett vom choreographischen Standpunkte zu bewundern sich nicht enthalten konnte. Bald aber überwand jener den ersten Schreck und lief, als er das Tier mit zerschmettertem Flügel sich durch das Gras schleppen sah, so schnell wie ein Jagdhund auf den Vogel zu, den er, mächtige Sprünge machend, halb erfreut, halb verblüfft, seinem Herrn brachte.

Tartelett kam es dann in den Sinn, Carefinotu zu zeigen, daß der »Große Geist« auch ihn mit der Macht des Blitzschleuderns bekleidet habe, und als er eine Taucherente gewahrte, welche ruhig auf einem alten Stamme saß, legte er an.

»Nein«, rief Godfrey schnell, »schießen Sie nicht, Tartelett!«

»Und warum nicht?«

»Bedenken Sie doch, wenn Sie durch unglücklichen Zufall jenen Vogel fehlen sollten, würden wir in der Vorstellung des Wilden sehr verlieren.«

»Warum sollte ich ihn aber fehlen?« antwortete Tartelett etwas verletzt. Hab' ich nicht vorher beim Kampfe auf über hundert Schritte, und als ich zum ersten Male eine Flinte in die Hand nahm, einen jener Menschenfresser mitten durch die Brust geschossen?«

»Sie haben ihn gewiß getroffen«, erwiderte Godfrey, »da er zu Boden stürzte, aber versuchen Sie das Glück lieber nicht zweimal!«

Etwas beleidigt, ließ der Professor sich doch zureden; er legte das Gewehr mit großer Wichtigtuerei wieder auf die Schulter, und gefolgt von Carefinotu kamen beide nach dem Will-Tree zurück.

Dort bildete die so vortrefflich geordnete Einrichtung des Innenraums der Sequoai einen Gegenstand wirklichen Erstaunens für den neuen Gast der Insel Phina. Um ihm den Gebrauch der Werkzeuge, Instrumente und anderen Ausrüstungsstücke begreiflich zu machen, mußte man ihm alle einzeln vorlegen. Jedenfalls gehörte Carefinotu von Geburt oder durch langen Aufenthalt bei den Wilden zu einer auf der niedersten Stufe stehenden Menschenklasse, denn selbst das Eisen schien ihm gänzlich unbekannt. Er begriff gar nicht, daß der Fleischtopf nicht Feuer fing, wenn er auf die glühenden Kohlen gesetzt wurde, und er wollte ihn, zum großen Mißvergnügen Tarteletts, der mit dem Kochen beauftragt war, davon wegziehen. Über einen Spiegel, der ihm gezeigt wurde, verwunderte er sich ganz über die Maßen und drehte ihn wiederholt herum, um zu sehen, ob seine eigene Person sich nicht noch einmal hinter demselben befinde.

»Ach, das ist ja nur ein Affe, dieser Mohrenkopf«, sagte der Professor mit verächtlicher Bewegung.

»Nein, Tartelett«, widersprach ihm Godfrey, »er steht entschieden über dem Affen, denn er sieht hinter den Spiegel – was auf eine gewisse Überlegung hindeutet, welche kein Tier an den Tag legt.«

»Nun meinetwegen nehmen wir an, er sei kein Affe«, sagte Tartelett kopfschüttelnd und mit keineswegs überzeugter Miene, »wir werden aber bald genug sehen, ob ein Geschöpf dieser Art uns nach irgendeiner Seite nützlich sein kann.«

»Daran zweifle ich nicht im mindesten«, antwortete Godfrey.

Zum Glück erwies sich Carefinotu keineswegs wählerisch bezüglich der ihm vorgesetzten Speisen; er beroch dieselben erst, kostete sie dann mit der Zungenspitze und zu guter Letzt schien das erste Frühstück, an dem er teilnahm, die Agutisuppe, das von Godfrey erlegte Rebhuhn, nebst einer Lämmerkeule, mit Zuspeise von Camas und Yamphs seinen Hunger noch nicht einmal zu befriedigen.

»Ah, der arme Teufel scheint guten Appetit zu haben«, bemerkte Godfrey.

»Jawohl«, stimmte Tartelett bei, »und es dürfte sich empfehlen, seine Kannibalengelüste etwas im Auge zu behalten.«

»Keine Angst, Tartelett, wir werden ihm schon das Gelüste nach Menschenfleisch, wenn er überhaupt je solches gehabt hat, austreiben.«

»Darauf möcht' ich nicht schwören«, antwortete der Professor. »Es scheint, daß wenn man's einmal gekostet . . .«

Während beide so miteinander sprachen, hörte Carefinotu ihnen mit gespannter Aufmerksamkeit zu. Seine Augen leuchteten verständnisvoll. Es schien fast, als habe er begriffen, was in seiner Gegenwart gesagt worden war; denn sofort schwatzte er mit bewunderungswürdiger Zungenfertigkeit, freilich waren es nur sinnlose einsilbige Laute, gellendscharfe Ausrufe, in denen die Vokale »a« und »u« vorherrschten, wie in den meisten der polynesischen Idiome.

Doch wie der im letzten Augenblicke gerettete Schwarze auch sein mochte, jedenfalls war es ein weiterer Gefährte; ja, er sollte sich zum treuergebenen Diener, zum wirklichen Sklaven ausbilden, den ein so unerwarteter Zufall den Bewohnern des Will-Tree zugesellt hatte. Er war kräftig, geschickt, tätig und unterzog sich willig jeder Arbeit; auch zeigte er auffallende Geschicklichkeit, nachzuahmen, was er nur einmal sah. Diesen Weg hielt auch Godfrey zum Zwecke seiner Erziehung ein. Die Besorgung der Haustiere, die Einsammlung von Wurzeln und Früchten, das Schlachten von Lämmern oder Agutis, die für den Tag zur Nahrung dienen sollten, die Herstellung einer Art Cider, welche man aus den wilden Äpfeln der Manzanilla gewann, alles führte er, wenn er es nur einmal gesehen, ganz vortrefflich aus.

Was Tartelett auch denken und fürchten mochte, faßte Godfrey doch niemals Mißtrauen gegen diesen Wilden, und er schien auch niemals Ursache zur Reue zu haben. Er machte sich höchstens Sorge wegen der möglichen Rückkehr der Kannibalen, welche ja nun die Lage der Insel Phina kannten.

Schon vom ersten Tage ab war für Carefinotu im Will-Tree eine Lagerstatt hergerichtet worden, doch zog dieser es meist, wenigstens wenn es nicht regnete, vor, draußen in irgendwelchem hohlen Baume zu schlafen, als wolle er die Wohnung besser überwachen können.

Während der vierzehn Tage nach seiner Ankunft auf der Insel begleitete Carefinotu Godfrey wiederholt auf die Jagd. Immer zeigte er das größte Erstaunen, wenn er ein in der Entfernung getroffenes Stück Wild stürzen sah; dann vertrat er aber die Stelle eines Hundes mit einem Eifer und einer Geschicklichkeit, daß kein Hindernis, keine Hecke, kein Gesträuch oder Wasserlauf ihn aufzuhalten vermochte. Nach und nach gewöhnte sich Godfrey sehr an diesen Schwarzen. Nur nach einer Seite wollte Carefinotu keine Fortschritte machen, nämlich im Gebrauch der englischen Sprache. Wie sehr er sich auch anstrengte, gelang es ihm doch nie, die gewöhnlichsten Worte auszusprechen, welche Godfrey und vorzüglich Tartelett, der ganz versessen war auf diesen Unterricht, ihn zu lehren suchten.

So verging die Zeit.

Wenn die gegenwärtige, dank dem günstigen Zusammentreffen verschiedener Umstände, ganz erträglich erschien und eine unmittelbar drohende Gefahr nicht zu fürchten war, so verließ Godfrey doch niemals der Gedanke, wie er jemals diese Insel werde verlassen können, durch welches Mittel er dahin gelangen werde, ins Vaterland heimzukehren. Es verging gewiß kein Tag, an dem er nicht seines Onkels Will und seiner Verlobten gedachte! Nicht ohne Beklemmung sah er die schlechte Jahreszeit heranrücken, die zwischen seinen Freunden, seiner Familie und ihm selbst eine noch unüberwindbarere Schranke ziehen mußte.

Am 27. September ereignete sich ein unerwarteter Zwischenfall. Wenn derselbe Godfrey und seinen beiden Gefährten Zuwachs von Arbeit mitführte, so sicherte er ihnen wenigstens gleichzeitig einen großen Vorrat an Nahrungsmitteln.

Godfrey und Carefinotu waren beim Einsammeln von Mollusken am Ende der Dream-Bai beschäftigt, als sie unter dem Winde eine unzählige Menge schwimmender kleiner Eilande wahrnahmen, welche die steigende Flut langsam nach dem Strande zutrug. Das Ganze sah aus wie ein schwimmender Archipel, auf dessen Oberfläche einige jener Seevögel von gewaltiger Flügelspannweite, welche zuweilen Seesperber genannt werden, herumliefen und umherflogen.

Woraus bestanden denn jene Massen, die in Gesellschaft dahergezogen kamen und sich mit dem Spiel der Wellen hoben und senkten?

Godfrey wußte noch nicht, was er davon halten sollte, als Carefinotu sich plötzlich platt auf den Leib niederwarf; dann zog dieser den Kopf zwischen den Schultern ein, bog Arme und Beine unter sich zusammen und begann die Bewegungen eines Tieres nachzuahmen, das langsam am Boden hinkriecht.

Godfrey sah ihm zu, ohne etwas von dieser wunderlichen Gymnastik zu verstehen. Plötzlich rief er laut:

»Schildkröten! Schildkröten!«

Carefinotu hatte sich nicht getäuscht. Vor ihnen schwammen auf dem Raum einer Quadratmeile Tausende und aber Tausende von Schildkröten an der Oberfläche des Wassers. Etwa hundert Faden entfernt vom Ufer tauchten die meisten unter, und die Sperber, welche dadurch jeden Halt unter den Füßen verloren, erhoben sich, große Kreise ziehend, in die Luft. Glücklicherweise aber strandeten gegen hundert jener Amphibien in ihrer Nähe am Ufer.

Godfrey und der Schwarze liefen schleunigst am Wasserrande hin, diesem Meereswild, von dem jedes Stück wenigstens drei bis vier Fuß im Durchmesser hatte, den Weg abzuschneiden. Das einzige Mittel, die Schildkröten an der Rückkehr nach dem Meere zu verhindern, bestand darin, sie auf den Rücken zu wenden;

und dieser etwas schwierigen Aufgabe entledigten sich Godfrey und Carefinotu nicht ohne Mühe.

Die nächsten Tage wurden dazu verwendet, diese reiche Beute einzuholen. Das im frischen wie im konservierten Zustande gleich vortreffliche Fleisch der Schildkröte konnte unter beiden Formen nutzbar gemacht werden. In Erwartung des Winters ließ Godfrey den größten Teil desselben einsalzen, um später für die Bedürfnisse jeden beliebigen Tages dienen zu können. Einige Zeit hindurch erschienen jedoch auf dem Tische Schildkrötensuppen, an denen Tartelett sich nicht allein ein Gütchen tat.

Abgesehen von diesem Zwischenfalle, wurde die Eintönigkeit des Lebens durch nichts unterbrochen. Jeden Tag widmete man dieselben Stunden denselben nötigsten Arbeiten. Mußte diese Existenz nicht eine noch traurigere werden, wenn der rauhe Winter Godfrey und seine Gefährten zwang, sich im Will-Tree abzuschließen? Der junge Mann dachte nicht ohne eine gewisse Angst daran. Doch was sollte er dagegen beginnen?

Inzwischen fuhr er fort, die Insel Phina zu durchforschen, und verwandte alle Zeit, welche nicht durch drängendere Arbeiten in Anspruch genommen wurde, auf die Jagd. Meist begleitete ihn da Carefinotu, während Tartelett zu Hause blieb. Er war einmal nicht zum Jäger geschaffen, obwohl sein erster Schuß ein Meistertreffer gewesen war.

Bei einem dieser Ausflüge ereignete sich ein ganz unerwarteter Zwischenfall, der die Sicherheit der Bewohner des Will-Tree für später ziemlich ernst zu gefährden drohte.

Godfrey und Carefinotu befanden sich auf der Jagd in dem großen zentralen Walde nahe dem Fuße des Hügels, der die größte Erhebung der Insel Phina bildete. Seit dem Morgen hatten sie nur zwei oder drei Antilopen unter dem Hochwald gesehen, aber in zu großer Entfernung, als daß es möglich gewesen wäre, dieselben mit einiger Aussicht auf Erfolg anzuschießen.

Godfrey, dem es ja an Wild nicht fehlte, ging nicht darauf aus, zwecklos zu zerstören, und gab sich auch zufrieden, wenn er einmal ganz »Schneider« wurde. Wenn er es heute bedauerte, so geschah das nicht wegen des Fleisches jener Antilopen, wohl aber wegen der Felle dieser Wiederkäuer, die er recht gut hätte verwenden können.

Es war schon drei Uhr nachmittags. Vor wie nach dem Frühstück, das er mit seinem Begleiter unter den Bäumen verzehrt hatte, war er nicht glücklicher gewesen. Beide schickten sich also schon an, zur Stunde des Mittagessens nach dem Will-Tree heimzukehren, als Carefinotu, eben beim Heraustreten aus dem Walde, einen ungeheuren Sprung machte; dann eilte er auf Godfrey zu, faßte ihn an den Schultern und zog ihn mit solcher Gewalt fort, daß dieser keinen Widerstand leisten konnte.

Erst nach zwanzig Schritten blieb Godfrey stehen, schöpfte einmal Atem und sah Carefinotu fragend an.

Der augenscheinlich höchst erschreckte Neger zeigte in der Entfernung von wenigstens fünfzig Schritten nach einem Tiere.

Es war das ein großer grauer Bär, der mit den Vordertatzen an einem Baume lehnte und den mächtigen Kopf auf- und abwärts bewegte, als ständ er auf dem Sprunge, die beiden Jäger zu überfallen.

Ohne sich Zeit zur weiteren Überlegung zu nehmen, schlug Godfrey das Gewehr an und gab Feuer, bevor Carefinotu ihn nur daran hätte hindern können.

War der gewaltige Plattfüßler von der Kugel getroffen? Wahrscheinlich. War er getötet? Das konnte man nicht genau wissen; jedenfalls breitete er die Tatzen aus und sank am Fuße des Baumes nieder.

Jetzt durften sie nicht zögern. Ein direkter Kampf mit dem furchtbaren Tiere hätte die verderblichsten Folgen haben können. Es ist ja aus den Wäldern Kaliforniens bekannt, daß die geübtesten Jäger durch den Angriff grauer Bären oft in die schrecklichste Gefahr kommen.

Der Schwarze ergriff auch schon Godfrey beim Arme, um ihn schnell nach dem Will-Tree zu ziehen, und Godfrey, der wohl einsehen mußte, daß er nichts Klügeres tun konnte, ließ ihn ohne Widerstand gewähren.

Neunzehntes Kapitel

In welchem die schon schwer erschütterte Situation sich noch weiter verschlimmert.

Das Vorhandensein eines furchtbaren Raubtieres auf der Insel Phina mußte die durch unglücklichen Zufall hierher verschlagenen Schiffbrüchigen natürlich mit nicht geringer Sorge erfüllen.

Godfrey glaubte – es blieb unentschieden, ob er daran recht tat oder nicht –, Tartelett das eben Geschehene nicht verhehlen zu sollen.

»Ein Bär!« rief der Professor, sich erschrockenen Auges umsehend, als ob die Umgebung des Will-Tree schon von einer ganzen Bande dieser Raubtiere belagert worden wäre. »Warum denn ein Bär? Bisher gab es doch noch keinen Bären auf unserer Insel! Wenn ein solcher da ist, können sich auch mehrere finden, vielleicht eine große Menge anderer wilder Tiere, wie Jaguare, Panther, Tiger, Hyänen und Löwen!«

Tartelett sah schon die Insel Phina einer großen, aus dem Käfig gebrochenen Menagerie preisgegeben.

Godfrey bedeutete ihm, daß er nicht gleich übertreiben solle. Er hatte einen Bären gesehen, das stand fest. Warum er bei seinen zahlreichen Streifzügen durch die Insel noch nie einen solchen wahrgenommen, das konnte er freilich nicht erklären und es schien wirklich fast unerklärlich. Von dieser Tatsache aber bis zu dem Schlusse, daß wilde Tiere jeder Art nun in den Wäldern und auf den Wiesen umherschweifen sollten, war es doch ziemlich weit. Immerhin empfahl es sich, auf der Hut zu sein und niemals unbewaffnet auszugehen.

Unglücklicher Tartelett! Von jenem Tage begann für diesen eine Existenz voller Unruhe, Aufregung, voller Angst und sinnloser Befürchtungen, welche ihm in hohem Grade die in seinem Geburtslande so häufige Nostalgie zuzog.

»Nein«, platzte er wiederholt heraus, »nein! Wenn hier auch noch wilde Tiere sind ... dann hab' ich's satt und trage kein anderes Verlangen mehr, als von hier wegzugehen.«

Das mußte man freilich *können*.

Godfrey und seine Gefährten hatten indes alle Ursache, vorsichtig zu sein. Ein Angriff konnte nicht allein von der Seite der Küste und der Wiese her, sondern auch inmitten der Sequoiagruppe erfolgen. Aus diesem Grunde wurden wohlerwogene Maßregeln getroffen, um die Wohnung wenigstens gegen unvermuteten Überfall einigermaßen sicherzustellen. Die Tür erhielt eine solche Verstärkung, daß sie dem Eindringen eines wilden Tieres widerstehen konnte. Für die Haustiere hätte Godfrey gerne einen festen Stall gebaut, um sie darin, wenigstens für die Nacht, einschließen zu können; doch das war keine leichte Sache. Man begnügte sich also, sie soviel wie möglich in der Nähe des Will-Tree zusammenzuhalten, wo eine Hürde aus großen Zweigen hergerichtet wurde, aus der sie nicht heraus konnten. Diese Umzäunung war freilich weder fest noch hoch genug, um einen Bär oder eine Hyäne zu hindern, sie zu durchbrechen oder zu überspringen.

Immer, wenn Carefinotu trotz allen Zuredens nicht davon abzubringen war, während der Nacht draußen zu bleiben, glaubte Godfrey, daß es ihm nur darauf ankomme, bei einem etwaigen Angriffe gleich bei der Hand zu sein.

Gewiß setzte sich Carefinotu einer nicht geringen Gefahr aus, wenn er sich so zum Bewachen des Will-Tree erbot, aber er hatte ebenfalls begriffen, daß er seinen

Befreiern damit einen nicht unwichtigen Dienst leistete, und er blieb, was Godfrey auch dagegen einwenden mochte, unbeirrt dabei, wie gewöhnlich für die Sicherheit aller zu wachen. Eine Woche verstrich, ohne daß einer jener furchtbaren Besucher in der Umgebung erschienen wäre. Godfrey entfernte sich übrigens, außer im Falle der Not, nicht von der Wohnung. Während Lämmer, Ziegen und andere Tiere auf der benachbarten Wiese weideten, verlor man sie nie aus dem Auge.

Meist versah Carefinotu den Dienst als Schäfer. Er nahm keine Flinte mit, denn er schien die Handhabung einer Feuerwaffe noch nicht begriffen zu haben, aber ein großes Jagdmesser steckte er in den Schurz und eine Axt hing ihm zur rechten Hand herunter. So bewaffnet, hätte der kräftige Schwarze nicht gezögert, sich einem Tiger oder einem Tiere der schlimmsten Art entgegenzuwerfen.

Da sich jedoch seit dem letzten Zusammentreffen kein Bär oder einer seiner Anverwandten gezeigt hatte, fing Godfrey an, sich allmählich zu beruhigen. Er nahm gelegentlich seine Jagdzüge wieder auf, ohne diese jedoch zu weit ins Innere der Insel auszudehnen. Tartelett, der sich im Will-Tree fest verschlossen hielt, hatte sich noch nicht hinausgewagt, nicht einmal, wenn es sich etwa darum gehandelt hätte, eine Tanzstunde zu erteilen. Ein andermal ging Godfrey wohl auch allein aus, und der Professor hatte dann einen Gesellschafter, dessen Belehrung er sich hartnäckig annahm.

Ja, Tartelett hatte zuerst den Gedanken gefaßt, Carefinotu die gewöhnlichsten Worte der englischen Sprache beizubringen; aber er mußte darauf verzichten, weil der Schwarze ein für diese Art der Aussprache ganz ungeeignetes Gehörorgan zu besitzen schien.

»Nun gut«, hatte sich Tartelett gesagt, »wenn ich nicht sein Lehrer sein kann, so will ich sein Schüler werden.«

So hatte er sich in den Kopf gesetzt, mit aller Gewalt das Idiom, welches Carefinotu sprach, zu lernen.

Godfrey konnte noch so viele Mal sagen, daß das von keinem großen Nutzen sein werde – Tartelett ließ sich nicht davon abbringen. Er grübelte also darüber, Carefinotu verständlich zu machen, daß er den Gegenstand, auf welchen er mit der Hand wies, in seiner Sprache nennen möchte.

Man muß wahrlich glauben, daß Tartelett große Energie besaß, denn nach Verlauf von vierzehn Tagen kannte er wirklich schon – vierzehn Wörter! Er wußte, daß Carefinotu »Binsi« sagte für Feuer, »Aradu« für Himmel, »Mervira« für Meer, »Dura« für Baum usw. Darüber war er aber ebenso stolz, als wenn er bei einem großen Preisausschreiben den ersten polynesischen Preis erworben hätte.

Aus einer Regung von Dankbarkeit wollte er für das, was der Lehrer ihm genützt – nicht etwa sich wieder verlorne Mühe geben, ihm einige englische Worte radebrechen zu lehren, wohl aber ihm die guten Manieren und die wahren Prinzipien der europäischen Choreographie einimpfen.

Godfrey konnte nicht umhin, darüber aus vollem Herzen zu lachen. Immerhin verging dabei die Zeit, und des Sonntags, wenn er nichts mehr zu tun hatte, wohnte er mit Vergnügen dem Unterrichte des berühmten Professor Tartelett von San Francisco bei.

Das hätte einer sehen müssen! Der unglückliche Carefinotu schwitzte Blut und Wasser, wenn er die elementarsten Tanzübungen nachahmte! Er war zwar gelehrig, voll guten Willens, aber wie alle seine Namensgenossen hatte er vortretende Schultern, etwas aufgetriebenen Leib, die Knie nach innen stehend und die Füße nicht minder! Aus einem so gebauten Wilden soll nur einer versuchen, einen Vestins oder Saint Leon zu machen!

Jedenfalls ging der Professor mit allem Eifer an sein Vorhaben, und auch Carefinotu, obgleich er sich dabei quälte, ließ es an solchem nicht fehlen. Es könnte sich niemand vorstellen, was er allein leiden mußte, um die

Füße in die erste Position zu bringen! Und wenn er dann in die zweite und darauf in die dritte übergehen sollte, da wurde es noch weit schlimmer!

»Zieh die Schultern zurück, Dummhut! – Den Kopf gerade in die Höhe! . . . Die Arme runder halten! . . .«

»Sie verlangen von ihm aber Unmögliches«, bemerkte Godfrey.

»Einem intelligenten Menschen ist nichts unmöglich«, antwortete unwandelbar Tartelett.

»Seine ganze Körperbildung eignet sich nicht dazu.«

»Nun, sie wird sich anpassen lernen, diese Körperbildung! Ja, sie muß es, und später wird dieser Wilde es mir zu danken haben, daß er sich in einem Salon manierlich bewegen kann.«

»Doch niemals, Tartelett, niemals wird er Gelegenheit haben, sich in einem Salon vorzustellen.«

»Ach, wie können Sie das wissen, Godfrey«, entgegnete der Professor, sich auf den Fußspitzen umdrehend. »Seine Zukunft ist keinem mit ins Wickelbett bebunden!«

Das war und blieb das Endwort aller derartigen Einwürfe Godfreys. Dann ergriff der Professor allemal die Geige, und sein Bogen kratzte einige scharfe Tonfiguren herunter, welche Carefinotu die größte Freude bereiteten. Da brauchte er ihn nicht weiter anzufeuern! Ohne sich um choreographische Regeln zu kümmern, machte er die tollsten Sätze, Verrenkungen und Luftsprünge.

Nachsinnend betrachtete Tartelett dann das ausgelassene Kind Polynesiens und fragte sich, ob diese vielleicht etwas gar zu charakteristischen Pas nicht dem menschlichen Wesen eigentümlich seien, wenn sie auch gegen alle Prinzipien der Kunst verstießen.

Doch wir überlassen den Lehrer des Tanz- und Anstandsunterrichts seinen philosophischen Grübeleien, um uns praktischeren und zeitgemäßeren Fragen zuzuwenden.

Während seiner letzten Ausflüge in den Wald oder

über die Wiesen hatte Godfrey, wenn er allein oder in Gesellschaft Carefinotus ging, kein anderes Raubtier zu Gesicht bekommen. Nicht einmal Spuren von solchen waren ihm aufgefallen. Das Flüßchen, aus dem sie doch ihren Durst löschen mußten, zeigte an seinem Ufer keinerlei Klauenabdrücke. Ebenso hörte man während der Nacht niemals ein Geheul oder ein verdächtiges Brummen; auch die Haustiere ließen kein Zeichen von Beunruhigung merken.

»Das ist auffallend«, sagte sich Godfrey, »und doch hab' ich mich nicht getäuscht; Carefinotu aber ebenso wenig. Es war bestimmt ein Bär, den er mir zeigte, und ein Bär war es, auf den ich gefeuert habe. Angenommen, ich hätte ihn getötet, so wäre das der letzte Repräsentant jener Familie der Plantigraden gewesen, der sich auf der Insel aufhielt?«

Das war völlig unerklärlich! Wenn Godfrey jenen Bären übrigens erlegt hatte, so hätte man doch den Kadaver an der Stelle, wo er ihn schoß, wiederfinden müssen. Sollte er glauben, daß das tödlich getroffene Tier sich noch fortgeschleppt hätte und in einer entfernten Höhle verendet war?

Das war wohl möglich; dann mußten sich doch mindestens an der betreffenden Stelle, am Fuße jenes Baumes, Blutspuren finden, und das war nicht der Fall.

»Wie dem auch sei«, dachte Godfrey, »es ändert nichts an der Hauptsache, daß wir uns in acht nehmen müssen.«

Mit dem ersten Tagen des Novembers konnte man sagen, daß in diesen unbekannten Breiten die schlechte Jahreszeit angefangen habe. Schon fielen während mehrerer Stunden recht kalte Regen. Später mußten höchstwahrscheinlich jene endlosen Niederschläge kommen, welche gleich Wochen hintereinander dauern und die Winterregenperiode in der Höhe dieser Parallelkreise kennzeichnen.

Godfrey mußte nun wohl oder übel daran denken, im Innern des Will-Tree selbst eine Feuerstatt herzurichten

– den unentbehrlichen Herd, der ebenso zur Heizung der Wohnung während des Winters dienen, wie die Küche gegen die Wassergüsse und Windstöße schützen sollte.

Den Herd selbst konnte man zwar bequem in einer Ecke des Zimmers errichten, indem man größere Steine aufschichtete, von denen die einen flachgelegt, die anderen auf die hohe Kante gestellt wurden. Es entstand nur die Frage, wie der Rauch nach außen geführt werden sollte, denn ihn einfach durch die lange Aushöhlung im Kern der Sequoia ausströmen zu lassen, erschien eben nicht ratsam.

Godfrey kam auf den Gedanken, zur Herstellung eines Rauchrohrs einige der langen und dicken Bambus zu verwenden, welche am Ufer des Baches an einigen Stellen wuchsen.

Wir müssen gestehen, daß er bei dieser Gelegenheit von Carefinotu sehr wirksam unterstützt wurde. Der Schwarze begriff, wenn auch erst nach einiger Bemühung, was Godfrey wollte. Er war es, der ihn begleitete, wenn er gegen zwei Meilen weit vom Will-Tree wegging, um die Bambus unter den stärksten auszuwählen. Er half ihm auch bei der Errichtung des Herdes. Die Steine wurden auf dem Erdboden gegenüber der Tür verlegt, die von ihrem Mark befreiten und an ihren Knoten durchstoßenen Bambus bildeten, ein Rohr an das andere gesteckt, einen Schlauch von hinreichender Länge, der durch eine in die Rinde der Sequoia gebrochene Öffnung mündete. Diese Anordnung konnte ja genügen, wenn man nur darauf sah, daß die Bambusrohre nicht selbst Feuer fingen. Godfrey hatte bald die Genugtuung, ein tüchtiges Feuer aufflammen zu sehen, ohne daß der Rauch davon das Innere des Will-Tree verpestete.

Er hatte sehr recht daran gehandelt, diese Einrichtung zu treffen, und noch mehr recht, sich mit der Vollendung derselben zu beeilen.

Vom 3. bis zum 10. November nahm ein wahrer Platzregen gar kein Ende. Das Feuer unter freiem Himmel zu erhalten, wäre ganz unmöglich gewesen. Während dieser traurigen Tage mußten alle in der Wohnung bleiben; nur die dringendsten Obliegenheiten, wie die Besorgung des Federviehes und der anderen Haustiere, erforderten einen kurzen Ausgang.

Unter diesen Umständen fing der Vorrat von Camas an auszugehen. Gerade diese Wurzeln aber vertraten die Stelle des Brotes, und der Mangel derselben machte sich recht fühlbar.

Godfrey erklärte also Tartelett eines Tages, am 10. November, daß, wenn die Witterung sich einigermaßen aufklären sollte, er mit Carfinotu zur Einsammlung von Camas ausgehen werde. Tartelett, welcher sich niemals aufdrängte, einen Weg von zwei Meilen durch aufgeweichtes Wiesenland zu machen, übernahm es, das Haus während Godfreys Abwesenheit zu bewachen.

Im Laufe des Abends fing der Himmel an, sich von den schweren Wolken zu entlasten, welche der Westwind seit Anfang des Monats zusammengetrieben hatte; der Regen ließ ein wenig nach, und die Sonne sandte zur Zeit der Dämmerung noch einzelne freundliche Strahlen herab. Das gab Hoffnung, daß der folgende Tag sich etwas besser gestalten werde, wovon man sofort Nutzen ziehen wollte.

»Morgen«, sagte Godfrey, »brech' ich früh morgens auf, und Carfinotu wird mich begleiten.«

»Einverstanden!« erwiderte Tartelett.

Am Abend, nach Vollendung des Nachtessens, als der dunstfreie Himmel einige Sterne durchschimmern ließ, wollte der Schwarze seinen gewöhnlichen Posten draußen wieder einnehmen, den er während der vergangenen regnerischen Nächte hatte aufgeben müssen. Godfrey bemühte sich zwar, ihm zu verstehen zu geben, daß er besser tue, in der Wohnung zu bleiben, daß nichts eine strengere Bewachung erheische, da sich kein weiteres wildes Tier gezeigt hatte; doch Carefinotu bestand auf seiner Idee. Man mußte ihn eben gewähren lassen.

Am nächsten Morgen hatte es, wie Godfrey vorausgesehen, wirklich seit dem vorigen Tage nicht wieder geregnet, und als er gegen sieben Uhr den Will-Tree verließ, vergoldeten die ersten Strahlen der Sonne die dichten Kronen der Sequoias.

Carefinotu befand sich auf der Stelle, wo er die Nacht verbracht. Er wartete. Sofort nahmen beide, wohl bewaffnet und mit Säcken versehen, von Tartelett Abschied und begaben sich nach dem Bache zu, an dessen linkem Ufer sie bis zu den Camabüschen hinwandern wollten.

Eine Stunde späte waren sie ohne jedes gefährliche Rencontre an Ort und Stelle angelangt.

Schnell wurden die Wurzeln ausgezogen und zwar in solcher Menge, daß sie die zwei Säcke füllten. Das erforderte drei Stunden, so daß es etwa um elf Uhr vormittags war, als Godfrey und sein Begleiter den Rückweg nach dem Will-Tree einschlugen.

Sie gingen nebeneinander, begnügten sich umherzublicken, da sie miteinander nicht sprechen konnten, und waren so an eine Biegung des kleinen Wasserlaufes gekommen, über welchen sich hier die Baumkronen in Form einer Laube von einem Ufer zum andern vereinigten, als Godfrey plötzlich stehen bliebe.

Dieses Mal war er es, der Carefinotu ein unbewegliches Tier wies, das am Fuße eines Baumes stand, und dessen beide Augen in wahrhaft unheimlichem Glanze leuchteten.

»Ein Tiger!« rief er.

Er täuschte sich nicht. Es war ein sehr großer, auf den Hintertatzen stehender Tiger, der sich mit den Krallen an einen Baumstamm stützte und zum Sprunge bereit schien.

In einem Augenblicke hatte Godfrey seinen Sack mit den Wurzeln fallen lassen. Die geladene Flinte glitt in seine rechte Hand, er spannte das Schloß, schlug an, zielte und gab Feuer.

»Hurra! Hurra!« rief er.

Dieses Mal war nicht daran zu zweifeln. Der von der Kugel getroffene Tiger hatte einen Satz nach rückwärts gemacht. Vielleicht war er aber doch nicht tödlich verwundet, vielleicht konnte er, durch die Verletzung gereizt, nur desto wütender hervorbrechen ...

Godfrey hatte das Schloß in Ruhe gestellt, hielt aber immer einen zweiten Schuß für das Raubtier fertig.

Ehe Godfrey ihn davon zurückhalten konnte, stürzte Carefinotu mit dem Jagdmesser in der Hand nach der Stelle, wo der Tiger verschwunden war.

Godfrey rief ihm zu, einzuhalten; zurückzukehren ... vergeblich! Entschlossen, selbst auf die Gefahr seines Lebens hin, dem Tiere, welches vielleicht nur verwundet war, den Garaus zu machen, hörte er ihn nicht, oder wollte er überhaupt nicht hören.

Godfrey eilte ihm also nach. Am Uferabhang angelangt, sah er Carefinotu im Kampfe mit dem Tiger, den er am Halse gepackt und gegen dessen Tatzenschläge er sich wahrhaft heldenmütig wehrte, bis es gelang, der Bestie mit starker Hand das Messer ins Herz zu rennen.

Der Tiger kollerte jetzt nach dem Wasserlaufe hinunter, der durch die vorhergehenden Regengüsse angeschwollen war und den Kadaver mit der Schnelligkeit eines Bergstromes hinabführte. Nur wenige Augenblicke noch schwamm der tote Körper auf der Oberfläche, dann wurde er ins Meer hinausgeschwemmt.

Ein Bär! Ein Tiger! Wer hätte noch daran zu zweifeln gewagt, daß die Insel reißende Tiere barg?

Als Godfrey zu Carefinotu herantrat, überzeugte er sich zum Glück, daß dieser bei dem ungleichen Ringen nur einige leichtere Verletzungen davongetragen hatte, dann schlug er, sehr besorgt über die möglichen Unfälle, welche die Zukunft ihnen bringen konnte, den Weg nach dem Will-Tree wieder ein.

Zwanzigstes Kapitel

In welchem Tartelett in allen Tonarten wiederholt, daß er fort will.

Als Tartelett hörte, daß es auf der Insel nicht nur Bären, sondern auch Tiger gab, fingen seine Klagen aus tiefstem Herzensgrund von neuem an. Jetzt konnte er gar nicht mehr wagen, auszugehen! Die Raubtiere würden zuletzt gewiß noch den Weg nach dem Will-Tree ausfindig machen! Dann gäb es keine Sicherheit mehr! In seinem ersten Schrecken verlangte der Professor zum Schutz richtige Fortifikationen, mindestens steinerne Mauern mit Pfeilern und Gegenpfeilern, Courtinen, Bastionen und Kasematten, um die Gruppe der Sequoias wirksam verteidigen zu können. Wenn das nicht zu beschaffen wäre, wollte er oder wünschte er wenigstens seiner Wege zu gehen.

»Ja, ich auch«, antwortete Godfrey trocken.

In der Tat waren die Verhältnisse, in denen die Bewohner der Insel Phina jetzt lebten, nicht mehr die nämlichen wie früher. Gegen den Mangel, für die Erlangung der nötigsten Lebensbedürfnisse zu kämpfen, das war ihnen, dank einigen glücklichen Umständen, wohl gelungen. Gegen die schlechte Jahreszeit, gegen den Winter und seine Härte, hätten sie sich gewiß auch zu wahren gewußt, aber sich auch noch gegen reißende Tiere zu verteidigen, von denen ein Angriff jederzeit zu gewärtigen war, das lag doch anders, und dazu fehlten ihnen die Mittel.

Die schon sehr kritische Lage wurde dadurch sehr ernst, wenn nicht zuletzt unhaltbar.

»Aber«, wiederholte sich Godfrey immerfort, »wie ist es gekommen, daß wir während vier Monaten nicht ein einziges Raubtier auf der Insel gesehen, und warum mußten wir uns nun binnen vierzehn Tagen gegen einen Bären und einen Tiger wehren? ... Was soll das heißen?«

Diese Tatsache mochte unerklärlich sein, doch, wie müssen es wohl anerkennen, deshalb nicht minder unbestreitbar.

Godfrey, dessen Kaltblütigkeit und Mut mit der wachsenden Gefahr Schritt hielten, ließ sich jedoch nicht niederbeugen; da jetzt wilde Tiere die kleine Kolonie bedrohten, so galt es eben, sich ohne Zögern gegen deren Angriffe zu schützen.

Doch welche Maßregeln sollte er dazu ergreifen?

Zunächst wurde ausgemacht, daß nur noch seltene Ausflüge nach dem Walde oder nach dem Strande gemacht werden sollten, daß man immer gut bewaffnet ausgehen wolle, und auch das nur dann, wenn die unabweisbare Notwendigkeit dazu zwang.

»Bei den beiden Begegnungen mit Raubtieren sind wir gut genug davongekommen«, sagte Godfrey öfter, »ein andermal gelingt uns das vielleicht nicht so gut! Es hat sich also niemand ohne dringende Notwendigkeit einer solchen Gefahr auszusetzen!«

Freilich genügte es noch nicht, die Ausflüge zu beschränken, auf jeden Fall mußte auch der Will-Tree gesichert werden, und zwar die Wohnung selbst ebenso wie das Zubehör, der Hühnerstall, das Tiergehege usw., wo ihnen wilde Tiere so leicht unersetzlichen Schaden zufügen konnten.

Godfrey hegte also den Gedanken, wenn auch nicht den Will-Tree nach Tarteletts großartigem Plane zu befestigen, doch die vier oder fünf großen Mammutbäume, welche ihn umgaben, untereinander zu verbinden. Wenn es ihm gelang, eine feste und hohe Palisade von einem Stamme zum andern zu errichten, so befand man sich dahinter in verhältnismäßiger Sicherheit, wenigstens geschützt gegen unerwartete Überrumpelung.

Das schien ausführbar – Godfrey gewann die Überzeugung, nachdem er die Örtlichkeit genau untersucht – aber eine schwere langwierige Arbeit wurde es doch. Bei möglichster Einschränkung handelte es sich immer noch darum, eine Palisade von mindestens dreihundert

Fuß Umfang herzustellen.

Daraus ließ sich ja beurteilen, wie viele Bäume zu diesem Zweck ausgewählt, gefällt, hergeschafft und aufgerichtet werden mußten, um einen vollständigen Verschluß zu erzielen.

Godfrey schreckte vor dieser Arbeit nicht zurück. Er teilte seine Projekte Tartelett mit, der sie nicht nur billigte, sondern auch seine tätige Mitwirkung zusicherte; aber, was noch merkwürdiger erschien, es gelang ihm sogar, Carefinotu seine Pläne verständlich zu machen, und dieser war natürlich sofort bereit, hilfreiche Hand zu leisten.

Man ging also ohne Aufschub ans Werk.

Nahe einer Biegung des Baches, wenigstens eine Meile aufwärts vom Will-Tree, befand sich ein kleines Gehölz von Seefichten mittlerer Größe, deren Stämme in Ermangelung von Pfählen oder Planken, ohne vorher viereckig zugerichtet zu werden, durch Nebeneinanderstellen derselben eine feste palisadenartige Umzäunung liefern konnten.

Nach diesem Gehölz begaben sich Godfrey und seine beiden Gefährten am folgenden Tage, dem 12. November, schon mit Sonnenaufgang. Trotz ausreichender Bewaffnung drangen sie doch nur sehr vorsichtig weiter vor.

»Paßt mir ganz und gar nicht, diese Gänge auf Arbeit«, brummte Tartelett, den diese neuen Prüfungen immer erbitterter machten. »Ich wünschte, meiner Wege gehen zu können.«

Godfrey nahm sich jedoch gar nicht die Mühe, ihm zu antworten. Bei dem jetzigen Vorhaben konnte er nicht nach seinem Geschmack gefragt werden, ja, dasselbe nahm nicht einmal seine Intelligenz in Anspruch. Das allgemeine Wohl verlangte eben die Hilfe seiner Arme, und wohl oder übel mußte er sich bequemen, als Saumtier Dienste zu tun.

Der Weg von einer Meile, der den Will-Tree von dem Hölzchen trennte, würde übrigens ohne jeden Zwischenfall zurückgelegt – vergebens durchspähten sie das Dickicht und überblickten sie das Wiesenland von einem Ende zum anderen. Die Haustiere, welche auf der Weide gelassen werden mußten, verrieten kein Zeichen von Schreck oder Angst. Die Vögel schwirrten umher und erschienen eher noch sorgloser als sonst.

Die Arbeit wurde also sogleich begonnen. Godfrey wollte mit gutem Grunde die Bäume nicht eher wegschaffen lassen, als bis so viele, wie man bedurfte, gefällt waren. Jedenfalls ließen sie sich leichter zusammenpassen, wenn man sie alle beisammen hatte.

Carefinotu leistete bei dieser schweren Arbeit vortreffliche Dienste. Er wußte schon sehr geschickt mit Axt und Säge umzugehen. Seine Körperstärke erlaubte ihm auch dann noch unausgesetzt tätig zu sein, wenn Godfrey gezwungen war, etwas innezuhalten, um Atem zu schöpfen, und wenn Tartelett, zerschlagen an allen Gliedern, kaum noch die Geige zu halten imstande gewesen wäre.

Und doch hatte Godfrey dem bedauernswerten Lehrer des Tanz- und Anstandsunterrichts, der sich jetzt als Waldarbeiter abquälte, nur den am wenigsten anstrengenden Teil der Arbeit, nämlich das Abschlagen der schwachen Äste, zugewiesen. Trotzdem, und selbst wenn Tartelett nur einen halben Dollar Tagelohn empfangen hätte, würde er gut vier Fünftel seines Lohnes geradezu gestohlen haben.

Sechs Tage lang, vom 12. bis 17. November, nahm diese Beschäftigung in Anspruch. Früh am Morgen zogen die unfreiwilligen Ansiedler aus, wobei sie etwas Frühstück mit sich führten, und kehrten nach dem Will-Tree zur Hauptmahlzeit gegen Abend zurück. Die Witterung war dabei nicht eben die schönste. Der Himmel bedeckte sich manchmal mit schweren Wolken, und Regenschauer wechselten mit kurzen Sonnenblicken ab. Goß es zu stark herab, so schützten sich die Holzfäller bestmöglich unter den Bäumen und nahmen dann die eine Weile unterbrochene Arbeit wieder auf.

Am 18. lagen alle Stämme von den Kronen und Ästen befreit auf dem Boden fertig, um nach dem Will-Tree geschafft zu werden.

Während der ganzen Zeit hatte sich kein Raubtier in der Umgebung des Baches blicken lassen und es entstand die Frage, ob überhaupt noch solche auf der Insel wären; ob der tödlich getroffene Bär ebenso wie der Tiger nicht vielleicht – so unwahrscheinlich es auch war – die letzten ihrer Art gewesen sein mochten.

Doch ohne Berücksichtigung einer solchen Möglichkeit wollte Godfrey nicht von der Errichtung einer festen Umzäunung absehen, um gleichmäßig gegen einen Angriff durch Wilde, wie gegen einen Überfall durch Bären oder Tiger gesichert zu sein. Übrigens war ja das Schlimmste vollbracht und es handelte sich nur noch darum, die Stämme bis zur Stelle zu transportieren, wo sie aneinandergefügt werden sollten.

Wir sagen, das Schlimmste vollbracht, obwohl dieser Transport viel Schwierigkeiten zu machen drohte. Wenn sich das nicht erfüllte, so lag es daran, daß Godfrey eine sehr praktische Idee hatte, welche dessen Ausführung wesentlich erleichtern sollte; er benützte nämlich die Strömung des Baches, welche infolge der vorangegangenen Regengüsse jetzt eine ziemlich schnelle war, die Stämme forttragen zu lassen. Man stellte deshalb kleine Flöße zusammen, welche gemächlich bis zu dem Platze hinabtrieben, wo der Bach die Gruppe der Mammutbäume fast durchschnitt. Hier mußte die früher errichtete Brücke sie natürlich aufhalten; von hier aber war der Will-Tree kaum noch fünfundzwanzig Schritte entfernt.

Wenn jemand über dieses Verfahren besonders befriedigt erschien, das ihm ja seine »stark kompromittierte Menschenwürde« wieder herzustellen versprach, so war es der Professor Tartelett.

Am 18. wurden also die ersten Flöße abgelassen. Sie gelangten ohne Unfall bis zu genanntem Hemmnis; binnen weniger als drei Tagen, am Abend des 20., war alles am Bestimmungsorte eingetroffen.

Schon am nächsten Tage begannen sich die ersten, zwei Fuß tief in die Erde eingerammten Pfähle zu erheben, um die stärksten Sequoias rund um den Will-Tree miteinander zu verbinden. Eine Durchflechtung mit starken, aber biegsamen Zweigen, welche die oberen zugespitzten Enden zusammenfügten, sicherte noch ferner die ganze Festigkeit des Baues.

Godfrey sah die Arbeit mit großer Befriedigung fortschreiten, aber es verlangte ihn auch danach, sie vollendet zu sehen.

»Wenn unsere Palisade fertig ist«, sagte er zu Tartelett, »dann leben wir wirklich hier erst zu Hause.«

»Na, eigentlich leben wir wohl erst zu Hause, wenn wir wieder in der Montgomery Street, in unseren Zimmern des Hotel Kolderup wohnen.«

Dagegen ließ sich natürlich nichts einwenden.

Am 26. November war die Palisade zu drei Vierteln errichtet. Sie umschloß unter den miteinander verbundenen Sequoias den Stamm des Baumes, in welchem der Hühnerstall errichtet worden war, und Godfrey beabsichtigte nun, einen Stall für die anderen Tiere herzustellen.

Noch drei bis vier Tage, und die Umzäunung mußte fertig dastehen. Dann blieb nur noch die Anfertigung einer widerstandsfähigen Tür übrig, um die Umschließung des Will-Tree vollständig erscheinen zu lassen.

Am nächsten Tage, am 27. November, wurde die Arbeit jedoch durch ein Ereignis unterbrochen, auf welches wir etwas genauer eingehen müssen, denn es vermehrte die Anzahl unerklärlicher Vorkommnisse, welche die Insel Phina nach und nach aufwies.

Gegen acht Uhr des Morgens war Carefinotu durch die Höhlung bis zur Gabelung der Sequoia hinaufgeklettert, um die Öffnung dichter zu verschließen, durch welche Kälte und Regen noch immer etwas Eingang fanden, als dieser einen eigentümlichen Schrei ausstieß.

Godfrey, der an der Umzäunung arbeitete, wendete

den Kopf und erblickte den Schwarzen, der durch deutliche Zeichen zu verstehen gab, daß er zu ihm heraufkommen möchte.

Überzeugt, daß Carefinotu ihn nicht stören würde, wenn er dazu nicht hinlängliche Ursache hatte, ergriff Godfrey das Fernrohr, kletterte gleichfalls innerhalb des Stammes in die Höhe, drängte sich durch die Öffnung hinaus und saß bald rittlings auf einem der gewaltigen Äste.

Carefinotu streckte den Arm nach dem abgerundeten Winkel zu aus, den die Insel Phina im Nordosten bildete, und zeigte nach einer Rauchsäule, welche sich in langen Wirbeln in die Luft erhob.

»Noch einmal!« rief Godfrey.

Das Fernrohr auf den betreffenden Punkt richtend, mußte er sich überzeugen, daß dieses Mal keine Täuschung unterlaufen könne, daß er einen Rauch sehe, der von ziemlich großem Feuerherde aufstieg, da er in einer Entfernung von fünf Meilen so deutlich sichtbar war.

Godfrey drehte sich nach dem Neger um.

Dieser drückte sein Erstaunen durch Blicke, durch Ausrufe wie durch sein ganzes Benehmen aus. Offenbar nahm ihn jene Erscheinung nicht weniger wunder als Godfrey selbst.

Übrigens befand sich auf hoher See weder ein Schiff noch ein Boot irgendwelcher Art, überhaupt nichts, was hätte darauf hinweisen können, daß am Strande der Insel eine Landung stattgefunden habe.

»Oh, dieses Mal werde ich das Feuer zu finden wissen, von dem jener Rauch ausgeht!« rief Godfrey.

Er wies nach der nordöstlichen Ecke der Insel, dann nach dem Fuße des Mammutbaumes hin und gab Carefinotu durch Zeichen zu verstehen, daß er sich nach dem Orte jener Erscheinung, und zwar ohne Zögern, begeben wollte.

Carefinotu verstand ihn. Ja, noch mehr, er nickte auch mit dem Kopfe, um seine Zustimmung auszudrükken.

»Ja«, sagte sich Godfrey, »wenn sich dort ein menschliches Wesen aufhält, muß ich auch wissen, wie es und woher es hierher gekommen ist; ich muß ergründen, warum der Mann sich verborgen hält. Es gilt unser aller Sicherheit!«

In der nächsten Minute waren er und Carefinotu wieder am Fuße der Sequoia angelangt. Godfrey unterrichtete Tartelett von dem, was er gesehen, was er beabsichtigte, und schlug ihm auch vor, die beiden bis zum nördlichen Ufer zu begleiten.

So gegen zehn Meilen an einem Tage zurückzulegen, reizte freilich einen Mann nicht, der die Beine als den wertvollsten Teil seiner Persönlichkeit betrachtete, die nur geschaffen seien, elegante Übungen auszuführen. Er antwortete also, daß er vorziehen werde, im Will-Tree zurückzubleiben.

»Meinetwegen, so gehen wir allein«, erwiderte Godfrey, »doch erwarten Sie uns nicht vor dem Abend zurück.«

Mit diesen Worten brachen Carefinotu und er, einigen Mundvorrat mitnehmend, um sich unterwegs stärken zu können, schon auf, nachdem sie nur kurz von dem Professor Abschied genommen, der als persönliche Meinung daran festhielt, daß sie nichts finden und sich wieder einmal umsonst abmühen würden.

Godfrey trug ein Gewehr und einen Revolver; der Schwarze Axt und Jagdmesser, welch letzteres allmählich zu seiner Lieblingswaffe geworden war. Sie überschritten die Plankenbrücke, gelangten damit auf die rechte Seite des Baches und richteten ihre Schritte nun quer über das Wiesenland nach jenem Punkt der Küste, wo man den Rauch noch immer zwischen den Felsen aufwirbeln sah.

Es war das heute etwas mehr östlich als die Stelle, an der Godfrey bei Gelegenheit seiner zweiten Nachsuchung dessen Ursprung vergeblich zu entdecken sich bemüht hatte.

Beide gingen schnell dahin, natürlich nicht ohne ein Auge darauf zu haben, ob der Weg auch sicher sei, ob Gebüsche oder Unterholz nicht irgendein gefährliches Raubtier verbargen, dessen Angriff ihnen hätte verderblich werden können.

Ihre Befürchtungen erwiesen sich als grundlos.

Zu Mittag, nachdem sie ein wenig gegessen, ohne sich dabei einen Augenblick aufzuhalten, kamen beide an der ersten Felsenpartie, welche das Ufer begrenzte, an. Der noch immer sichtbare Rauch erhob sich in einer Entfernung von kaum einer Viertelmeile, und wenn man nur einer geraden Linie folgte, mußte dessen Ursprungsstelle aufgefunden werden.

Sie beeilten also ihre Schritte, doch immer mit soviel Vorsicht, um selbst zu überraschen, nicht aber überrascht zu werden.

Zwei Minuten später verschwand der Rauch, als ob das Feuer urplötzlich erloschen wäre.

Godfrey hatte sich jedoch genau den Punkt gemerkt, über welchem jener vorher aufstieg. Dieser lag am Ende eines merkwürdig gestalteten Felsens, einer Art abgestumpften Pyramide, welcher leicht wiederzuerkennen war. Diesen zeigte er seinem Begleiter und ging gerade darauf los.

Die Viertelmeile war bald genug zurückgelegt, und um den Felsen stürmend, standen Godfrey und Carefinotu jetzt auf dem Vorlande, kaum fünfzig Schritte von der Gesteinsmasse entfernt.

Sie liefen auf dieselbe zu ... Niemand da! ... Aber diesmal verrieten doch ein kaum erloschenes Feuer und umherliegende halbverbrannte Kohlenstücke unzweifelhaft, daß hier ein Brand unterhalten worden war.

»Hier ist ein Mensch gewesen!« rief Godfrey, »gewiß noch vor wenigen Augenblicken – das muß ich klarmachen!«

Er rief laut ... keine Antwort ... Carefinotu stieß einen lang widerhallenden Schrei aus ... keine Seele erschien.

Nun untersuchten beide alle Felsen in der Nähe nach einer Höhle oder Grotte, die einem Schiffbrüchigen, einem Eingeborenen, einem Wilden hätte als Schlupfwinkel dienen können ... Vergeblich durchforschten sie aber die geringsten Einbuchtungen am Ufer. Nirgends fand sich etwas von einer älteren oder neueren Lagerstatt, nicht einmal die Fußspur eines Menschen, der sich daselbst aufgehalten hätte.

»Und doch war das«, wiederholte Godfrey, »dieses Mal nicht der Dampf einer heißen Quelle, sondern Rauch eines Holz- oder Reisigfeuers, und dieses Feuer hat sich nicht allein entzünden können!«

Leider blieben alle Bemühungen vergeblich, und ebenso unruhig und betroffen, nichts haben entdecken zu können, schlugen Godfrey und Carefinotu gegen zwei Uhr den Rückweg nach dem Will-Tree wieder ein.

Es kann nicht auffallend erscheinen, daß Godfrey sehr in Gedanken versunken dahinwandelte. Ihm erschien es fast, als stehe seine Insel unter der Herrschaft einer geheimen Macht. Das Wiedererscheinen jenes Rauches und das Vorhandensein von Raubtieren deutete doch mindestens auf irgendwelche unerklärliche Einflüsse, die sich hier geltend machten, hin.

Und mußte er in diesen Gedanken nicht noch mehr bestärkt werden, als sich, eine Stunde nachdem sie den Bereich der Wiesen betreten, plötzlich ein eigenartiges Geräusch, eine Art trockenes Klappern, hören ließ? ... Carefinotu stieß ihn noch in dem Moment zurück, wo eine unter dem hohen Grase zusammengerollte Schlange sich eben auf den jungen Mann losstürzen wollte.

»Schlangen – nun sind auch Schlangen auf der Insel, als Nachfolger der Bären und Tiger!« rief er.

Es war in der Tat eines jener Reptile, leicht erkennbar an dem Geräusch, welches seine Bewegungen hervorbrachten, eine sogenannte Klapperschlange der giftigsten Sorte, ein Riese aus der Familie der Crotalen!

Carefinotu hatte sich zwischen Godfrey und das Reptil gedrängt, welches sofort unter einem nahen Gebüsche verschwand.

Der Schwarze eilte demselben jedoch nach und hackte es mit der Axt in zwei Teile.

Als Godfrey nachkam, wanden sich schon die blutenden Reste auf dem Boden hin und her.

Später zeigten sich auch noch andere, nicht minder gefährliche Schlangen in großer Anzahl überall auf der Wiese, welche der Bach vom Will-Tree trennte.

Handelte es sich hier um ein plötzliches Eindringen der schrecklichen Tiere? Sollte die Insel Phina zur Rivalin jenes alten Tenos werden, welches die furchtbaren Ophidien im Altertum berühmt machten und das der Viper seinen Namen verlieh?

»Vorwärts, Vorwärts!« rief Godfrey, und bedeutete Carefinotu durch Zeichen, schnellstens dahinzueilen.

Er war unruhig; ihn bewegten beklemmende Ahnungen, ohne daß er dieselben zu bemeistern vermochte.

Und als ob er schon ein schweres Unglück voraussehe, drängte es ihn, nach dem Will-Tree zurückzukommen.

Jetzt näherte er sich unter ganz anderen Verhältnissen der über den Bach geworfenen Notbrücke.

Von der Sequoiagruppe her ertönte lautes Geschrei, Hilferufe eines zu Tode Erschrockenen, über welchen man nicht im unklaren sein konnte.

»Das ist Tartelett!« rief Godfrey, »der Unglückliche ist angefallen worden!... Schnell! Schnell!«

Zwanzig Schritte weiter, über die Brücke gelangt, sahen sie Tartelett, welcher davonlief, was ihn nur die Beine tragen konnten.

Ein gewaltiges Krokodil, das aus dem Bache gekommen schien, verfolgte ihn mit weitaufgerissenem Rachen.

Der vor Angst gänzlich kopflose arme Mann rannte, statt sich immer nach rechts und links zu wenden, schnurstracks geradeaus, war also weit mehr gefährdet, erwischt zu werden. Plötzlich stolperte er gar und fiel zu

Boden ... er schien verloren.

Godfrey blieb stehen. Auch angesichts der entsetzlichen Gefahr verlor er glücklicherweise seine Kaltblütigkeit keinen Augenblick. Er schlug das Gewehr an und zielte nach einer Stelle dicht unter dem Auge des Krokodils.

Die sicher gezielte Kugel traf das Ungeheuer, welches noch einen Seitensprung machte und dann regungslos niederfiel.

Da eilte Carefinotu zu Tartelett hin und hob ihn auf ... der Professor war diesmal mit dem Schrecken davongekommen! Aber welche Angst hatte der arme Teufel ausgestanden!

Es war jetzt sechs Uhr abends.

Noch eine Minute, und Godfrey war mit seinen beiden Gefährten nach dem Will-Tree zurückgekehrt.

Welch bitteren Betrachtungen gaben sie sich bei dieser Abendmahlzeit hin! Welche bangen, schlaflosen Stunden bedrohten nun die Bewohner der Insel Phina, gegen welche sich das Mißgeschick verschworen zu haben schien!

Der Professor in seiner Heidenangst wußte weiter nichts, als die wenigen Worte zu wiederholen, in denen sich all seine Gedanken konzentrierten:

»Ich wünschte nichts weiter, als fortlaufen zu können!«

Einundzwanzigstes Kapitel

Welches mit einer höchst überraschenden Bemerkung des
Negers Carefinotu endigt.

Die unter jenen Breiten so rauhe Winterszeit war gekommen. Godfrey durfte sich glücklich schätzen, in der
Wohnung einen Kamin nebst Schlot hergerichtet zu haben. Es versteht sich von selbst, daß die Errichtung der
Palisade vollendet war und eine feste Tür jetzt den Ab-
schluß der Umzäunung vermittelte.

Während der folgenden sechs Wochen, d. h. bis Mitte
Dezember, gab es viel schlechte Tage, welche es fast unmöglich machten, sich ins Freie zu begeben. Zuletzt
stellten sich heftige Stürme ein, bei denen die Mammutgruppe bis an die Wurzeln erschüttert und der Boden
mit abgebrochenen Zweigen bestreut wurde, von welchen man einen großen Vorrat als Feuerholz sammelte.

Die Insassen des Will-Tree kleideten sich nun so
warm als möglich; die in der Kiste vorgefundenen
Wollstoffe wurden jetzt benutzt, wenn einer oder der
andere hinaus mußte, um wenigstens die Bedürfnisse
der Küche zu decken; das Wetter wurde jedoch allmählich so abscheulich, daß man sich auf das notwendigste
beschränken mußte.

An eine Jagd war gar nicht zu denken, und der
Schnee fiel mit solcher Heftigkeit, daß Godfrey sich in
die unwirtlichen Gegenden des Eismeeres versetzt
glaubte.

Es ist ja bekannt, daß das nördliche Amerika, über
welches die eisigen Winde des Nordens ohne Hindernis
hinwegfegen, eines der kältesten Länder der Erde ist.
Der Winter dauert hier bis weit in den Monat April hinein, und es bedarf ganz besonderer Maßnahmen, um
sich gegen denselben zu schützen. Das erweckte den
Gedanken, die Insel Phina in weit höherer Breite zu suchen, als Godfrey bisher angenommen hatte.

Daraus ergab sich auch die Notwendigkeit, das In-

nere des Will-Tree so behaglich als möglich einzurichten, und doch hatte man von Kälte und Regen ganz
grausam zu leiden. Die Proviantvorräte waren leider
unzureichend, das Schildkrötenfleisch ging nach und
nach zu Ende; wiederholt mußten einige Köpfe aus der
Schaf-, Aguti- oder Ziegenherde geopfert werden, obgleich deren Zahl seit dem Aufenthalt auf der Insel
nicht besonders gewachsen war.

Welch trübselige Gedanken marterten bei diesen
neuen Prüfungen des Schicksals das Gehirn Godfreys!

Es kam sogar soweit, daß er vierzehn Tage lang an
ziemlich intensivem Fieber daniederliegen mußte.
Ohne die kleine Apotheke, welche die nötigen Mittel
zur Bekämpfung der Krankheit lieferte, wäre es vielleicht um ihn geschehen gewesen. Tartelett übrigens
war wenig geeignet, ihm während dieser schlimmen
Zeit die nötige Pflege angedeihen zu lassen, und er
hatte es nicht wenig Carefinotu zu danken, daß er seine
Gesundheit wieder erhielt.

Doch welche Erinnerungen und welche Klagen!
Konnte er doch niemand anderen als sich selbst dafür
verantwortlich machen, daß er sich jetzt in einer Lage
befand, deren Ende er niemals abzusehen vermochte!
Wie viele Male rief er in seinen Fieberphantasien den
Namen Phinas, die er niemals wiederzusehen fürchtete,
oder den seines Onkels Will, von dem er sich für immer
getrennt sah! Ach, er mußte gar viel abziehen von jenem
Leben eines Robinson, das ihm in seiner Kinderphanta-
sie als Ideal vorgeschwebt hatte! Jetzt war er in der
Lage, eine solche Existenz zu kosten. Ja, er konnte nicht
einmal hoffen, je an den heimatlichen Herd zurückzukehren.

So schlich der traurige Monat Dezember hin, an dessen Ende Godfrey erst anfing, wieder ein wenig zu
Kräften zu kommen.

Tartelett hielt sich aus besonderer Gnade des Himmels vortrefflich. Doch welch unaufhörliche Klagen,
welch endlose Jeremiaden gab er zum besten! Wie die

Grotte der Kalypso nach der Abfahrt des Odysseus »klang der Will-Tree nicht mehr von seinem Sange wieder«, nämlich wohl zu verstehen, von dem Klange seiner Geige, deren Saiten durch den Frost versteinert waren.

Es muß hier bemerkt werden, daß Godfrey neben der Erscheinung von wilden Tieren jetzt nichts mehr fürchtete als eine Rückkehr der Wilden in verstärkter Anzahl, da diesen die Lage der Insel Phina ja hinreichend bekannt war. Gegen einen solchen Angriff hätte die Palisade aus Baumstämmen doch nur unzulänglich Schutz gewährt.

Alles in allem boten noch die hohen Äste der Sequoia die verhältnismäßig sicherste Zuflucht, und es entstand also der Gedanke, die Besteigung des Stammes minder beschwerlich zu machen. Die enge Öffnung, welche jeder Feind passieren mußte, um nach dem oberen Teile des Baumes zu gelangen, ließ sich ja stets leicht verteidigen.

Mit Hilfe Carefinotus gelang es Godfrey denn auch, an der Wand des Stammes regelmäßige Stufen, ähnlich den Sprossen einer Leiter, anzubringen, welche, durch lange Pflanzentaue verbunden, ein schnelleres Aufsteigen im Innern gestatteten.

»Nun«, bemerkte Godfrey lächelnd, »nach Beendigung dieser Arbeit haben wir eine Stadtwohnung unten und ein Landhaus oben.«

»Ich würde einen Keller vorziehen, vorausgesetzt, daß er in der Montgomery Street läge«, antwortete Tartelett.

Weihnachten kam heran, jenes »Christmas«, das in allen Vereinigten Staaten von Amerika so festlich begangen wird. Dann folgte der Neujahrstag, ein Tag voller freudiger Jugenderinnerungen, der regnerisch, schneeig, kalt und düster das neue Jahr unter den bedenklichsten Aussichten eröffnete.

Jetzt weilten die Schiffbrüchigen vom »Dream« schon sechs Monate lang, ohne alle Verbindungen mit der übrigen Welt, auf der verlassenen Insel.

Der Anfang des Jahres ließ sich nicht besonders günstig an.

Godfrey und seine Genossen konnten sich unmöglich dem Gedanken verschließen, daß ihnen noch härtere Leiden aufgespart wären.

Bis zum 18. Januar fiel der Schnee in einem fort. Man mußte die Herde draußen weiden lassen, um, so gut es anging, einige Nahrung zu finden.

Gegen Ende dieses Tages verhüllte eine feuchte kalte Nacht die ganze Insel, und der Schatten unter der Sequoia verwandelte sich in tiefste Finsternis.

Vergeblich versuchten, auf ihren Lagerstätten im Innern des Will-Tree ausgestreckt, Godfrey und Carefinotu zu schlafen. Bei dem ungewissen Lichte eines harzigen Zweiges durchblätterte Godfrey einige Seiten der Bibel.

Gegen zehn Uhr ließ sich vom nördlichsten Teile der Insel her ein entferntes Geräusch hören, das allmählich näher kam.

Über dessen Ursache konnte man nicht im Zweifel sein; das waren Raubtiere, welche in der Nähe umherstreiften, und – o Schreck! – dieses Mal vereinigte das Heulen des Tigers und der Hyäne sich mit dem Brüllen des Panthers und Löwen zum höllischen Konzert.

Eine Beute unsäglicher Angst, sprangen Godfrey, Carefinotu und Tartelett sofort in die Höhe. Wenn Carefinotu angesichts dieses unerklärlichen Einbruchs wilder Tiere den Schreck seiner Genossen teilte, so müssen wir doch hinzufügen, daß sein Erstaunen mindestens seinem Erschrecken gleich kam.

Zwei tödliche Stunden lang lauschten alle drei in ängstlicher Spannung. Gelegentlich ertönte das Geheul aus geringerer Entfernung; dann wurde es wieder ganz still, als wenn die Rotte wilder Tiere das Land noch nicht kannte und auf gut Glück hier- und dorthin lief. Vielleicht entging der Will-Tree noch einmal einem direkten Angriff.

»Gleichviel«, dachte Godfrey, »wenn wir außerstande sind, diese Tiere bis zum letzten Stück zu vertilgen, ist es mit unserer Sicherheit auf der Insel für immer vorbei.«

Kurz nach Mitternacht begann der Höllenlärm mit neuer Kraft und jetzt weit mehr in der Nähe. Es unterlag keinem Zweifel mehr, daß die gefährliche Horde sich dem Will-Tree mehr und mehr näherte.

Ja, es war nur zu gewiß! Und doch, woher kam dieses Raubzeug? Es konnte doch nicht neuerdings auf die Insel Phina gelangt, folglich mußten diese Tiere schon vor Godfreys Ankunft hier gewesen sein. Und doch, wie hatte diese ganze Bande sich bisher so gut verstecken können, daß Godfrey bei seinen Jagdzügen quer durch den Wald im Inneren, wie bis nach den entlegensten Punkten im Süden der Insel, niemals auch nur eine Spur derselben entdeckt hatte? Wo befand sich die geheimnisvolle Höhle, welche jetzt Löwen, Hyänen, Panther und Tiger spie? War diese Erfahrung neben den anderen unerklärlichen Vorkommnissen nicht eine der allerunerklärlichsten?

Carefinotu konnte gar nicht für wahr halten, was er hörte. Wir bemerkten schon, daß auch bei ihm das Erstaunen jetzt den höchsten Grad erreichte. Bei den Flammen des Herdes, welche das Innere des Will-Tree erleuchteten, hätte man sehen können, wie sein schwarzes Gesicht sich zur sonderbarsten Grimasse verzerrte.

Tartelett für seine Person seufzte, jammerte und brummte in seiner Ecke. Er wollte Godfrey über die ganze Sache ausfragen, aber dieser war weder in der Lage, noch in der Laune, ihm Rede und Antwort zu stehen. Er hatte das Vorgefühl einer unmittelbar drohenden Gefahr und grübelte über die Mittel, derselben glücklich zu entgehen.

Ein- oder zweimal wagten Carefinotu und er sich bis zur Mitte der Umzäunung vor. Sie wollten sich überzeugen, ob die Tür der Holzschanze inwendig ordentlich befestigt war.

Plötzlich wälzte sich eine Lawine von Tieren lärmend nach dem Will-Tree zurück.

Noch war es nur die Herde der Ziegen, Schafe und Agutis. Als sie das Geheul der Raubtiere gehört und deren Annäherung empfunden, waren die Tiere entsetzt von der Weide entflohen und suchten nun Schutz hinter der Palisade.

»Wir müssen ihnen öffnen!« rief Godfrey.

Carefinotu bewegte den Kopf von oben nach unten. Er hatte nicht nötig, dieselbe Sprache zu sprechen wie Godfrey, um diesen zu verstehen.

Die Tür ward aufgerissen, und die Herde stürzte sich Hals über Kopf in die Umzäunung.

In demselben Moment aber wurde durch die freie Öffnung in derselben ein eigentümliches Leuchten von Augen sichtbar, trotz der Dunkelheit, welche die Kronen der Sequoias noch tiefer machten.

Es war keine Zeit mehr, das Tor wieder zu schließen.

Sich auf Godfrey werfen, diesen wider seinen Willen fortzerren und ihn in die Wohnung drängen, deren Tür er eiligst zuschlug, das vollbrachte Carefinotu alles während der Dauer eines Blitzes.

Erneutes Brüllen zeigte an, daß drei oder vier Raubtiere durch die Palisade hereingekommen waren.

Zu diesem entsetzlichen Gebrüll mischte sich bald ein Durcheinander von Blöken und Grunzen; die hier wie in einer Falle gefangene Herde der Haustiere war den Tatzen der Angreifer preisgegeben.

Godfrey und Carefinotu bemühten sich zu erkennen, was draußen im Finstern vorging.

Offenbar hatten sich die Bestien – Tiger oder Löwen, Panther oder Hyänen, das konnte man nicht unterscheiden – auf die Herde geworfen und begannen diese zu zerfleischen.

Da ergriff Tartelett in blinder Angst und unsinnigem Entsetzen eine der Flinten und wollte durch die Fensteröffnung auf gut Glück Feuer geben.

Godfrey hielt ihn zurück.

»Nein«, sagte er. »Inmitten dieser Dunkelheit ist fast als gewiß anzunehmen, daß jeder Schuß verloren wäre. Wir dürfen unsere Munition nicht unnütz vergeuden. Warten wir den Tag ab!«

Er hatte sicherlich recht. Die Kugeln würden ebenso die Haustiere wie die wilden Eindringlinge getroffen haben, ja noch weit eher jene, da sie die weit größere Zahl bildeten. Sie zu retten, war ja überhaupt unmöglich. Opferte man sie auf, so verließen vielleicht die gesättigten Raubtiere die Umzäunung noch vor Aufgang der Sonne, dann würde man zusehen, was zu tun sei, um sich gegen einen wiederholten Angriff zu sichern.

Es empfahl sich wohl auch bei der finsteren Nacht so gut es anging, den Raubtieren die Anwesenheit von Menschen, welche sie wohl den Tieren vorgezogen hätten, nicht bemerkbar zu machen. Damit wurde vielleicht ein unmittelbarer Angriff gegen den Will-Tree vermieden.

Da Tartelett gar nicht imstande war, weder eine solche vernünftige Vorstellung, noch auch irgendeine andere zu begreifen, so begnügte sich Godfrey, ihm die Waffe zu entreißen. Der Professor warf sich darauf auf sein Lager, schimpfte und fluchte auf alle Reisen, auf die Reisenden, auf Tollköpfe, welche nicht ruhig am häuslichen Herde bleiben können.

Seine beiden Gefährten waren zur Beobachtung an der Fensteröffnung zurückgeblieben. Dort wohnten sie, ohne etwas dagegen tun zu können, dem furchtbaren Gemetzel bei, das im Finstern vor sich ging. Das Geschrei der Schafe und Ziegen wurde allmählich matter, ob sie nun schon alle erwürgt waren oder ein Teil derselben wieder nach außen geflüchtet war, wo sie ein ebenso gewisser Tod erwartete. Jedenfalls erlitt die kleine Ansiedlung damit einen unersetzlichen Verlust; Godfrey hatte jetzt aber keine Zeit, an die Zukunft zu denken, die Gegenwart gestaltete sich schon bedrohlich genug, um alle seine Gedanken in Anspruch zu nehmen.

Es war eben nichts zu tun, nichts zu versuchen, dieses Vernichtungswerk aufzuhalten.

Es mochte gegen elf Uhr abends sein, als das Wutgebrüll einen Augenblick aufhörte.

Godfrey und Carefinotu lauschten noch immer; es schien ihnen, als sähen sie jetzt eine große Menge Raubtiere innerhalb der Umzäunung, während von draußen noch weitere Tritte von Tieren hörbar wurden.

Offenbar noch zurückgebliebene Bestien wurden herbeigelockt durch den Blutgeruch, der die Luft erfüllte und als eigentümliche Ausdünstung sich im Will-Tree verbreitete. Sie liefen hin und her und wandten sich zuweilen mit wütendem Grollen gegen den Baum. Einzelne jener Schatten sprangen wie Katzen auf dem Boden umher. Die erwürgte Herde hatte nicht genügt, ihre Wut zu stillen.

Weder Godfrey noch seine Gefährten sprachen ein Wort. Nur durch vollständige Unbeweglichkeit konnten sie vielleicht einem direkten Angriffe entgehen.

Da verriet ein unglücklicher Knall ihre Anwesenheit und setzte sie damit erst der schlimmsten Gefahr aus.

Tartelett war, von wirklichen Halluzinationen geplagt, aufgestanden, hatte einen Revolver ergriffen und diesmal, ohne daß Godfrey oder Carefinotu es hatten hindern können, jedenfalls ganz unbewußt, was er tat, da er vielleicht einen Tiger auf sich zuspringen zu sehen meinte, ins Blaue hinein Feuer gegeben ... Die Kugel schlug durch die Tür des Will-Tree.

»Unglücksmensch!« schrie Godfrey, sich auf Tartelett stürzend, dem der Schwarze die Waffe entwand.

Es war zu spät. Wie auf ein Signal ertönte draußen plötzlich lauteres Gebrüll. Man hörte gewaltige Tatzen die Rinde der Sequoia abreißen. Furchtbare Stöße erschütterten die Tür, welche natürlich einem solchen Sturm gegenüber zu schwach war.

»Setzen wir uns zur Wehr!« schrie Godfrey.

Und eine Flinte in der Hand, einen Patronenbeutel im Gürtel, nahm er seinen Posten an einem der Fenster wieder ein.

Zu seiner größten Verwunderung hatte Careinotu dasselbe getan. Ja, der Schwarze packte die zweite Flinte – eine Waffe, die er bisher noch nie geführt – füllte seine Tasche mit Patronen und nahm an dem zweiten Fenster Platz.

Jetzt knatterten die Gewehrschüsse durch die beiden Öffnungen. Bei dem Aufleuchten des Pulverblitzes konnte Godfrey auf der einen, Carefinotu auf der anderen Seite erkennen, mit welchen Feinden sie es zu tun hatten.

Da, innerhalb der Umzäunung, sprangen heulend vor Wut, brüllend bei dem Krachen, und die zu Boden brechend, welche die Kugel erreichten, Löwen, Tiger, Panther und Hyänen – zusammen wenigstens zwanzig Stück Raubtiere – umher. Auf ihr in der Ferne widerhallendes Brüllen antworteten gewiß bald noch andere Bestien, welche gleichzeitig herangelockt wurden. Schon ließ sich wirklich entferntes Geheul vernehmen, das der Umgebung des Will-Tree näherzukommen schien. Es hatte den Anschein, als wäre urplötzlich eine ganze Menagerie von Raubtieren auf der Insel freigelassen worden.

Inzwischen suchten Godfrey und Carefinotu, ohne sich um Tartelett, der ihnen nichts nützen konnte, zu bekümmern, mit sicherer Hand Tod und Verderben zu verbreiten. Um keine Patrone zu verschwenden, warteten sie allemal, bis ein Schatten nahe bei ihnen vorbeikam, dann krachte ein wohlgezielter Schuß, der sein Ziel nie verfehlte, denn gleich darauf verriet ein Schmerzgeheul, daß das betreffende Tier getroffen worden war.

Nach Verlauf einer Viertelstunde trat etwas mehr Ruhe ein. Gaben die Raubtiere einen Angriff auf, der vielen von ihnen schon das Leben gekostet hatte, oder wollten sie nur den Tag abwarten, um den Angriff unter günstigeren Verhältnissen zu erneuern?

Unbekümmert hierum hielten Godfrey und Carefinotu doch immer auf ihren Posten aus. Der Schwaze hatte sich der Schußwaffe mit nicht geringerer Geschicklichkeit bedient, als Godfrey selbst. Wenn das nur die Folge instinktiver Nachahmung war, so durfte man dieselbe gewiß eine erstaunliche nenne.

Gegen zwei Uhr morgens entstand neues Lärmen – jetzt eher noch toller als vorher. Die Gefahr wuchs mit jeder Minute, die Lage im Inneren des Will-Tree wurde nachgerade unhaltbar.

Am Fuße der Sequoia ertönte von neuem das schreckliche Gebrüll. In Folge der an den Seiten angebrachten Fensteröffnungen konnte weder Godfrey noch Carefinotu die Angreifer sehen, und in Folge dessen natürlich auch nicht von den Gewehren Gebrauch machen.

Jetzt stürmten die Bestien nämlich die Tür selbst, und es war nur zu bestimmt zu fürchten, daß diese unter dem Drängen derselben aufspringen oder von ihren Klauen zerrissen werden würde.

Godfrey und der Schwarze waren wieder nach dem Erdboden herabgeglitten. Schon gab die Tür unter den Tatzenschlägen von außen nach – ein heißer Atem drang durch die Spalten der Rinde.

Noch versuchten Godfrey und Carefinotu die Tür zu verstärken, indem sie die Pfähle, welche ihre Lagerstätten trugen, dagegen stemmten, aber auch das konnte nicht auf die Dauer vorhalten.

Godfrey erkannte seine Ohnmacht. Wenn seine Genossen und er sich noch im Innern des Will-Tree in dem Moment befanden, wo die blutgierigen Angreifer hereinstürmten, mußten alle Waffen zur erfolgreichen Verteidigung unzulänglich sein.

Godfrey hatte die Arme gekreuzt. Er sah wie die einzelnen Teile der Tür allmählich auseinanderwichen und konnte doch nichts dagegen tun. Wie verzweifelt preßte er in einem Augenblick der Schwäche die Hand vor die Stirn; sofort gewann er jedoch die Selbstbeherrschung wieder.

»Hinauf!« rief er, »hinauf! Alle!«

Er zeigte dabei nach der engen Aushöhlung, welche zwischen den ersten starken Ästen des Will-Tree mündete.

Carefinotu und er packten die Flinten, die Revolver und versorgten sich noch einmal mit Patronen.

Jetzt galt es nun, Tartelett zu veranlassen, ihnen nach jener Höhe, die er noch nie erstiegen hatte, zu folgen.

Tartelett war nicht mehr zu finden. Er hatte sich, noch als seine Gefährten das Feuer unterhielten, aus dem Staube gemacht.

»Hinauf!« wiederholte Godfrey.

Das war die letzte Zuflucht, welche wenigstens einen sicheren Schutz gegen die Raubtiere bot. Selbst wenn eines derselben, ob Panther oder Tiger, versucht hätte, nach der Krone der Sequoia zu gelangen, so konnte die enge Öffnung, welche allein dahinführte, ja leicht unter wirksamem Feuer gehalten werden.

Godfrey und Carefinotu befanden sich kaum dreißig Fuß hoch oben, als das Gebrüll aus dem Innern des Will-Tree heraufdrang.

Einige Augenblicke Verzögerung, und sie wären verloren gewesen. Die Tür brach in tausend Stücke zusammen. Beide beeilten sich natürlich, weiter hinaufzusteigen, und erreichten glücklich den oberen Ausgang auf dem Stamme.

Ein Ausruf des Schreckens empfing sie hier. Dieser rührte von Tartelett her, der einen Panther oder Tiger hervorkommen zu sehen glaubte. Der Professor hielt sich, mit der entsetzlichsten Furcht, hinabzustürzen, an einen Ast geklammert.

Carefinotu kletterte zu ihm hin, zwang den Ärmsten, nach einer bequemeren Zweiggabel zu reiten, und band ihn dort mit seinem eigenen Gürtel ordentlich fest.

Jetzt wartete man der weiteren Entwicklung der Dinge.

Unter den gegebenen Bedingungen hatten die Belagerten entschieden alle Aussicht, von einem direkten

Angriff verschont zu bleiben.

Inzwischen bemühte sich Godfrey immer, zu erkennen, was unten vorging, doch machte die noch herrschende Finsternis ein deutliches Erkennen unmöglich. Nur das Gehör belehrte ihn, daß die Tiere, dem immer anwachsenden Gebrüll nach zu urteilen, gar nicht daran dachten, den Platz zu räumen.

Plötzlich, es mochte gegen vier Uhr morgens sein, wurde es unten im Baume überraschend hell. Bald drang der Lichtschein aus den Fenstern und der Tür. Gleichzeitig wirbelte ein beißender, aus der oberen Öffnung aufsteigender Rauch in das Geäst des Baumes.

»Was hat das zu bedeuten?« rief Godfrey.

Er konnte nicht lange darüber im unklaren bleiben. Bei der Verwüstung des Inneren ihres Will-Tree hatten die reißenden Tiere die Kohlen vom Feuerherd umhergeworfen, und das Feuer mochte sich zunächst den in der Wohnung vorhandenen Geräten mitgeteilt haben. Dann ergriffen die Flammen wohl die Rinde, welche bei ihrer Trockenheit leicht Feuer fangen mußte. Der riesige Mammutbaum brannte in seiner Basis.

Die Lage der Ärmsten da oben wurde jetzt noch verzweifelter als vorher.

Bei dem Scheine der Feuersbrunst, welche den unteren Teil der Baumgruppe hell erleuchtete, konnte man die Bestien am Fuße des Will-Tree herumspringen sehen.

Gleichzeitig erfolgte eine gewaltige Explosion. Die furchtbar erschütterte Sequoia erzitterte von den Wurzeln bis zu den Zweigen des hohen Gipfels.

Das war der Pulvervorrat gewesen, der verpufft war, und die heftig ausgedehnte Luft drängte sich durch die obere Mündung, wie die Gase aus einem abgeschossenen Gewehrlauf.

Godfrey und Carefinotu wären fast weggeschleudert worden, und Tartelett würde, ohne den ihn haltenden Gürtel, zweifellos zur Erde gestürzt sein.

Erschreckt durch die Explosion, vielleicht auch mehr

oder weniger verletzt, wandten sich die Bestien zur Flucht.

Gleichzeitig gewann aber die Feuersbrunst, genährt durch die plötzliche Verbrennung des Pulvers, ungemein an Verbreitung, der gleich einem Schornstein wirkende Schlauch der Höhlung des Baumes belebte sie noch weiter. Von den mächtigen Flammen, welche die inneren Wände verzehrten, züngelten die höchsten schon bis zur Gabelung des Baumes hinauf, während das trockene Holz krachte, wie tausendfache Revolverschüsse. Ein gewaltiger Feuerschein erhellte jetzt nicht nur die Bäume, sondern auch die ganze Umgebung bis zum Strande, von der Flaggenspitze bis zum Südende der Dream-Bai.

Bald ergriffen die Flammen die untersten Zweige der Sequoia und drohten die Stelle zu erreichen, nach der Godfrey und seine Gefährten sich geflüchtet hatten. Sollten sie hier den Feuertod erleiden, da sie gegen die Flammen nichts auszurichten vermochten, oder es vorziehen, sich aus der schwindelnden Höhe herabzustürzen, um dem Feuer zu entgehen?

In jedem Falle drohte ihnen der gewisse Tod.

Godfrey dachte nach, ob es noch ein Rettungsmittel gäbe. Er fand keines. Schon standen die unteren Zweige in hellem Brand und dichter Rauch verschleierte den ersten Schein des neuen Tages, der langsam im Osten emporstieg.

Da erfolgte ein furchtbares Krachen ... die über den Wurzeln total ausgebrannte Sequoia sank etwas zusammen, neigte sich und fiel ...

Bei dem Sturze begegnete aber der Stamm einem der anderen Bäume, die ihn umstanden; seine mächtigen Äste verwirrten sich mit denen der anderen, und so blieb er schief stehen und bildete mit dem Erdboden höchstens einen Winkel von fünfundvierzig Graden.

In dem Augenblick, wo die Sequoia sich senkte, glaubten Godfrey und seine Gefährten ihren letzten Augenblick gekommen ...

»Der 19. Januar!« rief da eine Stimme, welche Godfrey trotz seiner Bestürzung sogleich erkannte.

Das war Carefinotu gewesen ... ja Carefinotu, der diese Worte in englischer Sprache rief, welche er bisher niemals zu sprechen oder zu verstehen imstande gewesen war.

»Was sagst du?« fragte Godfrey, indem er etwas näher zu ihm hinglitt.

»Ich sage«, antwortete Carefinotu, »daß heute ihr Onkel Will eintreffen muß, denn wenn er nicht kommt, sind wir des Teufels!«

Zweiundzwanzigstes Kapitel

In dem sich schließlich alles aufklärt, was bisher völlig unerklärlich erschien.

Noch bevor Godfrey eine Antwort finden konnte, knatterten mehrere Flintenschüsse in kurzer Entfernung vom Will-Tree.

Gleichzeitig stellte sich im rechten Augenblicke einer jener als wirkliche Katarakten auftretenden Gewittersturzregen ein, der seine Ströme über die brennenden Zweige ergoß, als die Flammen schon die Bäume zu ergreifen drohten, auf welche der Will-Tree sich stützte.

Was sollte Godfrey von dieser Reihe unerklärlicher Zufälle denken? Carefinotu, der plötzlich englisch sprach wie ein geborener Londoner, ihn bei seinem Namen nannte und die unmittelbar bevorstehende Ankunft des Onkels Will ankündigte, und dazu jener Knall von Feuerwaffen, welcher eben die Luft erschütterte!

Er fragte sich, ob er wohl von Sinnen sei, aber er hatte auch nur die Zeit, sich solche unlösliche Fragen zu stellen.

Schon wurde nämlich – kaum fünf Minuten nach den ersten Flintenschüssen – eine Gruppe Seeleute sichtbar, welche unter dem Blätterdache der Bäume dahinschritten.

Godfrey und Carefinotu ließen sich noch immer am Stamme herabgleiten, dessen Innenwände weiterbrannten.

Doch eben als Godfrey den Fuß auf den Boden setzte, hörte er sich anrufen, und zwar von zwei Stimmen, die er trotz seiner Erregung unmöglich verkennen konnte.

»Neffe Godfrey, ich habe die Ehre, dich zu begrüßen!«

»Godfrey! Lieber Godfrey!«

»Onkel Will!... Phina!... Ihr beiden!...« rief Godfrey ganz außer sich.

Drei Sekunden später lag er in den Armen des einen und preßte die andere in die seinen.

Gleichzeitig erkletterten auf einen Wink des Kapitän Turcotte, der die kleine Truppe befehligte, zwei Matrosen den Stamm der Sequoia, um Tartelett zu befreien, und »pflückten« ihn mit aller seiner Person gebührender Hochachtung »ab«.

Und dann flogen Antworten, Fragen und Erklärungen blitzschnell hin und her.

»Onkel Will, ihr!«

»Ja, wir!«

»Und wie hast du die Insel Phina auffinden können?«

»Die Insel Phina?« erwiderte William W. Kolderup. »Du willst wohl sagen, die Insel Spencer! Oh, das war nicht so schwer, den ich hab' sie ja vor kaum sechs Monaten gekauft.

»Die Insel Spencer!...«

»Der du meinen Namen gegeben hast, lieber Godfrey?« sagte das junge Mädchen.

»Der neue Name gefällt mir und wir werden ihn beibehalten«, bemerkte der Onkel; bis jetzt ist es für die Geographen noch die Insel Spencer, welche kaum drei Tagereisen von San Francisco entfernt liegt und nach welcher dich zu senden mir ganz nützlich erschien, um dich die Rittersporen eines Robinson verdienen zu lassen.«

»O Onkel, liebster Onkel, was sagst du da!« rief Godfrey. »Wenn du wahr sprichst, kann ich dir nur antworten, daß ich dieselben redlich verdient habe. Aber sage mir, wie ist es mit dem Untergange des Dream?«

»Gar nichts! Spiegelfechterei!« erwiderte William W. Kolderup in heiterster Laune. »Der Dream versank ganz gemächlich nach meinen dem Kapitän Turcotte erteilten Instruktionen, indem er Wasserballast einnahm. Du hast dir natürlich gesagt, daß er ganz regelrecht unterging; doch als Kapitän Turcotte die Überzeugung gewonnen hatte, daß ihr, du und Tartelett, die Küste ohne Schwierigkeit erreichen würdet, ließ er die Maschine rückwärts arbeiten. Drei Tage später traf er in San Francisco wieder ein, und er selbst hat uns auch heute, am vorausbestimmten Tage, nach der Insel Spencer geführt.«

»Also ist beim Schiffbruch kein Mann der Besatzung ums Leben gekommen?« fragte Godfrey.

»Niemand ... höchstens der unglückliche Chinese, der sich an Bord geschlichen hatte und nicht wieder aufgefunden wurde.«

»Aber jene Pirogge?...«

»War gefälscht; ich hatte sie selbst bauen lassen.«

»Und die Wilden?...«

»Die Wilden, welche eure Flintenschüsse zum Glück nicht trafen, waren ebenso gefälscht.«

»Aber Carefinotu?...«

»Gefälscht! Carefinotu, oder vielmehr mein treuer Jup Braß, der allem Anscheine nach seine Rolle als Freitag vortrefflich gespielt hat.«

»Gewiß«, versicherte Godfrey, »zweimal, bei der Begegnung mit einem Bären und einem Tiger, hat er mir das Leben gerettet.

»Ja, aber Bär und Tiger waren gefälscht!« rief William W. Kolderup, laut auflachend. »Beide verpackt und eingeschifft, ohne daß du es bemerktest, gleichzeitig mit Jup Braß und seinen Begleitern.«

»Doch sie bewegten ja Kopf und Tatzen?«

»Vermittels einer Feder, welche Jup Braß während der Nacht und wenige Stunden vor dem Zusammentreffen, das er herbeiführte, aufzog.«

»Wie? Alles das falsch?...« wiederholte Godfrey mehrmals, etwas beschämt, sich durch diese Flunkereien haben fangen zu lassen.

»Ja, es wäre dir auf deiner Insel zu gut ergangen, lieber Neffe; du mußtest doch einige aufregende Abwechslung haben.«

»Nun, Onkel Will«, antwortete Godfrey, der die Sache jetzt auch von der lustigen Seite auffaßte, wenn du uns in dieser Weise prüfen wolltest, warum sandtest du dann die große Kiste mit allen den Gegenständen, welche wir so nötig brauchten?«

»Eine Kiste?« erwiderte William W. Kolderup. »Welche Kiste? Ich habe dir niemals eine Kiste zugeschickt. Sollte etwa zufällig?...«

Er wandte sich mit diesen Worten gegen Phina, welche den Kopf abwendend die Augen niederschlug.

»Also wirklich?... Eine Kiste! Doch dann muß Phina Mitschuldige haben.«

Onkel Will drehte sich dabei dem Kapitän Turcotte zu, der jetzt laut auflachte.

»Ja, was denken Sie, Herr Kolderup«, sagte er, Ihnen kann ich wohl zuweilen widerstehen... aber der Miß Phina... das ist zu schwer!... und vor vier Monaten, als Sie mich zur Überwachung der Insel hierher beorderten, setzte ich ein Boot mit der betreffenden Kiste aus...«

»Liebe Phina, meine beste Phina!« rief Godfrey, die Hand gegen das junge Mädchen ausstreckend.

»Turcotte, Sie hatten mir aber versprochen, mein Geheimnis zu bewahren!« antwortete Phina errötend.

Den mächtigen Kopf hin- und herwiegend, bemühte sich der Onkel William W. Kolderup vergeblich, seine

Rührung zu verbergen.

Wenn Godfrey beim Anhören der vom Onkel Will gegebenen Erklärung ein gutmütiges Lächeln nicht zurückhalten konnte, so lachte doch Professor Tartelett keineswegs. Er fühlte sich gegenüber dem Geschehenen wie vernichtet, der Gegenstand einer solchen Mystifikation gewesen zu sein, er, der Lehrer des Tanz- und Anstandsunterrichts. So trat er denn mit aller Würde vor:

»Herr William W. Kolderup«, sagte er, »wird doch, denke ich, nicht behaupten wollen, daß das Krokodil, dem ich bald elend zum Opfer gefallen wäre, aus Karton zusammengepappt und mit einer Sprungfeder versehen war?«

»Ein Krokodil?« antwortete der Onkel.

»Ja, Herr Kolderup«, mischte sich da Carefinotu ein, dem wir nun seinen alten Namen Jup Braß wiedergeben wollen, »ja, ein richtiges Krokodil, das Herrn Tartelett anfiel und das ich in meiner Sammlung doch nicht mitgebracht hatte.«

Godfrey berichtete nun über die Vorfälle der letzten Zeit, über das Auftreten einer großen Zahl von Raubtieren, wirklicher Löwen, wirklicher Tiger, leibhaftiger Panther, ferner über die Erscheinung wahrer Schlangen, von denen man doch während der ersten vier Monate kein Exemplar auf der Insel entdeckt hatte.

Jetzt kam die Reihe verblüfft zu sein an William Kolderup, der von alledem nichts begriff. Die Insel Spencer – das war schon seit langem bekannt – beherbergte kein Raubtier und sollte nach dem Wortlaute der Auktionsankündigung nicht ein einziges schädliches Tier enthalten.

Er verstand auch nicht, welche Bewandtnis es mit dem mehrmals und an verschiedenen Stellen der Insel aufgestiegenen Rauch haben könne, dessen Ursprunge Godfrey vergeblich nachgeforscht hatte. Er sah sogar etwas unwillig aus, da das Vorgefallene in ihm den Gedanken erweckte, daß hier doch nicht alles nach den Vorschriften, welche aufzustellen ihm allein zukam, ausgeführt worden sei.

Was Tartelett betraf, so war dies ein Mann, der sich nichts weismachen ließ. Er wollte nichts zugeben, weder den fingierten Schiffbruch noch die gefälschten Wilden und die künstlichen Tiere, vor allem aber wollte er keinesfalls auf den erworbenen Ruhm verzichten, durch seinen ersten Flintenschuß den Häuptling eines polynesischen Stammes niedergestreckt zu haben – in Wahrheit einen der Diener aus dem Hotel Kolderup, der sich übrigens ebenso wohlauf befand wie er selbst.

Nun war alles erzählt, alles erklärt, bis auf die ernste Frage der wirklichen wilden Tiere und des unbekannten Rauches; das machte auch den Onkel Will nachsinnen; als Mann der Praxis vertagte er jedoch, sich bemeisternd, die Lösung dieser Rätsel und wendete sich an seinen Neffen mit den Worten:

»Godfrey, du hast Inseln immer so sehr geliebt, daß ich sicher bin, dir eine Freude zu bereiten und deinen Wünschen entgegenzukommen, wenn ich dir ankündige, daß diese hier dir, dir allein gehören soll. Nimm sie als ein Geschenk von mir; schalte und walte darauf nach Gutdünken! Es kommt mir nicht in den Sinn, dich mit Gewalt von hier wegzuführen und dich von derselben zu trennen. Bleibe ein Robinson dein Leben lang, wenn dein Herz dafür spricht . . .«

»Ich?« rief Godfrey, »ich? Mein ganzes Leben lang?«

Da trat Phina aus dem kleinen Kreise hervor.

»Godfrey«, sagte sie, »willst du wirklich auf deiner Insel bleiben?«

»Eher sterben!« rief er mit beteuernder Handbewegung, welche seine Aufrichtigkeit gewährleistete.

Aber er schränkte diesen Beschluß sogleich wieder ein.

»Nun ja«, sagte er, die Hand des jungen Mädchens ergreifend, »ja, ich will hierbleiben, doch unter drei Bedingungen: Erstens, daß du, liebe Phina, mit hier bleibst; zweitens, daß Onkel Will verspricht, bei uns zu wohnen, und drittens, daß der Geistliche des »Dream« uns noch heute feierlich traut!«

»Auf dem »Dream« befindet sich kein Priester, Godfrey«, antwortete der Onkel Will, »das weist du selbst recht gut, aber in San Francisko, denk' ich, wird's noch welche geben; dort finden wir wohl mehr als einen würdigen Pastor, der uns diesen kleinen Dienst leistet. Ich denke also, deine Gedanken zu treffen, wenn ich sage, daß wir morgen wieder in See gehen werden.«

Phina und der Onkel Will wünschten nun, Godfreys Insel weiter kennenzulernen. Sie lustwandelten also unter der Mammutgruppe längs des Baches und nach der kleinen Brücke hin.

Von der Wohnstätte im Will-Tree war leider nichts übrig; die Feuersbrunst hatte die ganze Einrichtung im hohlen Fuße des Riesenbaumes vernichtet. Ohne das Eintreffen William W. Kolderups wären unsere Robinsons bei dieser Winterzeit, nach Zerstörung aller ihrer Habe und mit den wirklichen wilden Tieren, welche auf der Insel hausten, gewiß sehr schlimm drangewesen.

»Onkel Will«, sagte noch Godfrey, »wenn ich der Insel den Namen Phinas gegeben hatte, so laß mich hinzufügen, daß der Baum, in dem wir wohnten, bei uns der ›Will-Tree‹ hieß.«

»Sehr schön«, antwortete der Onkel, »wir werden ein Samenkorn desselben mitnehmen, um es in meinem Garten in Frisco zu stecken.«

Bei diesem Spaziergang gewahrte man zwar in der Ferne einzelne Raubtiere, diese wagten aber die zahlreiche und wohlbewaffnete Matrosenschar vom Dream nicht anzugreifen. Ihr Vorhandensein blieb indes noch immer ein Rätsel.

Dann ging man an Bord, nicht ohne daß Tartelett um Erlaubnis gebeten hätte, »sein Krokodil« als Trophäe mitzunehmen, was ihm gerne zugestanden wurde.

Am Abend waren alle im Salon des »Dream« versammelt, wo das Ende der Prüfungen Godfrey Morgans und seine Verlobung mit Phina Hollaney durch ein frohes Mahl gefeiert wurde.

Am nächsten Tage, dem 20. Jannuar, lichtete der »Dream« unter Führung des Kapitäns Turcotte die Anker. Um acht Uhr morgens sah Godfrey nicht ohne einige Bewegung am westlichen Horizonte gleich einem Schatten die Insel zerfließen, auf der er über fünf Monate lang eine so rauhe, aber zeitlebens unvergeßliche Schule durchgemacht hatte.

Bei herrlichem Meere und günstigem Winde, der die Mitbenützung der Segel gestattete, ging die Fahrt rasch vonstatten. Jetzt steuerte der Dream gerade auf sein Ziel los, suchte niemand zu täuschen, machte keine unzähligen Umwege, wie bei der ersten Reise. Jetzt verlor er in der Nacht nicht wieder den Weg, den er im Laufe des Tages zurückgelegt hatte.

Am 23. gegen Mittag legte er denn, nachdem er durch das Goldene Tor in die weite Bucht von San Francisko eingelaufen, ruhig am Werft der Merchant Street an.

Aber was sah man da?

Man sah aus dem Raum einen Mann heraufsteigen, der, nach Erkletterung des »Dream« in der Nacht, als das Schiff noch vor der Insel Phina ankerte, sich auf demselben zum weiten Male versteckt gehalten hatte.

Und wer war dieser Mann?

Es war der Chinese Seng-Vou, der die Rückreise ebenso wie die Herfahrt zu benützen wußte. Seng-Vou trat auf William W. Kolderup zu.

»Möge Herr Kolderup mir vergeben«, sagte er sehr höflich. »Als ich am Bord des Dream Passage nahm, setzte ich voraus, er dampfte direkt nach Shangai, von wo ich in meine Heimat zurück wollte; jetzt, da er wieder in San Francisko eingelaufen ist, schiffe ich mich aus.«

Alle standen verwundert vor dieser Erscheinung und wußten nicht, was sie dem, alle lächelnd betrachtenden Eindringlinge antworten sollten.

»Du bist aber doch«, sagte endlich William W. Kolderup, »nicht sechs Monate lang im Grunde des

Schiffsraumes geblieben, mein' ich?«

»Nein«, bestätigte Seng-Vou.

»Und wo hast du dich verborgen?«

»Auf der Insel.«

»Du?« rief Godfrey.

»Ja, ich!«

»Und jener Rauch also –«

»Nun, ich mußte mir doch Feuer machen.«

»Und es kam dir gar nicht in den Sinn, dich uns zu nähern, das gemeinschaftliche Leben zu teilen?«

»Ein Chinese lebt am liebsten allein«, antwortete Seng-Vou trocken. »Er genügt sich selbst und braucht keinen anderen!«

Mit diesen Worten verneigte sich der originelle Kauz gegen William W. Kolderup, verließ das Schiff und verschwand.

»Das ist das Holz, aus dem die richtigen Robinsons geschnitzt werden«, rief der Onkel Will. »Sieh den an und prüfe, ob du ihm gleichst. Die angelsächsische Rasse wird Mühe haben, Leute solchen Schlags in sich aufgehen zu lassen.«

»Gut«, sagte Godfrey, »die Raucherscheinungen sind nun durch die Anwesenheit Seng-Vous erklärt; aber die wilden Tiere? . . .«

»Und mein Krokodil!« setzte Tartelett hinzu.

Der hierüber wirklich verlegene Onkel Will, der sich in diesem Punkte nun selbst mystifiziert fühlte, strich mit der Hand über die Stirn, wie um eine Wolke zu verjagen.

»Das werden wir später erfahren«, sagte er. »Wer nur nachzuforschen versteht, dem erklärt sich zuletzt noch alles!«

Wenige Tage später wurde mit höchstem Glanze die Hochzeit des Neffen und des Mündelkindes William W. Kolderups gefeiert. Wie die jungen Gatten von den Freunden des reichsten Handelsherrn geehrt und beglückwünscht wurden, das mag sich der freundliche Leser selbst ausmalen.

Bei der Zeremonie zeichnete sich Tartelett durch tadellose Haltung, durch Vornehmheit, durch sein »comme il faut« aus, und der Schüler machte dem berühmten Lehrer des Tanz- und Anstandsunterrichtes alle Ehre.

Tartelett hatte aber noch einen Gedanken. Da er sein Krokodil nicht als Busennadel verwenden konnte – was er sehr bedauerte –, beschloß er, es einfach ausstopfen zu lassen. So würde das Ungeheuer, gut präpariert und mit weit offenem Rachen und gespreizten Füßen, einen Hauptschmuck seines Zimmers abgeben.

Das Krokodil wurde also einem berühmten Konservator zugesendet, der es wenige Tage später nach dem Hotel zurücklieferte.

Da liefen alle zusammen, um das Untier anzustaunen, dem Tartelett um ein Härchen bald als Futter gedient hätte.

»Sie wissen doch, Herr Kolderup«, begann der Konservator, »woher dieses Tier stammt?« Er überreichte dabei seine Rechnung.

»Nein«, antwortete der Onkel Will.

»Es trug aber auf seinem Brustpanzer ja ein aufgeklebtes Etikett.«

»Ein Etikett?« rief Godfrey.

»Hier ist es«, sagte der berühmte Konservator.

Er zeigte dabei ein Stück Leder vor, auf dem, mit unauslöschlicher Tinte geschrieben, die Worte standen:

Sendung von Hagenbeck in Hamburg
an I. R. Taskinar in Stockton.

V. St. v. N. A.

Als William W. Kolderup diese Zuschrift gelesen, brach er in ein wahrhaft homerisches Gelächter aus.

Jetzt begriff er alles.

Sein Gegner, I. R. Taskinar, sein geschlagener Mitbewerber um die Insel, hatte aus Rache eine ganze Schiffsladung Raubtiere, Reptilien und anderes schädliches

Zeug von dem in der alten und neuen Welt weitbekannten Menagerielieferanten Hamburgs gekauft und diese auf mehreren Fahrten nächtlicher Weile auf die Insel Spencer geschafft. Das hatte ihn gewiß ein tüchtiges Stück Geld gekostet, aber doch den Erfolg gehabt, das Eigentum seines Rivalen zu schädigen, wie es die Engländer – wenn den Berichten darüber zu trauen ist – mit Martinique machten, bevor sie es Frankreich zurückgaben.

Jetzt gab es kein Geheimnis mehr bezüglich der merkwürdigen Vorfälle auf der Insel Phina.

»Ein guter Streich!« rief William W. Kolderup. »Ich hätte auch nichts Besseres zu ersinnen gewußt, als dieser alte Spitzbube Taskinar.«

»Aber mit diesen schrecklichen Insassen«, meinte Phina, »ist die Insel Spencer . . .«

»Die Insel Phina«, fiel Godfrey ein.

»Die Insel Phina«, wiederholte die junge Frau lächelnd, »gänzlich unbewohnbar.«

»Bah«, erwiderte der Onkel Will, »wir warten eben mit dem Beziehen derselben, bis dort der letzte Löwe den letzten Tiger verzehrt hat.«

»Und dann, liebe Phina«, sagte Godfrey, »wirst du dich nicht scheuen, mit mir daselbst einen Sommer zu verbringen?«

»Mit dir, mein bester Freund, scheue ich mich vor nichts«, antwortete Phina, »und da du alles in allem deine Reise um die Welt noch nicht ausgeführt hast . . .«

»So machen wir sie zusammen«, rief Godfrey. Und wenn ein böser Stern mich je zu einem wirklichen Robinson ausersehen sollte . . .«

»So hast du wenigstens die ergebenste Frau Robinson an deiner Seite!«

COLLECTION JULES VERNE